CT Lu

QUI LE SAIT ?

LESLEY KARA

QUI LE SAIT ?

Traduit de l'anglais
par Clara Gourgon

LES ESCALES

Titre original :
WHO DID YOU TELL?

MIXTE
Papier issu de sources responsables
FSC® C003309

L'éditeur de cet ouvrage s'engage dans une démarche de certification FSC® qui contribue à la préservation des forêts pour les générations futures.

Pour en savoir plus :
www.editis.com/engagement-rse/

ISBN : 978-2-266-32216-4
Dépôt légal : janvier 2022

À tous
ceux qui ont déjà souffert d'une addiction.

Ce n'est pas parce que vous vous imaginez en train de faire quelque chose et que ça vous procure un sentiment de satisfaction que vous avez réellement envie de le faire. Cela ne veut pas dire que vous allez tout mettre en œuvre pour que le rêve devienne réalité. Loin de là. Pourtant, il arrive aussi que l'inverse se produise, et que vous fassiez quelque chose d'impensable, changeant le cours de votre vie pour toujours.

Aussi, si je me vois très bien empoigner ses jolies tresses et lui cogner la tête contre un mur de briques jusqu'à ce que son crâne se fende, cela ne veut pas dire que je vais passer à l'acte. Le fait d'y songer ne fait pas non plus de moi une mauvaise personne. J'irais même jusqu'à dire que ce genre de pensée est tout à fait normale lorsque vous détestez quelqu'un si fort que les muscles de votre corps se raidissent à sa simple évocation. Enfin, il n'y a certainement pas que moi qui en fasse l'expérience... n'est-ce pas ? N'est-ce pas ?

Sept, si vous voulez tout savoir. C'est le nombre de coups qu'il faut pour que le sang coule à flots.

PREMIÈRE PARTIE

1

Son odeur me parvient en premier. Ou plutôt le parfum de l'after-shave qu'il avait l'habitude de porter. *Joint* de Roccobarocco. Une fragrance très années quatre-vingt-dix, masculine et boisée.

Je fais volte-face, mais il n'y a personne à l'exception d'une jeune femme en bombers qui s'est accroupie pour nouer ses lacets. Je manque de trébucher sur elle. C'est à ce moment-là que je le vois, courant vers la mer, les rabats en fourrure de sa chapka battant l'air telles les oreilles d'un épagneul. Simon.

Je sens mes genoux se dérober. Je le cherche du regard, mais la nuit l'a déjà englouti. On aurait pu croire à un mirage. Une hallucination. Peut-être est-ce mon imagination qui me joue des tours. Ce ne serait pas la première fois.

Peu importe. Je me dépêche de rentrer à la maison. Petite créature que l'obscurité terrifie soudain. Qu'*il* terrifie.

Ma mère me tombe dessus à la seconde où je pousse la porte d'entrée.

— Où étais-tu passée ? J'étais morte d'inquiétude.

Elle me serre les bras si fort que je dois la repousser.

— Il n'est que vingt-deux heures, maman. Tu ne vas pas pouvoir continuer à te faire du souci pour moi indéfiniment. Il va bien falloir que tu finisses par me faire confiance.

Elle laisse échapper un ricanement cynique. C'est plus fort qu'elle.

— Te faire confiance ? Es-tu seulement consciente de ce que tu me demandes ?

Elle s'effondre sur la marche en bas de l'escalier, la tête entre les mains. Je m'agenouille près d'elle et blottis mon visage contre ses jambes.

— Excuse-moi, dis-je d'une voix étouffée par les plis de sa robe de chambre.

Et les années défilent devant mes yeux. Je suis en sixième et c'est la première fois que je ressens de la peine. Ma mère me dit de passer à autre chose.

Elle me caresse le dos avec de lents mouvements circulaires comme elle le fait maintenant.

— Je ne comprends simplement pas pourquoi tu ressens le besoin de sortir marcher si tard, murmure-t-elle.

J'ai envie de lui répondre que si je passais mes soirées enfermée dans cette baraque morose sans boire une goutte d'alcool, je deviendrais folle. J'ai envie de lui dire que je marche pour ne pas mourir, que j'ai besoin de me tenir occupée, de faire des choses, d'aller quelque part, même quand je n'ai rien à faire et nulle part où aller. Surtout quand je n'ai rien à faire et nulle part où aller. Au lieu de ça, je me contente de pleurer silencieusement sur ses genoux.

Cinq mois se sont écoulés depuis que je me suis réveillée à l'hôpital, ma mère au pied du lit avec « cette expression » sur le visage. Quinze jours depuis que mon séjour en cure de désintoxication a pris fin. C'est elle qui m'a suggéré d'y aller. Si elle ne l'avait pas fait, j'aurais été contrainte de prendre la décision moi-même, et j'aurais été privée du luxe de l'indignation.

« Emménager chez *toi*, à Flinstead ? Tu plaisantes ? »

Simon et moi ne manquions jamais une occasion de nous moquer de cette ville. Nous disions que le jour où nous finirions dans un bled comme Flinstead, c'est que nous aurions renoncé à la vie. C'est le genre d'endroit où les gens viennent couler de vieux jours. Comme Eastbourne, mais en plus petit et avec encore moins de distractions une fois la nuit tombée.

« Quelles sont tes autres options ? » m'a alors demandé ma mère.

C'est à ce moment-là qu'elle a dû prendre la décision d'adopter le ton froid et détaché d'un psy. Elle ne s'exprime désormais plus que de cette façon. Du moins quand elle n'oublie pas. Toujours poser des questions ouvertes. Ne jamais montrer son désaccord. Mais je ne suis pas dupe. C'est juste une de ses stratégies à la noix. La colère, la frustration. La *déception*. Autant de sentiments bien ancrés en elle, dissimulés sous la surface et prêts à m'exploser au visage comme une éruption volcanique.

Il est plus de minuit. Je suis allongée dans mon lit, le corps tourné vers la fenêtre. Mes tresses me tirent et me démangent et je suis prise d'une envie soudaine de m'en séparer. Puis je me souviens du prix qu'elles ont coûté. Une somme non négligeable compte tenu de mes maigres revenus. De toute façon, cela prendrait une éternité de les dénouer. Je n'ai pas assez d'énergie pour me lancer dans une telle entreprise.

Un rayon de lune s'immisce entre les rideaux. Je me retourne, les genoux remontés contre ma poitrine. Je m'autorise alors enfin à penser à Simon. J'ai la bouche sèche. Un bourdonnement étrange envahit mes oreilles et mon visage est parcouru de picotements. Ça ne pouvait pas être lui. Mon esprit m'a joué des tours, voilà tout.

Nous nous sommes rencontrés dans un bar. Évidemment. Dans un de ces pubs londoniens typiques aux murs lambrissés recouverts d'énormes miroirs sur lesquels sont inscrites les différentes sortes de bières. Pleins à craquer le vendredi, déserts et lugubres en milieu de semaine. Était-ce un mardi ? Je n'arrive plus à m'en souvenir. Tous les jours se ressemblaient à l'époque. Aujourd'hui, rien n'a vraiment changé, mais les jours s'écoulent au moins de façon différente.

Je me suis dirigée droit vers lui et me suis fendue d'un commentaire déplacé sur la forme de son crâne. Voyez un peu l'effet que l'alcool a sur moi. *Avait*. J'avais l'audace de m'adresser à n'importe quel inconnu et de donner le fond de ma pensée sans aucun détour. Je disais tout ce qui me venait à l'esprit – cet esprit tordu et ravagé. J'étais persuadée que cela me rendait drôle et attirante.

« Non, Astrid. Tu passes seulement pour une idiote bouffie et affreuse. L'alcool n'est pas ton ami. C'est ton ennemi. Ton poison. Ne vois-tu pas ce qu'il est en train de te faire ? » Les mots de Jane résonnent dans ma tête. Jane. Celle qui aurait dû être mon amie. Mon alliée. Mais je l'ai perdue, elle aussi. La dernière d'une longue liste de connaissances qui ne supportaient plus mon comportement autodestructeur.

Puis j'ai rencontré Simon et plus rien n'a eu d'importance. Nous avons bu du cidre jusqu'à l'arrivée d'une dizaine de jeunes cadres dynamiques qui nous a poussés vers la sortie. Nous sommes allés chez lui. Un studio miteux sur Anglesey Road dans le quartier de Woolwich. Ses draps étaient sales mais je m'en fichais. Il avait déjà une copine mais je m'en fichais aussi. Nous étions juste deux ivrognes en train de s'envoyer en l'air. Des âmes sœurs. Les deux faces d'une même pièce.

Pas vraiment une pièce porte-bonheur, me souffle la petite voix dans ma tête. Celle qui sonne exactement comme celle de ma mère.

Il ne peut pas être revenu. C'est impossible.

2

Le lendemain matin, je m'habille à la hâte, résolue à oublier la soirée de la veille. Je passe ma chaîne porte-clés autour du cou et descends l'escalier. Il est encore tôt mais ma mère est déjà levée, comme à son habitude.

— Il y a une banane qu'il faut manger, me lance-t-elle. Je peux aussi te faire des toasts.

— Ne me dis pas que tu fais référence à ce truc tout noir qui moisit dans la corbeille à fruits depuis une semaine ?

Elle saisit la banane pour l'inspecter.

— Je ne vois pas de quoi tu parles. Elle est encore très bien.

— Tu n'as qu'à la manger, alors. Je me contenterai des toasts.

— Je peux aussi te préparer du porridge, si tu le souhaites.

— Je t'ai déjà dit que je n'aimais pas ça.

Je prends le dernier sachet de thé et attrape mon mug favori dans le placard. Celui sur lequel est écrit : *Je hais les gens matinaux. Et les matins. Et les gens.*

C'est un des rares objets que je n'ai pas perdus ou cassés avec le temps.

Ma mère pousse un soupir.

— Oh, Hilary, nous ne sommes pas obligées de nous comporter comme ça.

Je déchire le sachet de thé trop vite, répandant son contenu sur le comptoir de la cuisine.

— Maman, on ne m'appelle plus Hilary depuis plus de dix-sept ans.

Elle pose la main sur mon bras.

— Pardon, ma chérie. Ça m'échappe encore parfois.

Elle ouvre le placard pour en sortir une boîte de sachets de thé neuve.

— J'ai remarqué que tu arrivais au bout, alors je t'en ai racheté.

Je fais glisser les feuilles de thé dans la paume de ma main. Il y en a partout, mais je suis reconnaissante d'avoir de quoi m'occuper l'esprit. Cela me permet de me concentrer sur autre chose que cette horrible boule au fond de ma gorge. Celle qui se forme toujours lorsqu'elle se montre attentionnée avec moi.

— Merci, maman.

Hilary. Du latin *hilarus*, qui signifie « joyeux ». Ma mère m'a dit que mon père et elle l'avaient choisi dans *L'Encyclopédie des prénoms féminins*. Ils ont ouvert la boîte de Pandore et tiré au hasard le prénom qui me révélerait au monde. Évidemment, je suppose que s'ils avaient tiré Beryl ou Mildred, ils auraient tenté une nouvelle fois le destin. Mais ma mère *adorait* Hilary. « Enfant, tu étais tellement enjouée, m'a-t-elle confié un jour. Tu avais toujours le regard rieur. »

Depuis, j'ai appris que j'étais née un mercredi. Le malheur était inscrit dans mon ADN dès le départ[1]. Quoi qu'il en soit, Hilary semble tout droit sorti des années cinquante. Le prénom que porterait une première de la classe dans un pensionnat huppé du Surrey. Capitaine de l'équipe de hockey. Une sacrée sportive dans tous les domaines. *Bon sang, Hilly, vous êtes vraiment fortiche !*

« Astrid » a été le remède miracle. L'antithèse de tout ce que j'abhorrais. Rebelle, rock'n roll, c'est un prénom sauvage qui porte le souffle des étoiles. Astrid Kirchherr a photographié les Beatles à Hambourg. Astrid Proll a fait partie des membres fondateurs de la bande à Baader. Astrid Lindgren a écrit les aventures de la géniale et teigneuse Fifi Brindacier. Et la liste ne s'arrête pas là. Des reines et des princesses. Des sculptrices et des lanceuses de poids. Des championnes de ski et des stars du porno. Des héroïnes de fiction tourmentées. Astrid est un prénom qui signifie « la force divine ».

Changer de prénom *m'a* changée. J'ai cessé d'être invisible. J'ai eu le cran de faire les quatre cents coups avec des filles de mauvaise réputation au parc de Peckham Common. De sucer Danny Harrison dans un mausolée du cimetière de Nunhead. De me faire percer le nez et tatouer une flamme venant lécher l'intérieur de ma cuisse. Enjouée, mon cul.

---

1. En référence à la comptine intitulée *Monday's child* dans laquelle figure la phrase « *Wednesday's child is full of woe* », qu'on pourrait traduire par « L'enfant né un mercredi est frappé de malheur ». (*Toutes les notes sont de la traductrice.*)

Ce matin, la marée est exceptionnellement haute et a dépassé les jalons en métal. La douceur de la brise laisse présager l'arrivée des beaux jours. Je me déchausse et marche pieds nus sur le sable mouillé, mes baskets se balançant au bout de leurs lacets. J'ai le temps de compter cinq petites méduses aussi transparentes que des œufs sur le plat avant que mon attention ne soit détournée par l'homme en combinaison de plongée en pleine ascension d'un rocher couvert d'algues gluantes. Le même que je vois à la plage depuis deux semaines. Il lui est déjà arrivé de me saluer une ou deux fois d'un signe de tête. Rien d'anormal pour une ville comme Flinstead. Mais pour quelqu'un qui a passé la majeure partie de sa vie à Londres, c'est une chose à laquelle on s'habitue difficilement.

— Il y a tout un écosystème ici, dit-il, comme si nous étions en pleine conversation. Des tuniciers, des berniques, des bernacles. Des a-né-mones aussi.

Un sourire éclatant illumine son visage au teint hâlé.

— Pas facile à prononcer, si on ne s'applique pas.

Mon rire éclate avant que j'aie le temps de le retenir. Tonitruant. Démesuré. *La ferme, Astrid.*

L'homme saute sur le sable. Des poils blonds et bouclés dépassent de sa combinaison au niveau de ses chevilles, mais ses pieds brunis par le soleil sont immaculés. Des pieds parfaits.

— Vous êtes du coin ? me demande-t-il.

J'hésite.

— Pas vraiment… Enfin si. Pour le moment en tout cas.

Nous nous mettons à marcher le long de la mer, enjambant de temps à autre les petits trous d'eau laissés par la marée.

— Je suis entre deux jobs, dit-il.

— Moi aussi. Je tiens compagnie à ma mère.

Le cri d'une mouette retentit au-dessus de nous. Strident et moqueur.

— Elle… fait une dépression.

La culpabilité m'assaille aussitôt. Je ne peux pas lui dire la vérité. Pas à quelqu'un comme lui – si sain d'esprit, si *équilibré*. Il prendrait ses jambes à son cou. Et je n'ai pas envie de le faire fuir. Pas tout de suite.

Nous atteignons le bout de la plage.

— Écoutez, finit-il par dire. Si jamais vous voulez prendre un café…

— Pourquoi pas ?

C'est sa façon de clôturer la conversation. S'il avait vraiment voulu d'un rendez-vous avec moi, il aurait proposé une heure et un lieu.

Il me tourne le dos et pénètre dans l'eau. Je n'arrive pas à savoir si je suis déçue ou soulagée. Soulagée, je pense. La dernière chose dont j'aie besoin, c'est d'une nouvelle relation compliquée.

— Demain à onze heures, ça vous va ? lance-t-il par-dessus son épaule. Au Fisherman's Shack sur Flinstead Road ?

Un petit rire nerveux se coince au fond de ma gorge. J'ai envie de vomir.

— D'accord. À demain, du coup.

Je l'observe tandis qu'il plonge dans l'eau glacée et se met à nager le crawl. C'est incroyable, la distance qu'il a parcourue en quelques secondes seulement.

Le mouvement ininterrompu de ses bras. Il faut être courageux pour s'élancer ainsi droit vers l'horizon. J'ai failli me noyer en faisant cela un jour. Piégée dans un courant d'arrachement. Je ferme les yeux et serre les poings pour essayer de chasser le souvenir de la panique qui m'a alors saisie. Du goût aigre de l'eau salée qui m'a envahi la gorge et les narines.

C'est à ce moment-là que je le sens. Reconnaissable entre tous. Le parfum de l'after-shave de Simon. Exactement comme hier soir. J'ouvre les yeux, mais il est déjà trop tard et la brise a emporté les derniers effluves. Je tourne lentement la tête, me préparant à ce que je suis sur le point de voir : le caban élimé, le jean délavé, la haine étincelant dans ses yeux. Mais à l'exception de quelques badauds venus promener leur chien et d'un joggeur avec des écouteurs aux oreilles, il n'y a personne. Personne du genre à s'asperger du parfum *Joint* de si bon matin. Ou à en fumer un, de joint.

Mon regard vagabonde à nouveau vers la mer. Plus de M. Combinaison-de-plongée à l'horizon. Peut-être l'ai-je imaginé, lui aussi.

Merde. Il me faut un verre.

3

Le temps d'arriver à la réunion des Alcooliques anonymes, je suis déjà remontée comme une pendule. J'ai passé la matinée à boire café sur café et à fumer à m'en rendre malade. J'ai aussi fait des recherches sur les bernacles. Apparemment, elles sécrètent une sorte de substance adhésive qui leur permet de se fixer sur n'importe quelle surface et de ne plus bouger. Une technique très proche de la coagulation du sang. J'ai besoin de ce genre d'information pour garder l'esprit occupé. Pour me débarrasser des mauvaises pensées qui le polluent en continu. Je prends tout, du moment que ça étanche ma soif d'alcool.

Et me voilà dans tous mes états, les bras serrés contre ma poitrine pour empêcher mon cœur d'exploser. C'est la première réunion à laquelle j'assiste depuis que je suis sortie de cure de désintoxication. Ma mère n'a cessé d'insister pour que j'y retourne.

Je m'assieds sur la chaise la plus proche de la sortie et lance des regards furtifs autour de moi. Comme lorsque je prenais le métro à Londres. Une façon d'analyser mon entourage. D'ailleurs, le panel d'individus rassemblés dans la sacristie de l'église paroissiale de Flinstead est remarquablement similaire à la population d'un wagon de métro londonien. À l'exception près que je n'ai pas la possibilité de descendre à l'arrêt suivant.

Une femme aux cheveux blonds peroxydés et au visage ravagé m'adresse un sourire entendu. Les couronnes sur ses deux dents de devant sont si usées qu'elles ont noirci à leur base. Elle a l'air d'avoir soixante ans mais elle est probablement plus jeune, à en juger par son style vestimentaire. L'alcool a le don de vous faire vieillir plus vite que la normale. Elle porte un jean slim noir et un gilet gris sur un T-shirt noir lui aussi. Le tout dissimulé sous un long cardigan qui pend jusqu'à ses chevilles. Un relent de tabac froid m'agresse les narines chaque fois qu'elle bouge. Est-ce que je dégage la même odeur, moi aussi ? Mon Dieu, j'espère que non.

— C'est votre première fois ? demande une voix à ma gauche.

Le ton est calme et rassurant. Son propriétaire porte un costume gris anthracite qui semble cher ainsi qu'une paire de derbies vernis. Une apparence tout à fait distinguée. Sûrement un avocat ou un consultant. L'addiction ne fait pas de distinction.

— Ma première fois *ici*, oui.

J'ai la voix enrouée à cause de la cigarette et ma paupière gauche est secouée d'un désagréable tressaillement.

Il hoche la tête poliment, et je sens qu'il se retient de me poser une autre question. Tant mieux. Je ne suis pas venue ici pour parler de la pluie et du beau temps.

La salle se remplit à mesure que de nouvelles personnes viennent prendre place sur les chaises disposées en cercle. Une femme au corps émacié, aux yeux globuleux et aux longs doigts tremblotants prend place en face de moi. Ses yeux roulent dans leurs orbites comme deux billes bleu pâle. De temps à autre, ils se fixent sur moi, avant de repartir de plus belle. Je regarde mes genoux pour m'épargner ce spectacle dérangeant. Chaque fois que je les relève, son regard est rivé sur moi. Elle n'est pas la seule. Je suis sans conteste l'attraction du moment. Un jeune homme à la figure rongée par l'acné me dévisage, lui aussi.

C'est insoutenable. Je pourrais passer cette porte et être chez moi en dix minutes à peine. Mais alors ma mère exigerait des explications et je serais obligée de lui promettre d'y retourner la prochaine fois. De lui promettre que je ne ferai jamais de rechute. Je n'ai pas le choix. Elle me l'a clairement fait comprendre.

Un panneau d'affichage recouvert de prospectus pour les Alcooliques anonymes a été posé sur une table contre le mur, prêt à être retiré pour le rassemblement des jeunes mamans demain matin. Je promène mon regard sur la liste des « Douze Étapes », bien que je n'aie aucunement besoin de me les remémorer. Après trois mois de cure de désintoxication et de réunions quotidiennes, je pourrais les réciter. Les mettre en application, en revanche, est une tout autre affaire.

C'est à peine si j'arrive à accepter la première étape et admettre que je suis la plupart du temps impuissante face à l'alcool et que j'ai perdu le contrôle de ma vie. Les deux étapes suivantes sont encore plus difficiles : croire qu'une autorité supérieure à la mienne m'aidera à retrouver le droit chemin et – accrochez-vous – me remettre corps et âme à la volonté de Dieu. Je sais qu'on m'a déjà rabâché cent fois qu'il ne s'agissait pas forcément de Dieu-le-vieux-barbu-dans-le-ciel, mais de n'importe quoi qui m'inspire de la confiance. Le cosmos, ou la réunion des Alcooliques anonymes elle-même. Personnellement, je ne me vois pas m'agenouiller et implorer la miséricorde d'un tas de poivrots auxquels je ne porte aucune affection particulière.

Je ferme les yeux. Dans la pièce règne cette odeur propre aux vieilles églises en pierre : une odeur de poussière et de renfermé. Un souvenir que je pensais avoir oublié me revient soudain. Un cours de catéchisme. J'apprends à écrire la lettre « D » en capitale pour « Dieu ». J'appuie tellement fort sur mon crayon que la mine finit par se briser. Enfant déjà, quelque chose en moi refusait d'admettre l'existence d'une autorité supérieure.

Quelqu'un à ma droite se racle la gorge. Il a tout du type qui joue de l'orgue le dimanche ou qui organise les tours de garde dans le quartier. Honnête et ennuyeux. Il me fait penser à mon ancien prof de physique, M. Staines. Nous le surnommions « Semen Staines[1] », le pauvre.

— Bonsoir à tous, dit-il sur un ton tout aussi insignifiant que lui. Je m'appelle David et je suis alcoolique.

Ça y est. Que la fête commence.

David est au beau milieu du préambule habituel lorsque la porte s'ouvre brusquement sur une retardataire. Grande, d'âge moyen, la femme porte un imperméable beige et des escarpins rouge vif. Ses cheveux

1. En anglais, *stains* signifie « taches » et *semen*, « sperme ». Les élèves surnommaient donc leur professeur « taches de sperme ».

châtains tombent sur ses épaules en longues mèches désordonnées.

— Désolée, souffle-t-elle, les joues aussi rouges que ses chaussures.

Ses collants couleur chair font des plis au niveau de ses chevilles.

Je lui adresse un sourire compatissant. Elle semble tellement vulnérable, debout au milieu de tout le monde, et je ne peux pas m'empêcher de remarquer le tremblement qui agite ses mains. Je parie qu'elle boit toujours. Pauvre femme. Elle a l'air de vouloir être n'importe où sauf ici. C'est un sentiment que je ne connais que trop bien.

À la fin de la réunion, les gens se lèvent pour se servir du café et papoter. Certains se donnent même une accolade. La femme aux cheveux peroxydés et au teint grisâtre – Rosie, abstinente depuis huit ans, fervente prêcheuse des Alcooliques anonymes – essaye de serrer la femme aux escarpins rouges dans ses bras alors qu'il est clair que celle-ci n'en a aucune envie. J'ai déjà connu pas mal de Rosie auparavant. Toujours à vouloir accueillir les petits nouveaux. Merde, voilà qu'elle se dirige vers moi. Je me dépêche de tendre la main pour enrayer toute tentative de rapprochement de sa part et la femme aux escarpins rouges me regarde en roulant les yeux. Malheureusement pour moi, il m'est impossible de lui répondre sans être vue de Rosie, mais j'ai le sentiment que nous sommes sur la même longueur d'onde, elle et moi, au sujet des embrassades inappropriées.

Quand Rosie s'éloigne enfin pour se trouver une nouvelle victime, l'homme en costume me fait signe, une tasse de café à la main. À côté de lui se tient le jeune homme acnéique qui me fixe de plus belle. Je secoue la tête. Il faut que je me barre d'ici. Au plus vite. Mais alors que je me retourne pour me diriger vers la sortie, je percute la femme aux escarpins rouges. Nous nous excusons à l'unisson.

— C'est ma faute, dit-elle nerveusement. Je n'ai pas fait attention où j'allais.

Elle parle d'une voix douce et tremblante, si bien que j'ai envie de la réconforter, même si je ne suis pas venue pour me faire des amis. S'ouvrir aux autres, leur venir en aide, c'est comme ça qu'on est censé agir lors de ces réunions. *Sois gentille, Astrid. Sois gentille.*

— On se voit la semaine prochaine ? je lui lance.

— Peut-être…

Ses yeux s'emplissent de larmes. Elle se précipite vers la porte et sort tout aussi brusquement et maladroitement qu'elle est arrivée.

Je l'imagine s'empresser de rentrer chez elle afin de s'ouvrir une bouteille de rouge et de la descendre jusqu'à la dernière goutte. Puis en ouvrir une autre. J'écarte cette pensée avant qu'elle n'accapare mon esprit.

Dehors, le vent s'est levé, s'engouffrant dans Flinstead Road depuis le front de mer. Je tire le col de mon manteau et marche d'un pas énergique, menton baissé, inspirant l'air à grandes bouffées pour évacuer l'odeur de l'église de mes narines.

La rue est déserte. Hors saison, Flinstead est une ville morte passé vingt et une heures. Et encore, vingt heures serait plus exact. Dans la ruelle bordée de boutiques hors de prix où seuls les touristes osent s'aventurer, je m'arrête, le corps soudain en alerte. C'est à cet endroit même que j'ai aperçu Simon la nuit dernière. De jour, cette ruelle ne manque pas de charme, avec ses murs couleur corail et la petite cour en contrebas. La terrasse du resto avec son mobilier en métal. Les jardinières suspendues… À la nuit tombée, elle a tout du coupe-gorge.

J'avance de quelques pas pour m'asseoir sur une des chaises du bistro. La froideur du métal me mord les cuisses. Question de fierté. Je dois me prouver que je n'ai pas peur. Que je ne crois pas un seul instant qu'il ait pu s'agir de lui.

Fut un temps, j'aurais dit qu'il n'était pas assez rancunier pour revenir. Mais ça, c'était avant.

J'ai perdu le compte du nombre de fois où je l'ai tuée. Du nombre de stratagèmes que j'ai mis en place pour arriver à mes fins.

Hier encore, cela se déroulait ainsi : nous nous tenons sur la jetée de Mistden Sands et je la pousse. Elle porte ses stupides Doc Martens dont elle refuse de se séparer et son gros manteau, si bien qu'il lui est impossible de remonter à la surface. Je la regarde tandis qu'elle se débat, impuissante, attendant patiemment qu'elle se noie. Ses tresses flottent autour de son visage, pareilles à des algues marines.

Les perles bleues à leur extrémité sont la dernière chose que je vois. Elles s'agitent à la surface de l'eau, telles de petites bouées en perdition.

Trop facile, je pense. Trop propre. Je préfère quand il y a du sang.

4

Je suis passée devant le Fisherman's Shack quasiment tous les jours depuis que je me suis installée à Flinstead, mais je n'avais jamais pénétré à l'intérieur jusqu'à ce matin. J'aurais dû ! Un vieux plancher de bois grinçant, des tables et des chaises dépareillées. Un côté vintage, certainement parce que la déco n'a pas été revue depuis des années. Quoi qu'il en soit, le mobilier est dans son jus, employé tel quel, ni repeint ou poncé pour lui donner cet aspect vieilli. Plus impressionnant encore, on n'y sert que du café instantané ou filtré (pas un macchiato ou un ristretto en vue), du thé, du Fanta et du Coca, sans oublier les traditionnels toasts œuf-bacon et les scones.

Une carte sans fioritures. J'aime ça.

Le serveur a des bras aussi épais que ceux de Popeye. La peste en moi meurt d'envie de commander un café au lait écrémé – juste pour voir sa réaction –, mais je me contente d'un café serré et m'installe à une table près de la fenêtre. J'ai dix minutes de retard et il n'est pas là, ce qui signifie qu'il ne viendra pas ou n'a pas eu la patience de m'attendre. Je ne sais même pas comment il s'appelle. Avec tout ce qu'il a trouvé à me raconter hier, il a réussi à oublier de se présenter.

Du bout du doigt je trace un cercle sur la vitre embuée et j'observe les habitants de Flinstead vaquer à leurs occupations. Sortir des magasins chargés de commissions ou un journal glissé sous le bras, faire signe à quelqu'un sur le trottoir d'en face, saluer inlassablement chaque passant. Parfois, j'imagine être dans le *Truman Show* et cherche du regard les limites du plateau, dans l'espoir d'y débusquer une brèche et de retrouver le monde réel. Ce monde bordélique et chaotique où le bruit et la douleur règnent en maîtres, où les gens au visage dur n'ont que faire de vous et de votre petite personne.

C'est à ce moment-là que je la vois, le pot de colle des Alcooliques anonymes. Rosie, ou je ne sais quoi. Elle porte un autre de ces longs cardigans, noir cette fois-ci, et sort de la boutique solidaire d'Oxfam en poussant un présentoir à cartes postales devant elle. Après avoir lutté un court instant pour le descendre en bas des marches et le placer bien en évidence sur le trottoir, elle tourne la tête vers moi, comme si elle avait senti mon regard posé sur elle. Horrifiée, je me prépare à ce qu'elle vienne me saluer, mais elle tourne les talons aussitôt et rentre dans le magasin.

La tension dans mes épaules retombe. Il y a peu de chances qu'elle m'ait reconnue à cette distance, et même si c'est le cas, un accord tacite chez les Alcooliques anonymes fait que nous ne nous adressons jamais la parole en dehors des réunions. Surtout dans une petite ville comme celle-ci.

Une jeune femme en bombers émerge de l'agence immobilière. Elle grignote du chocolat, mordant directement dans la plaquette comme si elle n'était pas plus grosse qu'une barre chocolatée. L'eau me monte à la bouche. Si M. Combinaison-de-plongée ne se pointe pas rapidement, j'irai acheter du chocolat moi aussi. Je l'observe tandis qu'elle s'arrête devant le présentoir à cartes postales et commence à le faire tourner distraitement. J'ai comme le sentiment de l'avoir déjà vue quelque part, mais je n'arrive pas à me rappeler où ni quand. Finalement, elle s'engouffre dans le magasin, me tirant de ma rêverie.

Je me retourne et fixe ma tasse de café. Qu'est-ce que je fais encore ici, à attendre un fanatique de sport ? Je ferais mieux de boire mon café d'une traite et de m'en aller.

Au fond de la salle, une porte avec le mot « TOILETTES » inscrit sur une pancarte suspendue à la poignée s'ouvre avec un grincement bruyant. Il est là. Pour une raison qui m'échappe, j'avais imaginé qu'il serait toujours vêtu de sa combinaison de plongée, mais il porte un jean délavé et un polo de rugby vert pâle. Ses cheveux blonds sont ébouriffés. Il est encore plus beau que dans mon souvenir.

— Tu es venue, me dit-il en affichant un large sourire.

L'espace d'un instant, j'ai la désagréable impression qu'il va se pencher pour me faire la bise, mais il finit par me tendre la main, non sans avoir hésité.

— Je m'appelle Josh, au fait.

— Astrid.

— Cool.

Il fait un signe en direction de ma tasse de café.

— Est-ce que tu veux manger quelque chose avec ça ?

Le petit déjeuner anglais me fait mourir d'envie, mais je me vois déjà avec du jaune d'œuf dégoulinant sur le menton. Pas terrible pour un premier rencard. Si tant est qu'il s'agisse d'un rencard. Je ne me rappelle plus la dernière fois que ça m'est arrivé. À vrai dire, je ne suis pas sûre que ça me soit déjà arrivé un jour. Aller directement à la case sexe avec un inconnu, tous les deux ronds comme des queues de pelle, voilà comment j'avais plutôt l'habitude de procéder.

— Je me laisserais bien tenter par un scone.

Mon Dieu, ai-je vraiment dit ça ? On croirait entendre ma grand-tante Dorothy.

— Va pour un scone, dit-il en se dirigeant vers le comptoir, la main plongée dans la poche de son jean pour en extraire de la monnaie.

— Un scone, un petit déjeuner anglais et un thé, s'il te plaît, Bob, lance-t-il.

Bob acquiesce et s'attelle à la tâche. Je suis en train d'étudier le derrière de la tête de Josh – la façon dont ses cheveux bouclent à la naissance de sa nuque – lorsqu'un long frisson remonte soudain le long de ma colonne vertébrale. Inutile de tourner la tête pour savoir qu'on m'observe à travers la vitrine du café. Et je sais d'instinct qu'il ne s'agit pas de Rosie, cette fois.

Josh tire la chaise en face de moi, la faisant racler sur le parquet.

— Ça va ? me demande-t-il.

Je jette un coup d'œil furtif par-dessus mon épaule. Personne. Évidemment. *Ressaisis-toi, Astrid. Ce n'est pas lui.*

— Oui, oui. Tout va bien.

Josh regarde un instant au-dehors et fronce les sourcils. Puis il reporte son attention sur moi.

— Alors, combien de temps comptes-tu rester chez ta mère ?

— Jusqu'à ce qu'elle se porte mieux, je suppose.

Une légère sensation de chaleur me monte aux joues tandis que je réponds.

— Qu'est-ce que tu fais ? Comme métier, je veux dire.

J'ai le cerveau en ébullition. *Respire.*

Josh fait la grimace.

— Désolé, c'était une question barbante. Piètre façon d'entamer la conversation !

Je souris.

— J'ai une formation de scénographe. Je travaille en free-lance.

Ce que je ne lui dis pas, c'est que le dernier boulot que j'ai eu ayant un quelconque rapport avec la scénographie remonte à plus de sept ans. J'avais une fâcheuse tendance à toujours arriver en retard, la plupart du temps encore bourrée de la veille. J'étais un danger ambulant. Une poivrote inutile. Dès lors se sont succédé d'innombrables petits boulots sous-payés et sans aucune perspective d'avenir. Assistante, vendeuse de supermarché… Depuis plus d'un an, je n'ai même rien fait du tout.

Je bois une gorgée de café et me brûle le palais.

Josh, lui, prend le temps de souffler sur son thé, ce que j'aurais dû faire moi aussi.

— Je bosse dans une fac, dit-il. Conseiller pédagogique. Enfin, je vais commencer à la fin du mois d'août. J'ai été licencié de mon dernier emploi.

— Je suis désolée pour toi.

— Ne le sois pas. Je détestais ce job. Même si ça marchait plutôt bien. Mon père a acheté une vieille bâtisse qui fait face au front de mer. Je vais passer l'été avec lui pour l'aider à tout rénover.

Il plonge son regard dans le mien.

— Qu'est-ce qui t'a poussée à devenir scénographe ?

Enfin une question à laquelle il m'est facile de répondre.

— J'adore la peinture à grande échelle. Grimper sur des échafaudages et transformer une toile blanche en forêt, en océan ou en rue bondée. Mélanger les couleurs et les textures, étaler la peinture sur la toile et en avoir les mains et les vêtements recouverts. Ça me donne le sentiment d'entrer dans la peinture… D'en faire partie *intégrante*, tu vois ce que je veux dire ?

Cela fait des lustres que je n'ai pas parlé de ça. Ou que j'y ai même pensé, pour être honnête. Et maintenant que c'est le cas, ça me revient d'un coup. La passion, la ferveur. Avant que tout ne parte en vrille. Peut-être que si je n'avais pas été aussi encline à l'autosabotage, je serais devenue une scénographe respectée à l'heure qu'il est. J'aurais pu au moins m'assurer des contrats réguliers avec de bonnes compagnies.

Josh m'écoute attentivement, le sourire aux lèvres.

— Ça fait aussi monter l'adrénaline. Travailler de si haut. Tu as intérêt à savoir ce que tu fais. Et puis il y a quelque chose de très spécial à travailler dans un théâtre tard le soir. Une vraie atmosphère. Sombre et inquiétante. Toujours une lumière pour clignoter dans un coin. Et puis tous les bruits sont amplifiés dans l'auditorium vide.

Je me tais brusquement. Il va me prendre pour une folle si je continue à radoter comme ça.

— Je crois que je n'ai jamais rencontré quelqu'un d'aussi passionné par son travail, finit-il par dire en se redressant sur sa chaise. Ton visage s'est illuminé quand tu as commencé à en parler.

Je baisse les yeux, embarrassée.

— D'ailleurs, j'aimerais faire appel à tes talents de peintre, si tu le veux bien.

Je relève la tête, l'air interrogateur.

— Il y a une petite pièce étrange au milieu de la maison de mon père. La lumière n'y pénètre presque pas. Il a songé à en abattre les murs pour la fondre avec les pièces attenantes, mais il n'arrive pas à s'y résoudre. Elle lui plaît, sans qu'il puisse expliquer pourquoi. Et je partage son avis. On dirait une chambre des secrets.

Il marque une pause, le temps que nous fassions de l'espace sur la table pour que Bob y dépose la nourriture.

— Il voudrait faire venir quelqu'un pour peindre une fenêtre sur un des murs. Tu sais, une de ces fenêtres ultra-réalistes qui s'ouvrent sur un jardin ensoleillé ou un truc du genre.

— Un *trompe-l'œil.*

— Je te demande pardon ?

— Un trompe-l'œil. C'est l'expression qu'on utilise pour décrire les peintures qui te donnent l'impression de voir quelque chose en trois dimensions. Tout est une question d'illusion et de perspective forcée.

— Tu vois ? dit Josh. Tu t'y connais. Pourquoi est-ce que tu ne viendrais pas juger ça par toi-même ?

Il m'adresse un clin d'œil. Un geste anodin qui suffit à provoquer de drôles de palpitations dans ma poitrine. Entre mes cuisses aussi. Je détourne le regard.

— Tu n'es pas obligée d'accepter si tu es déjà trop occupée. Mais ce serait super d'avoir ton expertise, et papa est un chic type. Je suis sûr que tu t'entendrais à merveille avec lui.

Il rougit. Cet Adonis blond d'un mètre quatre-vingts est capable de rougir.

— Quoi qu'il en soit, ça me ferait plaisir de te revoir.

J'essuie la paume de mes mains sur mon jean sous la table. C'est de la folie. Je le connais depuis cinq minutes à peine et voilà qu'il veut déjà me présenter à son père. Je suis sortie avec Simon pendant presque trois ans et je n'ai jamais rencontré ses proches. De toute façon, il avait déjà perdu contact avec eux. Rien de surprenant, compte tenu des circonstances. Je doute que ma mère aurait accepté de continuer à me voir si j'avais refusé d'aller en cure de désintoxication.

— Alors c'est d'accord.

Les mots sortent avant que j'aie le temps de changer d'avis.

5

Le SMS de Josh arrive un peu plus tard dans la semaine.

« Salut, Astrid, ça te dit de me retrouver devant l'Old Schooner à Mistden ? Mercredi, à quatorze heures ? »

Merde ! Qu'est-ce qui m'a pris ? Je pourrais toujours prétexter que la santé de ma mère s'est dégradée et que je ne peux pas la laisser seule trop longtemps. Ou, plus simple encore, je pourrais ignorer son message. Ne jamais aller au rendez-vous. Faire comme si rien de tout cela ne s'était passé.

Et pourtant, en fermant les yeux je visualise déjà la petite pièce sombre au centre de la maison de son père. Sa chambre des secrets. Une partie de moi se voit en train de peindre le plâtre immaculé. C'est tout juste si je ne sens pas l'odeur de l'apprêt appliqué sur les murs.

Je passe une tête dans le salon. Ma mère s'est endormie sur le canapé, la bouche grande ouverte. Elle est d'une pâleur cadavérique. Je referme délicatement la porte et monte à l'étage où je tire l'échelle escamotable rattachée à la trappe du grenier. Mes pinceaux doivent se trouver là, quelque part, avec le reste de mes affaires.

Les boîtes, les sacs et les sacs-poubelle contenant ce que je possède de plus précieux au monde. Ou plutôt « un tas de bêtises », comme a dit ma mère l'autre jour. Elle parlait à une de ses amies quakers[1] au téléphone. Comme quoi, je ne suis pas la seule de la famille à faire partie d'un groupe.

J'appuie sur l'interrupteur et une lumière jaunâtre jaillit dans l'obscurité. Il me faut quelques minutes pour les retrouver, rangés dans une vieille valise sous une pile de vêtements d'hiver. J'extrais un rouleau de toile moucheté de taches d'humidité et je le porte à mon visage, humant l'odeur de térébenthine et de lin. Cela faisait longtemps. Les larmes me montent aux yeux rien qu'à l'idée de peindre à nouveau, mais je ravale aussitôt mes émotions. Je suis sur le point de refermer la valise lorsqu'un objet doré et brillant attire mon attention. Je soulève le pull qui le recouvre à moitié et étouffe un cri de surprise. C'est une des vieilles balles de jonglage de Simon. Comment diable s'est-elle retrouvée *ici* ?

Je la saisis et la presse contre la paume de ma main, sentant les battements de mon cœur qui s'affole au creux de ma poitrine. Simon s'était mis en tête d'apprendre à jongler lorsque nous avons commencé à sortir ensemble. Il voulait devenir acteur et pensait que plus il développait de compétences, plus il avait de chances de décrocher un rôle. Pas de bol pour lui, il se plantait

1. Les quakers sont les membres d'un mouvement religieux protestant fondé en Angleterre au XVIIe siècle par des dissidents de l'Église anglicane, prêchant le pacifisme, la philanthropie et la simplicité des mœurs.

sans cesse aux auditions. Peu importe le nombre d'auditions qu'il passait, il ne décrochait jamais le rôle qu'il voulait. De toute façon, l'alcool était là pour éponger sa frustration.

Je le vois encore faire tomber les balles et jurer comme un charretier. Je m'amusais à les ramasser, toutes chaudes et collantes qu'elles étaient, puis à les lui relancer en disant : « Allez, montre-nous ce que tu es capable de faire avec tes boules dorées. » Et il m'adressait un petit sourire en coin en faisant mine d'ouvrir sa braguette.

Les avait-il avec lui la dernière fois ? Cela ne fait aucun doute. Je ne vois pas comment l'une d'entre elles aurait pu atterrir ici autrement.

Je range la balle dans la valise, me ravise et la ressors. Je recule, tâtonnant dans l'obscurité derrière moi à la recherche du haut de l'échelle. J'éteins la lumière avant de redescendre puis je regarde l'échelle se rétracter dans la trappe du plafond.

De retour dans ma chambre, je pose la balle sur ma table de chevet.

Il fut un temps, avant que la situation ne dégénère complètement, où le simple fait de voir quelque chose lui appartenant me rendait folle de joie. Aujourd'hui, mon cœur s'emballe pour une tout autre raison. Bon sang, pourquoi ai-je descendu ce truc du grenier ? La dernière chose dont j'aie besoin, c'est bien d'un souvenir de lui.

Je déroule l'étui à pinceaux sur le lit devant moi. Il n'y a aucune chance que le père de Josh m'embauche pour faire la peinture de sa chambre des secrets. Et même s'il me le proposait, je ne pourrais pas accepter. Ma langue vient se coller contre mon palais. Ça recommence. Cette sensation soudaine d'empâtement qui m'envahit la bouche. Ce besoin irrépressible de boire. Je jette un œil à l'horloge posée sur le rebord de la fenêtre. Comme si j'avais besoin de confirmer ce que chaque nerf de mon corps sait déjà. Seize heures. L'heure à laquelle je commençais habituellement à boire ou – si par miracle je travaillais à ce moment-là – à planifier ma prochaine biture. Imaginant le bruit jouissif du bouchon qu'on fait sauter, le son merveilleux du liquide versé. Et enfin, la première gorgée tant attendue.

Mon estomac se contracte et mon cuir chevelu me démange. Je me gratte, tout du moins j'essaye, faisant courir mes ongles entre mes tresses. Que vais-je bien pouvoir faire ? Cela finira-t-il par s'arrêter un jour ?

Sans même m'en rendre compte, j'entreprends d'arracher les perles attachées au bout de mes tresses. La procédure est longue et laborieuse. D'abord, je les dénoue une par une, massant mon crâne pour redonner de la souplesse à ma chevelure. Puis je me lave les cheveux penchée au-dessus de la baignoire, attentive à bien répartir l'après-shampoing sur l'ensemble de mes mèches. C'est toujours mieux que de rester là à gamberger. Toujours mieux que d'entretenir cette soif qui grandit en moi. Par ailleurs, ça me fait du bien de passer le peigne dans mes cheveux, depuis le haut du front jusqu'au bas de la nuque. Encore et encore, jusqu'à ce que les muscles de mon bras me fassent mal et que mon crâne se mette à picoter. Jusqu'à ce que la sensation de manque disparaisse enfin.

Ma mère ouvre des yeux ronds lorsqu'elle me voit.

— Je me demandais quand tu allais enfin te débarrasser de cette coiffure affreuse. Tu es tellement plus belle avec les cheveux naturels, ajoute-t-elle.

Elle est en train de nettoyer des pommes de terre nouvelles avec une brosse.

— Pam t'a vue sortir du Fisherman's Shack, dit-elle sans se retourner.

Pam est sa partenaire de bridge. Membre des quakers, elle aussi.

— Elle t'a vue sortir avec un jeune homme.

Je pousse un soupir. Pas étonnant que j'aie l'impression d'être observée.

— Je suis surprise que tu n'aies pas demandé à tous les habitants de la ville de garder un œil sur moi.

La pomme de terre que ma mère tient dans les mains lui échappe et rebondit dans le saladier. Elle la reprend et la rince dans l'évier.

— Tu sais ce qu'ils disent en cure de désintoxication ? De ne pas se lancer dans une nouvelle relation ou quoi que ce soit qui nécessite une forme d'engagement.

— J'ai pris un café et un scone avec lui. Ce n'est pas comme si j'allais l'épouser.

C'est au tour de ma mère de soupirer.

— Du moment que tu sais ce que tu fais.

Si seulement je pouvais lui répondre que non, je n'ai justement aucune idée de ce que je fais et que chaque jour passé sans boire est comme un nouveau départ pour moi. Que j'ai l'impression d'être un tout petit bateau de pêche ballotté par les vagues. Un bateau menaçant de sombrer à tout moment. Mais il est trop tard pour les confidences. Nous avons déjà statué sur la nature de notre relation et celle-ci restera strictement conflictuelle. Agressive.

Elle verse de l'eau froide dans une passoire remplie de feuilles de laitue et la secoue au-dessus de l'évier.

— Omelette, pommes de terre nouvelles et salade pour le dîner. Est-ce que ça te va ?

— C'est parfait, merci.

Elle m'adresse un sourire bref. Une trêve, en quelque sorte.

Après le dîner, j'ouvre mon exemplaire des *Alcooliques anonymes*. J'ai beau lire le même paragraphe pour la troisième fois, je n'arrive toujours pas à en saisir le sens. Ce n'est pas pour rien qu'on surnomme ce bouquin « le Gros Livre ». Obsolète et répétitif. J'ai l'impression d'avoir commencé à le lire il y a des siècles. Mais je dois bien admettre qu'à ce jour ce livre est ce qui s'apparente le plus à un guide de survie.

Alors que j'ai déjà du mal à me concentrer, ma mère décide de passer un coup de balai mécanique sur le tapis et le couinement des roulettes me vrille la tête. Il n'y a bien qu'elle pour continuer à utiliser un balai mécanique.

— Une de mes camarades du club de bridge envisage d'animer un cours pour débutants au centre communautaire, lance-t-elle comme si l'information venait de lui revenir. Le premier a lieu demain. Je me disais que ça t'intéresserait peut-être.

— Je ne suis pas sûre que le bridge soit vraiment mon truc, maman.

Ma mère se redresse, arrêtant de passer le balai.

— C'est un jeu fascinant une fois que tu as pris la main. Il donne tellement à apprendre. Ce serait une bonne chose pour toi.

Typique, venant d'elle. Elle est tout simplement incapable de lâcher l'affaire.

— Sans façon, maman. Vraiment. J'irai peut-être nager ou quelque chose du genre.

L'idée d'aller plonger dans les eaux glacées de Flinstead en compagnie de Josh me trotte dans la tête depuis que nous nous sommes quittés en échangeant nos numéros de téléphone. Moi aussi je veux me sentir purifiée et revigorée. Je veux apprendre ce qu'est un foutu tunicier.

— Je vais visiter la maison du père de Josh la semaine prochaine.

Elle me regarde d'un œil scrutateur.

— Qui est ce Josh ?

— Le type avec qui j'ai pris un café. Il a besoin de conseils pour la réalisation d'un trompe-l'œil.

Une lueur étrange s'allume dans les yeux de ma mère.

— J'en ai vu un extraordinaire à Québec, commence-t-elle. Il avait été peint sur le côté d'une maison et on aurait dit que le mur avait été détruit, laissant voir l'intérieur et ses habitants.

Je la dévisage. Je rêve ou elle est en train de décrire la *Fresque du Petit-Champlain*. Je me souviens avoir lu un article à ce sujet à la fac.

— Quand est-ce que tu es allée à Québec ?

Elle ne répond pas tout de suite.

— Après la mort de ton père.

Mon père. C'est la première fois que son existence est mentionnée depuis des lustres. Les mots flottent dans l'air telle une accusation. Rien ne sert de me répéter qu'il avait des problèmes cardiovasculaires et qu'il en serait mort quoi qu'il en soit. Je ne me pardonnerai jamais d'avoir accéléré le processus de dégradation de sa santé avec mon addiction à l'alcool. Je ne suis peut-être pas responsable de sa crise cardiaque, mais je n'ai certainement pas aidé. Et je sais que ma mère pense la même chose. Je peux le voir dans ses yeux ; y lire tout ce qu'elle n'ose pas avouer.

— Pourquoi ne m'as-tu jamais dit que tu étais allée à Québec ?

— Je te l'ai dit.

— Non. Je m'en souviendrais.

— Vraiment ?

Je baisse la tête, les joues en feu. Bien vu, *mère*. J'ai raté un paquet de trucs dans ma vie ponctuée de trous noirs. Des vides dans ma mémoire que je ne pourrai plus jamais combler, même avec la meilleure volonté du monde. Non pas que j'aie envie de les combler. Il y a des choses qui feraient mieux de rester oubliées pour toujours.

6

Du salon de coiffure émanent une chaleur rassurante et une agréable odeur de laque pour cheveux. J'ai pris rendez-vous il y a quelques jours. On m'a même proposé une réduction si j'acceptais de me faire coiffer par un apprenti. J'ai dit oui. Les gens qui dépendent encore de l'argent de poche de leurs parents ne peuvent pas se permettre de faire la fine bouche.

À chaque coup de ciseaux supplémentaire, l'arrondi de mon crâne se dévoile davantage. Mes pommettes semblent plus prononcées. Je me sens plus légère et libre que jamais, comme si le poids de mon passé était tombé avec mes cheveux. Si seulement cela pouvait être aussi simple. Si seulement on pouvait se contenter de couper les moments de notre vie dont on veut se séparer. Les moments qui nous font douter et nous détester. Si on pouvait les enlever comme une vulgaire verrue ou une tumeur, et simplement panser la plaie en attendant qu'elle se referme.

Je repousse d'un revers de main les cheveux tombés sur mes genoux et essaye de ne pas laisser mon esprit s'égarer. Car je sais très bien comment les choses se terminent lorsque cela arrive. Je relis le SMS de Josh pour la vingtième fois au moins. Notre rendez-vous est arrivé plus vite que je ne l'aurais pensé, et je n'ai toujours pas décidé si j'allais m'y rendre ou non. Le message propose que nous nous retrouvions *devant* l'Old Schooner, mais il est fort probable qu'il m'invite à y entrer pour boire un verre avant d'aller chez son père. C'est pourquoi je dois me préparer une liste d'excuses à l'avance, au cas où je déciderais finalement de ne pas honorer le rendez-vous.

Des excuses du genre : *Je n'ai pas soif, merci.* Ou : *J'essaye de ne pas boire pendant la semaine.* Non, pas ça. Il risquerait de m'inviter un week-end du coup. Et pourquoi pas : *J'ai délaissé les pubs dernièrement*, ou : *L'Old Schooner ? Ça craint, non ?* Ou encore : *Je ne suis pas très branchée pubs…*

Une chose est sûre, je n'aurai jamais le cran de dire : *Josh, il faut que tu saches que je suis une ancienne alcoolique et que je préférerais rester éloignée de toute forme de tentation.*

Pourquoi est-ce que je ne peux pas simplement dire la vérité ? Pourquoi est-ce si difficile ?

— Waouh ! s'exclame Josh. Tu es ravissante. J'ai failli ne pas te reconnaître.

Il dépose un baiser sur ma joue et se met à marcher à mes côtés. Il n'a même pas un regard pour le pub, qu'il ne mentionne d'ailleurs pas. C'était bien utile de m'inquiéter autant. J'ai perdu l'habitude de marcher au même rythme qu'une autre personne et je peine à ne pas me laisser distancer par ses longues enjambées énergiques. Par chance, aucun silence gênant ne vient plomber notre promenade. Josh a l'assurance de quelqu'un qui est allé en école privée. La voix aussi. Simon le détesterait juste pour le principe.

Ils ne pourraient pas être plus différents l'un de l'autre, et pourtant, je retrouve un peu de Simon en Josh. C'est sûrement dû à l'effet qu'il a sur moi, comme si je le connaissais depuis longtemps déjà. Je ressentais la même chose avec Simon, quand tout allait encore pour le mieux entre nous.

Les battements de mon cœur s'accélèrent. Pourquoi suis-je incapable de l'oublier ? Je ressens soudain le besoin pressant de regarder par-dessus mon épaule. Simon m'a dit un jour qu'il tuerait tout homme qui m'arracherait à lui. Et qu'ensuite il me tuerait moi aussi. Je sais que c'était l'alcool qui parlait, mais quand même…

— Est-ce que tu as grandi ici ? je lui demande, désireuse de repousser les images qui ont jailli dans mon esprit.

Simon, m'espionnant depuis le trottoir opposé, traquant le moindre de mes mouvements.

Je plonge la main dans ma poche à la recherche de la balle de jonglage.

— Non, répond Josh. Je suis originaire du Berkshire. À la mort de ma mère, mon père a décidé de vendre la maison.

Il marque un temps d'arrêt.

— Il a acheté une péniche et y a vécu pendant des années. C'était leur rêve à tous les deux, alors je suppose qu'il l'a fait pour honorer sa mémoire. Puis un jour, alors qu'il rendait visite à ma tante qui habitait dans le coin, il a vu que cette maison était à vendre et voilà.

— Je sais ce que c'est de perdre un parent. Mon père est décédé il y a trois ans.

Je n'ai pas l'habitude de parler de mon père. Ça ravive des souvenirs trop douloureux. Mais depuis les révélations de ma mère hier, je n'arrête pas de penser à lui.

Josh a la délicatesse de ne pas faire de commentaire, bien que son silence en dise long – et m'apporte une sorte de réconfort.

Quelques minutes plus tard, l'étroit sentier sur lequel nous nous sommes engagés s'ouvre sur une allée gravillonnée se terminant en une boucle gracieuse au pied d'une villa de style victorien à la façade symétrique. Elle doit bien faire cinq fois la taille du petit cottage de ma mère.

La porte d'entrée n'est pas verrouillée. Josh l'ouvre et m'invite à le suivre. J'ai à peine passé le seuil qu'une vague de chaleur vient m'envelopper, faisant instantanément disparaître la tension qui me bloquait la mâchoire et le haut du dos. Mes yeux passent du haut plafond aux murs fraîchement recouverts d'enduit, puis au plancher de couleur grise.

— C'est magnifique.

Josh éclate de rire.

— Les travaux viennent seulement de commencer.

— Je veux dire, la maison en elle-même, ses dimensions et son… aura. Elle est parfaite.

Un homme maculé de taches de peinture émerge d'une pièce située sur la droite. Il a la même structure de visage que Josh, les mêmes cheveux blonds en bataille, si ce n'est que les siens sont plus fins et clairsemés. Des lunettes en écaille sont perchées sur le bout de son nez.

— Vous aussi, vous pouvez sentir son aura ? me demande-t-il. Tu vois, Josh, je ne suis pas qu'un vieil illuminé.

Il s'avance vers moi en me tendant la main.

— Je m'appelle Richard. Et vous, vous devez être Astrid, dit-il d'une voix légèrement plus grave que celle de son fils, et je comprends à cet instant que je suis attirée par les deux hommes, même si l'Astrid abstinente sait très bien qu'elle ne peut pas se laisser aller à de telles pensées.

— Viens donc admirer la vue, lance Josh.

Je lui emboîte le pas tandis qu'il pénètre dans une des pièces situées sur l'aile gauche de la villa. Il s'agit d'un salon traversant inondé de lumière. De part et d'autre du salon se trouvent les cheminées d'origine au cadre de marbre. Tous les murs ont été repeints en blanc et le plancher poncé.

— On peut voir jusqu'à Langan's Creek et Brintock Island, fait remarquer Richard qui s'est joint à nous. Même si c'est à l'étage que la vue est la plus belle, naturellement.

Je reste sans voix. Cette superbe maison. Les nuages laiteux qui se confondent avec le banc de sable sur la ligne d'horizon. Les oiseaux qui volent en cercle à l'affût de nourriture. Les bateaux échoués. Je pourrais admirer cette vue pendant des heures, jusqu'à ce que la marée vienne recouvrir le pré-salé.

Lorsque j'arrive enfin à m'exprimer, ma voix est à peine audible.

— J'adore.

— Allez, suis-moi. Je vais te faire faire le grand tour, me dit Josh.

Et le voilà qui me guide d'une pièce à l'autre, chacune à un stade différent des travaux. La cuisine a été complètement démolie ; il ne reste qu'un robinet d'eau froide sortant de l'un des murs, une gazinière toujours en état de marche et une vieille table en pin faisant office de buffet. Sur celle-ci, une multitude de tasses, de sachets de thé éventrés, de tranches de salami et de tomates. Un micro-ondes en chrome trône sommairement sur le haut d'un tabouret et, dans le coin, vrombit un énorme réfrigérateur.

— Nous allons abattre ce mur, dit Josh en ouvrant les bras. Papa voudrait agrandir la superficie de la cuisine pour y mettre une longue table et plusieurs îlots de cuisine.

Je parviens parfaitement à me représenter la pièce. Une fois achevée, elle sera magnifique. Digne d'apparaître dans un de ces magazines de décoration d'intérieur aussi chics que hors de prix. Le père de Josh ne doit pas manquer de moyens…

À l'étage, même spectacle. Des chambres hautes de plafond, des cheminées en marbre et un plancher brut. Certains murs déjà repeints en blanc, et les autres recouverts d'enduit.

— Voici ma future chambre, révèle Josh.

Pendant un instant qui me semble une éternité, nos regards se posent sur le lit *king size*. Comme il a l'air moelleux et confortable ! Tout dans ce lit appelle à se pelotonner. Je parie que lui aussi ressent le courant électrique qui passe entre nous. Si puissant qu'il en deviendrait presque palpable. Je me dirige vers la fenêtre, tournant le dos au lit pour mieux me concentrer sur la vue qui, comme l'a annoncé Richard, est encore plus belle depuis l'étage.

Lorsque Josh vient se placer à côté de moi, nous n'échangeons pas un mot. Pas même un regard. Mais nous savons tous deux pertinemment ce qui va se passer. Peut-être pas aujourd'hui, ni demain. Peut-être même pas cette semaine. Mais très bientôt.

Si je le permets.

— Le descriptif de la propriété la qualifiait de « cocon douillet », dit Richard.

Nous nous tenons tous les trois dans la petite pièce sombre située au milieu de la maison.

— Pourtant, je ne me verrais pas une seule seconde passer du temps là-dedans. Je me sentirais trop à l'étroit. Pas dans mon élément.

— Elle doit faire la même taille que le salon de ma mère, je murmure.

Le visage de Richard se rembrunit quelques secondes sous l'effet de la gêne. Il a dû croire que je voulais le remettre à sa place, mais ce n'est pas le cas. Je faisais simplement une remarque. Ça m'apprendra à parler sans réfléchir.

— Mais il est vrai que son salon est beaucoup plus lumineux, je m'empresse d'ajouter. À quoi bon s'enterrer ici alors qu'il y a tant d'autres chambres bien plus belles et confortables ?

Je n'ai fait qu'empirer les choses. Voilà que j'insiste sur sa chance d'avoir une si grande maison tandis que d'autres personnes vivent dans des trous à rat étriqués et sordides. Qu'est-ce qui ne va pas chez moi ?

— C'est pourquoi j'ai pensé transformer cette pièce en œuvre d'art, poursuit-il.

— Qu'avez-vous en tête exactement ?

— Je ne suis pas sûr. Peut-être une fenêtre. Ou bien est-ce trop cliché ?

Je jette un coup d'œil circulaire à la pièce.

— Un trompe-l'œil ne fonctionne que d'un seul point de vue, dis-je en reculant d'un pas. Dans ce cas précis, vous devrez peindre le mur en face de vous lorsque vous passez la porte. Celui-ci, j'ajoute en tapotant le mur du plat de la main, jouissant de l'agréable sensation procurée par l'enduit froid contre ma paume.

— C'est vous l'experte, lance Richard.

— Pas vraiment. Mais il m'est déjà arrivé de peindre quelques trompe-l'œil par le passé.

Un passé désormais lointain et flou. Mais à quoi bon le préciser ?

— Pour être le plus réaliste possible, le trompe-l'œil doit complètement se fondre dans le décor.

Le rouge me monte soudain aux joues et je remercie le Ciel de me trouver dans une pièce sombre. Comment réagiraient-ils s'ils apprenaient que je les trompe moi aussi ? Que je ne suis qu'une imposture, à l'image d'un trompe-l'œil ?

— Ce que je veux dire, c'est qu'il n'y aurait aucun intérêt à peindre des montagnes si vous habitiez la région la plus plane de Grande-Bretagne.

Richard et Josh éclatent de rire.

— En ce qui vous concerne, une porte s'ouvrant sur une vieille jetée en bois et un bateau de pêcheur flottant sur la mer conviendraient très bien. Souhaitez-vous que je réfléchisse à plusieurs idées ? Que je fasse des croquis ?

Je n'arrive pas à croire ce que je viens de dire. L'art demande de la pratique. C'est comme un muscle qu'on doit régulièrement travailler pour ne pas le laisser s'atrophier. Cela fait des années que je n'ai pas touché à un crayon ou un pinceau. Et si je ne savais plus dessiner ? Maintenant que je leur ai proposé des croquis, il y a des chances pour qu'ils me demandent de réaliser la peinture aussi. Mon Dieu ! Dans quel pétrin suis-je allée me mettre ?

Force est de constater qu'une pointe d'excitation a également fait son apparition. En fait, elle est apparue dès que je suis entrée dans cette pièce.

Richard remonte ses lunettes sur son nez et sourit.

— Ce serait génial ! s'exclame-t-il en jetant un regard entendu à Josh. Astrid, ct si vous restiez pour le dîner ? Nous pourrions commander un *fish and chips*.

Il fixe sur moi ses yeux bleu pâle d'une intensité presque dérangeante.

— Je dois bien avoir une bonne bouteille de rouge de coté, ajoute-t-il.

L'espace d'un instant, j'ai l'impression qu'il m'a percée à jour. Qu'il m'a vue pour ce que je suis réellement.

Je bredouille quelques mots d'excuse, prétendant être attendue ailleurs. Saisissant mes affaires à la hâte, je rebrousse chemin vers la sortie, consciente du silence assourdissant qui s'est installé. Les pauvres ne doivent pas comprendre pourquoi je me suis soudain comportée de cette façon alors que tout semblait aller pour le mieux. Mais il m'était impossible de rester une seconde de plus dans cette maison. Tout simplement impossible.

Regardez un peu dans quel état elle s'est mise.

J'attends qu'elle ait atteint le bout de l'allée avant de la suivre. Je marche à grandes enjambées, avec une telle assurance qu'on pourrait croire que je sais exactement où je vais. Que j'ai quelque part où aller. Lorsque j'arrive sur la route principale, elle me devance de plusieurs mètres, attendant l'occasion de traverser entre deux voitures.

Pourquoi est-ce qu'elle ne se lancerait pas tout de suite ? Quel spectacle cela ferait, n'est-ce pas ? J'entends déjà le crissement des pneus sur la route et le bruit assourdissant de son corps percuté de plein fouet par un SUV. Je la vois être projetée dans les airs et retomber lourdement sur la route comme une vulgaire poupée désarticulée, les membres disloqués, le crâne fracassé.

Encore mieux : ce serait moi au volant du SUV. Moi qui n'aurais pas appuyé sur le frein à temps. Qui n'aurais même pas essayé, à vrai dire. Pendant une seconde, je verrais l'horreur dans son regard, juste avant qu'elle rebondisse sur le pare-brise et s'écrase sur le sol. Je roulerais alors sur elle, sentant ses os se briser sous le poids de la voiture.

7

— Dès qu'il a mentionné la bouteille de vin, j'ai cherché une fausse excuse pour prendre mes jambes à mon cou. Ils ont dû me prendre pour une folle.

Je garde les yeux baissés sur mes genoux. Je n'avais pas prévu d'en parler, mais ainsi vont les choses aux réunions des Alcooliques anonymes. On finit tous par se purger, en quelque sorte.

— Je sais que j'ai eu la bonne réaction, mais j'aurais préféré que cela n'arrive pas du tout.

Une grosse larme vient s'écraser sur mon genou.

— C'est tout. C'est la seule chose que je voulais dire.

David me sourit.

— Merci d'avoir partagé cela avec nous, Astrid.

Pendant un instant, j'ai l'impression qu'il va ajouter quelques mots pour me réconforter. Je vois même à son expression qu'il en a envie, mais il sait qu'il doit s'en tenir aux règles. Les gens comme lui ne brisent jamais les règles.

— Qui d'autre souhaite prendre la parole ? demande-t-il.

La femme aux escarpins rouges – qui porte désormais des bottines – se tord nerveusement les doigts. Restera-t-elle silencieuse comme la dernière fois ? C'est son droit, bien sûr. Personne ne va la forcer à parler et, de toute façon, la plupart des gens ici présents aiment à peu près autant s'écouter parler que boire un ou deux verres de pinard. Mais le principe des Alcooliques anonymes n'est-il pas de se confier ? Sinon pourquoi y assister ?

J'essaye de communiquer avec elle par télépathie. *Bon sang, lance-toi !*

— Je m'appelle Helen…, s'aventure-t-elle.

Eh ben, je suis fortiche.

Elle poursuit d'une voix blanche et mécanique. Son cou est couvert de grosses plaques écarlates. *Allez, ma belle. Tu sens les bonnes ondes qui t'entourent ?*

— … et je suis alcoolique.

Les mots sortent brusquement de sa bouche. Nous reprenons tous notre souffle à l'unisson, ou peut-être suis-je la seule à le faire. « Bonjour, Helen », répond le groupe. Une ou deux têtes dodelinent en signe d'encouragement. La femme aux yeux globuleux (abstinente depuis soixante-trois jours, « a resombré après la mort de son fils mais a retrouvé le droit chemin grâce à la volonté de Dieu ») tape même maladroitement dans ses mains. C'est une chance que nous ne soyons pas aux États-Unis, car bientôt nous nous mettrions à crier « Amen » à tout bout de champ. La femme de la boutique solidaire sourit bêtement. Rosie. Ce prénom ne pourrait pas moins bien lui aller, je pense. Il a une consonance bien trop féminine et douce pour une alcoolo de soixante piges.

Je croise les chevilles, essayant de me concentrer sur mes Doc Martens.

— L'alcool m'a tout pris, poursuit Helen.

Nouvelle vague d'encouragements. Je sais exactement ce qu'elle va dire ensuite. C'est toujours la même rengaine. Les trous noirs, les gueules de bois de l'enfer. Le cycle interminable des visites aux Alcooliques anonymes. Nous sommes tous les variations d'un même thème.

Elle se tord à nouveau les doigts et se balance désormais d'avant en arrière sur sa chaise. Je voudrais pouvoir lui dire que l'exercice devient de plus en plus facile à mesure qu'on le pratique, mais nous n'avons pas le droit d'interrompre ou de donner des conseils aux autres. Les discussions prennent si facilement un tour chaotique, finissant en engueulades, voire en pugilats. Il n'y a pas la place pour ce genre de chose aux Alcooliques anonymes. Nous sommes là avant tout pour nous écouter les uns les autres.

— J'ai perdu ma maison, dit-elle, mon emploi.

Elle cesse de se balancer.

— Et l'homme de ma vie.

Je serre la balle de jonglage au fond de ma poche si fort que j'ai l'impression qu'elle va se fendre en deux.

C'est arrivé à nouveau, sur le chemin de l'église. J'ai senti le parfum de son after-shave. Plus subtil, cette fois. À peine perceptible, même. Mais bel et bien là. Je deviens folle, je ne vois pas d'autre explication. Comment pourrait-il savoir que je suis ici ? Je ne lui ai jamais parlé de Flinstead. Pas une seule fois.

J'essaye de reporter mon attention sur Helen qui parle toujours ; de me convaincre qu'il ne s'agit que d'une mise en garde de mon subconscient vis-à-vis de Josh et de son père. Je ne dois pas oublier que je ne suis pas en état, que je ne suis pas *normale*. Et que je n'appartiens certainement pas à la catégorie « classe moyenne, villa avec vue sur la mer, pièce transformée en œuvre d'art ».

— Il était tout pour moi, sanglote Helen. Je l'aimais tellement.

J'ai la gorge en feu. C'est ce que disait Simon aussi, au début. Que j'étais tout pour lui. « J'aime ton cœur, ton corps et ton âme, Astrid Phelps », me répétait-il avant de sourire et d'ajouter : « Surtout ton corps. »

Comment ai-je pu imaginer une seule seconde qu'il me laisserait partir ? Il n'en sera jamais capable. Jamais. Où que j'aille désormais, quoi que je fasse, il marchera dans mon ombre. Cela ne fait aucun doute.

— Parfois, je me demande ce qui ne va pas chez moi.

Helen est secouée de tremblements et je m'attends à ce qu'elle fonde en larmes une bonne fois pour toutes. Mais elle se retient. Elle a enfin trouvé sa voix. Sauf qu'il s'agit également de la mienne, comme si Helen s'était connectée à mon cerveau et qu'elle exhumait mes vieux démons.

— Je ne peux rien faire si je n'ai pas bu d'alcool. Je suis comme bloquée.

Elle se tord les doigts.

— J'arrive à peine à me maintenir à flot, utilisant le peu d'énergie qu'il me reste pour ne pas sombrer définitivement alors que tout le monde autour de moi évolue sans aucune difficulté.

Je la dévisage. Je partage exactement le même sentiment qu'elle.

— Je n'aime pas la personne que je deviens lorsque je bois, mais au moins cette personne n'a pas besoin de penser ou de ressentir.

Elle lève les yeux et j'acquiesce, les dents serrées. Car si j'ouvre la bouche, j'ai peur qu'un cri ne s'en échappe contre ma volonté.

— Au moins, je n'ai pas à admettre que je ne suis qu'une ratée qui a détruit tout ce qui lui était arrivé de bien et toutes les occasions de se construire une vie normale et heureuse.

Nos regards se croisent. Elle a beau être un peu plus âgée et s'habiller comme une bibliothécaire, elle et moi sommes exactement les mêmes à cet instant précis.

Cette fois-ci, je reste pour le café. La « réunion après la réunion ». L'homme aux cheveux grisonnants et au costume anthracite – Jeremy, abstinent depuis quinze ans, Seigneur, ne sera-t-il jamais libéré de ce fardeau ? – me tend une brique de lait demi-écrémé. Je secoue la tête, et il se tourne vers Helen. Ses mains tremblent lorsqu'elle verse le lait dans sa tasse de café. Je ne peux pas être la seule à l'avoir remarqué.

Jeremy se tourne à nouveau vers moi.

— Es-tu nouvelle dans la région, Astrid ?

Je sais qu'il souhaite seulement se montrer poli, mais quelque chose chez lui me donne la chair de poule. Il est trop charmant. Trop *gentil*.

— Oui, j'habitais à Londres auparavant.

Rosie apparaît soudain à ses côtés. Elle hoche lentement la tête, comme si elle connaissait déjà cette information. Comme si le mot « Londonienne » était gravé en lettres capitales sur mon front.

— Moi aussi, dit-elle en repoussant une mèche de cheveux derrière son oreille et en hissant un sac plein à craquer sur son épaule. J'ai emménagé ici à la mort de ma mère.

Elle a l'air de s'attendre à ce que je lui adresse une parole de sympathie, mais je n'ai jamais été douée pour ça. À vrai dire, je ne m'en suis jamais trop souciée. De toute façon, je finis toujours par dire ce qu'il ne faut pas.

Jeremy s'éclaircit la gorge. Le silence qui s'est installé semble interminable.

— Flinstead est une drôle de petite ville, n'est-ce pas ?

Le cou me brûle et me démange soudainement. On se croirait à un cocktail, sauf que les boissons sont dépourvues de toute trace d'alcool. Je balaye de mon esprit l'image d'un daïquiri frappé, une lamelle de citron collée au rebord du verre par une fine couche de sel. Je n'aurais jamais dû m'attarder. Mais qu'est-ce qui m'a pris ?

— En effet, oui.

Une expression étrange passe sur son visage, comme s'il voulait en dire plus mais ne trouvait pas les mots pour s'exprimer. Je détourne le regard et la femme aux yeux globuleux qui a essayé de lancer une salve d'applaudissements un peu plus tôt me toise méchamment depuis l'autre côté de la pièce.

Elle a fait ça toute la soirée.

— Tes cheveux sont magnifiques, me dit Rosie. Non pas qu'ils ne l'étaient pas déjà, mais…

Elle émet un drôle de bruit du fond de sa gorge.

Je me touche le crâne. Je me sens vulnérable sans mes tresses.

— Merci.

— Dans quel coin de Flinstead vis-tu ? s'empresse-t-elle d'ajouter.

— Chez ma mère.

Ma réponse est dénuée de sens, limite passive-agressive, j'en suis consciente. Mais je n'ai pas envie de m'étaler davantage. Pour une raison que j'ignore, Rosie m'insupporte. Elle se met à battre des cils sans grande conviction, comme un chat.

Jeremy lui tend une tasse de café.

— As-tu trouvé un logement ? lui demande-t-il.

Elle secoue la tête.

— Malheureusement, je cherche toujours. Mais j'ai un endroit où dormir de façon temporaire.

Au moment où je tourne les talons pour sortir, elle pose sa main sur mon épaule et enfonce ses doigts dans ma chair, tel un rapace enserrant sa proie.

— Par hasard, tu ne connaîtrais pas des adresses de foyers, Astrid ? Ou quelqu'un qui serait à la recherche d'un locataire ?

— Euh, non. Je suis désolée.

Ma main est posée sur la poignée de la porte.

— Astrid ?

Je me retourne.

— N'hésite pas à revenir, dit-elle. Cela ne marchera que si tu y mets du tien.

Dans l'allée qui borde l'église, je prends une cigarette et j'essaye de me protéger du vent pour l'allumer. Helen sort à son tour. Elle entoure mon briquet de ses mains afin de faire écran.

— Merci, lui dis-je après quelques secondes.

Je lui propose une cigarette qu'elle décline.

— C'est le seul vice auquel j'arrive à résister. Même si je suis tentée de m'en griller une parfois. Il y a des limites à ce que le café peut vous apporter.

— Ces trucs-là sont bourrés de merdes, dis-je.

Helen acquiesce.

— Le café aussi.

Nous rions. Au même moment, le jeune type acnéique apparaît en haut de l'allée. Il s'arrête d'abord sous le coup de la surprise, puis se dépêche de nous dépasser, les yeux baissés, le col de sa veste remonté.

Le front d'Helen se plisse tandis qu'elle le regarde avec inquiétude se fondre dans l'obscurité.

— J'espère qu'il n'a pas cru qu'on se moquait de lui.

— Même si c'était le cas, il s'en remettra.

— Au fait, qu'est-ce que t'a dit Rosie au moment où tu allais partir ?

Je lève le menton et la regarde du coin de l'œil.

— *N'hésite pas à revenir. Cela ne marchera que si tu y mets du tien.*

Helen ouvre des yeux ronds.

Je poursuis.

— Certains élaborent un peu plus : *Mets-y du tien, car tu ne vaux pas rien*. C'est un slogan des Alcooliques anonymes. Il y en a tout un tas pour toutes les situations.

Nous nous éloignons de l'église ensemble. Dans la rue, un silence pesant s'est installé, uniquement perturbé par le cliquetis régulier des talons d'Helen sur le pavé et le grondement lointain de la mer. Aucun fêtard enivré, aucune musique en provenance des pubs alentour, aucune voiture. Le tumulte incessant de Londres me manque. C'est une ville qui ne dort jamais, bien différente de Flinstead et de ses habitants qui s'empressent de tirer les rideaux à la tombée de la nuit, afin de siroter une tisane fumante au fond de leur canapé.

— Alors, qu'est-ce que tu penses réellement des Alcooliques anonymes ? me demande Helen.

Je lui jette un regard de biais. Je suis à peu près certaine qu'elle et moi partageons le même avis désabusé, mais il pourrait aussi très bien s'agir d'un test.

— Eh bien, on peut lire pas mal de trucs les accusant d'avoir un fonctionnement très proche de celui d'une secte, tu vois ? Pour ma part, je ne suis pas sûre que ça me convienne, même si j'essaye.

Je ne lui dis pas que c'est ma mère qui m'a contrainte à y aller et que, sans elle, je n'y aurais probablement jamais mis les pieds.

— Et comment se passent les Douze Étapes pour toi ?

— Pas trop mal.

Devrais-je lui dire la vérité ? Devrais-je lui dire que chacune de ces foutues étapes me pose problème et que, même si j'arrivais à outrepasser cette connerie avec Dieu – ce qui est encore loin d'être le cas –, je ne parviendrai jamais à accepter le fait qu'une poignée de principes spirituels soit le seul remède à une maladie qui requiert avant tout une assistance médicale ? Une maladie ? Une pathologie neurobiologique, bon sang !

— J'ai encore du mal à comprendre ce que Dieu vient faire là-dedans, j'ajoute.

— Je vois ce que tu veux dire, répond-elle.

Nous nous trouvons désormais à quelques mètres de l'intersection menant chez ma mère. Je pourrais lui serrer la main et lui souhaiter une bonne nuit, mais une force invisible me pousse à continuer de marcher avec elle. Une sorte de connexion, même aussi ténue qu'un scepticisme partagé au sujet des Alcooliques anonymes.

— Tu devrais faire attention, lui dis-je. Maintenant que j'ai rembarré Rosie, elle va sûrement jeter son dévolu sur toi la semaine prochaine.

— Si tu veux mon avis, elle ne te lâchera pas de sitôt. Tu as remarqué la façon dont elle t'a dévisagée quand tu as pris la parole ?

— Non. J'évite tout contact visuel quand je parle. Sinon ça me met mal à l'aise.

— Pareil pour moi.

Nous avons traversé Flinstead Road et marchons en direction de la mer. Au même moment, un petit groupe d'individus émerge d'un pub un peu plus loin et, instinctivement, nous accélérons le pas pour changer de trottoir. Nous n'échangeons pas un mot. Nous n'en avons pas besoin.

— Je suis arrivée, dit Helen en s'arrêtant devant un immeuble situé sur le front de mer. On se voit à la prochaine réunion ?

— Ce n'est pas demain la veille que je vais faire école buissonnière.

Je l'observe taper le code sur l'Interphone et pousser la lourde porte en verre. Dès que celle-ci se referme, ma confiance s'évapore d'un coup, laissant à nouveau place à la désagréable impression d'être suivie. D'être suivie par Simon. Le duvet sur ma nuque se hérisse. Tout cela est ridicule.

Je décide de descendre sur la plage, poussée par la même impulsion que la dernière fois. Ce désir de sortir de ma zone de confort. De ne plus avoir peur.

Le sable brille d'un éclat argenté à la lumière de la lune et il m'est impossible de deviner si la marée est montante ou descendante. Je n'aurais jamais dû marcher jusqu'ici. J'aurais dû rentrer directement à la maison. Mais j'ai toujours été soumise à mes impulsions. C'est peut-être ça, mon problème. Être téméraire. Faire ce que les autres n'osent pas.

J'ai ce rêve d'entrer par effraction dans une cabine de plage et de m'y installer, menant une vie de bohème, ne m'aventurant au-dehors qu'une fois la nuit tombée. J'en serais bien capable. J'ai déjà passé une nuit entière sur une plage en Espagne, alors que tout allait bien et que je n'imaginais pas que mon plan tout tracé allait partir en vrille. Quand j'arrivais encore à équilibrer ma relation et ma consommation d'alcool. Simon et moi avions passé la soirée à boire du mauvais vin. Il y avait eu un barbecue, de la musique et des gens qui dansaient. J'avais du sable plein les cheveux et les pieds noirs de crasse. Nous venions de faire l'amour à la belle étoile, cachés sous un sac de couchage ouvert, absorbés l'un dans l'autre. Je n'avais jamais été aussi heureuse qu'à ce moment-là.

Une vision du corps hâlé et musclé de Josh, allongé sur les draps immaculés de son lit, surgit dans mon esprit. J'essaye de la repousser. En vain. J'ai l'impression de trahir Simon en me laissant aller à ce genre de pensée. Comment est-ce possible, avec tout ce qu'il m'a fait subir ?

Les criques ont dû être englouties par la marée à l'heure qu'il est. Les prés-salés complètement submergés. Là-bas, la bouteille de vin vide et les restes de *fish and chips*. Les ai-je au moins salués avant de m'enfuir ?

Le vent fait gonfler les vagues. La marée monte, plus aucun doute. Elle grignote les bancs de sable, lentement mais sûrement. Dans une demi-heure, elle aura atteint la digue. Une mer d'encre venant lécher la pierre grise et usée. Je perçois de plus en plus sa présence menaçante ; les formes de vie étranges qu'elle abrite. Désormais, plus rien ne me sépare de l'immensité de la mer du Nord si ce n'est une fine bande de sable argenté. Plus rien entre mon passé et moi si ce n'est un cœur qui bat à toute allure et une gorge sèche.

La lune disparaît derrière un nuage et le bruit des vagues me fait soudain frissonner. Mais qu'est-ce que je fabrique ici ? Cela n'a plus rien d'excitant. C'est tout simplement terrifiant. Si vulnérable, seule dans l'obscurité. Seule et sans défense. Personne ne m'entendrait crier s'il devait m'arriver quelque chose. Je n'entendrais peut-être même pas le son de ma propre voix.

Je me dépêche de rejoindre les premières marches que je trouve, m'accrochant à la rampe pour me hisser en haut de la digue, hantée par l'image d'une vague gigantesque venant me faucher pour m'attirer vers le large. Les marches recouvertes d'algues gluantes rendent mon ascension laborieuse et j'ai peur de perdre l'équilibre à tout moment. Lorsque j'arrive enfin en haut de la digue, je pousse un long soupir de soulagement. Depuis quand suis-je devenue si trouillarde ?

Mais alors que je me dirige vers la route, le malaise revient. Ce sentiment de ne pas être seule. Que quelqu'un m'observe, exactement comme la fois où j'étais au Fisherman's Shack, pendant que Josh passait commande au comptoir. J'ai la chair de poule et le souffle court, comme coincé au fond de ma gorge.

Je jette un rapide coup d'œil par-dessus mon épaule. Personne derrière moi. Tout au moins personne que je puisse distinguer dans l'obscurité. Non, je ne courrai pas. C'est alors que j'aperçois le rougeoiement d'une cigarette allumée quelques mètres plus bas. Le duvet sur ma nuque se hérisse. Quelqu'un est appuyé contre une des cabines de plage à environ une vingtaine de mètres de moi. Un homme, à peine visible à cette distance.

L'homme s'avance d'un pas et mon sang ne fait qu'un tour. Le même caban élimé. La même chapka. Cette fois-ci, je n'hallucine pas. C'est bien lui qui me fait face.

Je me mets à courir. Ou plutôt j'essaye. Mes jambes sont si lourdes et rigides que chaque foulée me donne l'impression de progresser dans de l'eau de mer. La route est plus escarpée que dans mes souvenirs. Plus escarpée et plus longue. J'ai le cœur qui bat à tout rompre.

Mes Doc Martens glissent sur le béton et, pendant une fraction de seconde, je manque de perdre l'équilibre et de chuter tête la première. Par chance, je parviens à me redresser de justesse. Je ne dois pas tomber. Si je tombe, il me rattrapera. J'ai presque atteint le bout de la route. Encore quelques mètres et j'arriverai enfin en haut de la pente. Je serai alors sur du gazon et il me sera plus facile de courir. Je tends l'oreille, à l'affût de mon poursuivant, mais le bruit de mon propre souffle et le sang qui pulse dans mes oreilles couvrent tout le reste. Je poursuis ma course effrénée, les poumons serrés de douleur.

C'est un miracle que j'atteigne la rue sans m'arrêter. J'attends d'avoir rejoint le trottoir d'en face pour m'autoriser enfin à ralentir et regarder derrière. Un homme se tient en haut de la pente, immobile, les yeux rivés sur moi. Pas de caban ni de chapka, cette fois. Juste un type portant un polaire et un bonnet. Je n'arrive pas à distinguer les traits de son visage de là où je me trouve, mais quelque chose dans sa posture indique que mon comportement l'inquiète. Il n'osera pas s'approcher de moi. Pas tout de suite. Se sentant coupable d'être un homme. D'être sorti en pleine nuit pour aller s'en griller une sur la plage et d'avoir terrifié une femme par sa simple présence.

Je prends appui sur le muret séparant la rue des jardins des habitations attenantes. Bon sang, mais qu'est-ce qui cloche chez moi ?

8

Le vent est retombé pendant la nuit, laissant place à un ciel dégagé. J'écarte la couverture et saute du lit, étonnée comme chaque matin de me sentir bien. C'est déjà mieux que rien.

J'ouvre la fenêtre de ma chambre pour inspirer goulûment l'air frais matinal. Si j'ai fini par m'endormir, les sentiments de peur et de confusion qui m'ont assaillie hier soir ne se sont pas encore totalement dissipés. Il faut que je me trouve une occupation au plus vite. Mon esprit est bien trop vulnérable à l'heure qu'il est. Et si je commençais à réfléchir à des idées de trompe-l'œil ? D'autant plus que cela me permettrait de faire amende honorable auprès de Josh et de son père après la débandade de la dernière fois.

Le magasin de fournitures d'art est fermé et je me laisse un instant submerger par le ressentiment. Le comportement des commerçants de cette ville m'échappe totalement. Ils semblent ouvrir leurs boutiques selon leur bon vouloir, sans se préoccuper de la réglementation en vigueur. Pourquoi faut-il que ce magasin soit fermé le seul matin où j'ai besoin de m'y rendre pour me procurer un carnet à croquis et quelques crayons ? C'est injuste. Je vais devoir me contenter d'un vulgaire bloc-notes et d'un matériel de dessin de piètre qualité qui ne sera bon qu'à me faire passer pour une débutante.

La mâchoire serrée, je marche à grandes foulées. J'ai l'air ridicule et j'en suis bien consciente. Il faut à tout prix que je me calme. Que je fasse retomber la tension. Ce n'est pas la fin du monde. Un léger contretemps, voilà tout. Je devrais relativiser plus souvent. Arrêter d'être à cran sans arrêt. Ce n'est pas étonnant si je me mets à avoir des hallucinations. J'ai constamment les nerfs en pelote.

Ce trop-plein d'émotions, je n'ai jamais été capable de le contrôler. Pendant des années, j'ai tenté de le noyer dans l'alcool. Et maintenant que je suis sobre, il revient à la charge, plus fort que jamais. Un tsunami d'émotions et de sensations. J'imagine que c'est ce qu'une personne aveugle ressentirait si elle recouvrait soudainement la vue. C'est pourquoi je dois apprendre à distinguer les formes et les couleurs de mes différentes humeurs. À les reconnaître dès qu'elles se manifestent.

Le temps d'arriver chez le marchand de journaux, j'ai retrouvé une respiration normale et – à mon grand étonnement – je tombe sur un rayon papeterie plutôt bien fourni. Je parviens ainsi à me dégoter un carnet à croquis décent et à rendre son sourire à la vendeuse qui m'observe depuis sa caisse. Ce n'est pas si difficile, après tout. Il me suffit d'être attentive et de saisir l'instant présent. À force de faire semblant d'aller bien, qui sait ? peut-être que les choses finiront réellement par aller bien !

J'affiche toujours le même sourire idiot lorsque je sors de la boutique. Je ne sais pas ce qui me pousse à tourner à droite en direction de la plage plutôt qu'à gauche vers la maison. Serait-ce une intuition ? Je me fige brusquement, les yeux écarquillés de surprise. Derrière la vitrine de la boutique Oxfam, un mannequin porte un T-shirt noir à l'effigie des Cranberries, édité à l'occasion de leur tournée mondiale intitulée *No Need to Argue*. Exactement le même que celui que Simon avait l'habitude de porter.

Ça ne peut pas être le sien. Impossible.

J'approche mon visage de la vitrine, comme hypnotisée, mais terrifiée à l'idée de ce que je pourrais y voir. Car si je trouve la petite tache d'eau de Javel qui marque l'ourlet de la manche gauche, alors j'en aurai la certitude. Je saurai qu'il s'agit de la même édition vintage que Simon a achetée sur eBay. Et alors… Et alors quoi ?

Je plisse les yeux, analysant le moindre recoin de la photo imprimée sur le T-shirt. Tout est là. Noel et Mike Hogan allongés sur la pelouse en compagnie de Fergal Lawler. Et devant eux, Dolores O'Riordan – paix à son âme – avec sa coupe de cheveux qui lui donne des airs de petit lutin. Et soudain, j'entends la voix de Simon murmurer à mon oreille : « Ils le font tous. Alors pourquoi pas nous ? »

Mon estomac se contracte douloureusement. Je suis incapable de bouger. Rien de cela n'est réel. Comme tout le reste d'ailleurs. C'est ce qu'il m'a dit la première fois que je l'ai rencontré. J'ai ricané, pensant qu'il cherchait simplement à se rendre intéressant. Puis la chanson a commencé. « *I still do* », des Cranberries. Il venait de citer le nom de leur premier album[1].

Je n'arrive pas à voir la tache d'eau de Javel à cause de l'angle pris par le bras du mannequin. Pour en avoir le cœur net, je vais être obligée d'entrer dans le magasin. Mais alors que je m'approche de la porte, une voix grave m'appelle depuis l'autre côté de la rue.

Richard Carter, le père de Josh. Il se dirige vers moi avec un large sourire.

— Bonjour, Astrid. Alors comme ça, vous faites des emplettes pour votre travail ?

Troublée, je regarde le carnet à croquis, comme si je venais seulement de remarquer que je le tiens dans ma main.

— Oui, j'ai décidé de m'atteler à la tâche cet après-midi.

— Génial ! J'ai hâte de voir ce que vous allez nous proposer, répond-il en remontant ses lunettes sur son nez. Pour être tout à fait honnête, j'ai bien cru vous avoir fait fuir l'autre soir.

J'ai les joues en feu.

— Je suis désolée pour ce qui s'est passé. J'avais promis à ma mère de l'accompagner à son rendez-vous chez le médecin.

Le mensonge sort d'une traite.

— J'ai eu peur d'être en retard.

— Je vois. Ce n'est que partie remise, alors ?

— Bien sûr.

— Vous êtes quelqu'un de bien, Astrid. Peu de jeunes gens seraient prêts à mettre leur carrière entre

1. *Everybody Else Is Doing It, So Why Can't We?*, sorti en 1993.

parenthèses pour s'occuper de leurs parents comme vous le faites avec votre mère.

Je me force à sourire tandis qu'il lève la main pour effectuer un semblant de salut militaire avant de s'éloigner. Il marche du même pas sûr et décontracté que son fils. Et le voilà à présent en pleine discussion avec une femme aux cheveux roux. Celle-ci se retourne pour me regarder. Richard est-il en train de parler de moi ? Non, ça ne lui ressemble pas. Je fais encore une crise de parano, rien de plus. Pourquoi dois-je tout le temps ramener les choses à ma petite personne ?

Je fais demi-tour en direction de la boutique Oxfam, prête à accomplir ma mission. C'est décidé, je vais entrer et m'assurer que le T-shirt ne présente aucune tache d'eau de Javel. Ni sur l'ourlet, ni ailleurs. Car ce T-shirt n'appartient pas à Simon. Il ne s'agit que d'une simple coïncidence. Mais alors que je discutais avec Richard, quelqu'un a suspendu un panneau « FERMÉ » sur la porte de la boutique.

Je reçois le SMS de Josh au moment où je m'apprête à retenter ma chance avec la boutique Oxfam.

« Salut, Astrid. Mon père m'a dit que vous vous étiez croisés tout à l'heure. J'espère que ta mère va bien. Dis-moi si tu as envie d'aller boire un verre à l'occasion. Sinon, j'espère te croiser sur la plage un de ces jours. Bises. »

Je marque une pause, le temps de rédiger une réponse.

« Partante pour une promenade sur la plage. Tu es libre samedi ? »

Je pourrais lui proposer demain, mais je ne veux pas avoir l'air désespérée.

« C'est parfait pour moi. Rendez-vous à dix heures au bout de la plage ? »

« D'accord. »

J'appuie sur le bouton « Envoyer » quelques secondes avant d'arriver devant la boutique. Je m'arrête brusquement. Dites-moi que je rêve. Le mannequin est toujours exposé en vitrine, toujours vêtu du même jean noir et des mêmes baskets bleues. Seul le T-shirt a changé. Il a été remplacé par un T-shirt gris à col rond. Je me suis éloignée tout au plus une demi-heure. Quelle est la probabilité pour que le T-shirt ait été vendu dans un laps de temps aussi court ?

Je pousse la porte et sursaute à peine entrée. Derrière le comptoir se trouve Rosie des Alcooliques anonymes. J'avais oublié qu'elle travaillait ici bénévolement.

— Salut. Peux-tu me dire où est passé le T-shirt des Cranberries qui était en vitrine ?

Rosie saisit une pile de livres posée sur une chaise et la place sur le comptoir, puis commence à gribouiller des prix à l'intérieur des couvertures.

— S'il n'est plus là, c'est qu'il a été vendu. Je viens seulement d'arriver.

Pourquoi ai-je le sentiment qu'elle n'est pas honnête avec moi ?

— Connais-tu la personne qui l'a donné ?

Elle me répond sans s'arrêter d'écrire.

— Non, je suis désolée. Les gens laissent souvent les sacs de vêtements devant le magasin.

Elle se décide enfin à lever les yeux et se met à tripoter le petit cadenas en argent suspendu à une chaîne autour de son cou.

— De quoi as-tu dit qu'il s'agissait ?

— D'un T-shirt des Cranberries. Plus précisément de celui de leur tournée *No Need to Argue*.

Elle forme un « O » avec sa bouche.

— Je n'ai aucun souvenir de ce T-shirt. Doug a dû habiller le mannequin ce matin.

— Et quand est-ce que Doug reviendra ?

— Aucune idée. Il a dû partir parce qu'il ne se sentait pas bien. C'est pour ça que j'ai dû venir pendant mon jour de congé.

Elle soulève à nouveau la pile de livres et se dirige vers une étagère où elle commence à les disposer les uns à côté des autres. Sa besogne terminée, elle se retourne et me gratifie d'un de ses sourires dérangeants, comme si nous partagions un lourd secret, ce qui est évidemment le cas. Nous appartenons à un club très fermé, elle et moi. Qu'a dit Groucho Marx à ce sujet ? « Jamais je ne voudrais faire partie d'un club qui accepterait de m'avoir pour membre. » Les Alcooliques anonymes sont typiquement le genre de groupe auquel *personne* ne voudrait appartenir. Nous n'avons peut-être pas inventé notre propre « check » de salutation, mais nous partageons les mêmes codes et rituels d'identification, le tout grâce à notre fondateur et à son insistance sur la notion d'anonymat. Nous sommes tous des « amis de Bill W. ».

— Comment vas-tu ? me demande-t-elle.

— Je vais bien, merci.

Encore ce regard en coin, comme si elle connaissait tous mes secrets. C'est une prétention qu'ont beaucoup de membres de longue date. Ils pensent tout savoir parce qu'ils assistent aux réunions des Alcooliques anonymes depuis des années. Parce qu'ils y ont déversé leurs états d'âme et embrassé la volonté de Dieu, ils pensent avoir le droit de connaître les secrets des autres. Un peu comme les scientologues. Si vous vous confiez trop intimement, ils vous tiennent et vous mènent par le bout du nez.

— Je ferais mieux d'y aller, dis-je.

Mais Rosie pose la main sur mon poignet.

— Tu reviendras ? Aux réunions, je veux dire.

J'acquiesce. Sa main agrippe toujours mon poignet.

— Il veut que tu y assistes, ajoute-t-elle. Il veille sur toi.

Je la dévisage, ne comprenant le sens de sa phrase qu'au bout de quelques secondes. Elle parle de Dieu, évidemment. Elle retire enfin sa main et je m'éloigne. Je ne veux pas l'offenser, d'autant plus si elle trouve un réel réconfort là-dedans, mais je ne peux décemment pas rester l'écouter déblatérer à ce sujet. Je n'en ai pas la force.

Dehors, je regarde une dernière fois le mannequin derrière la vitrine. Il y a quelque chose de menaçant dans ce visage figé et vide, dans la façon dont il penche de côté. Se pourrait-il vraiment que quelqu'un ait acheté le T-shirt et que Doug l'ait rhabillé avant mon retour ? C'est tout à fait possible. Par ailleurs, rien ne me prouve que ce T-shirt appartenait bel et bien à Simon. C'est loin d'être une édition limitée. Mais quelles sont les chances pour que l'un d'entre eux se retrouve dans une boutique de bienfaisance de la ville où je viens justement d'emménager ? Qui plus est Flinstead ?

Serait-ce encore une hallucination de ma part ? J'ai beau ne rien avoir bu depuis des mois, être sobre à cent pour cent, je sais que mon esprit est encore capable de me jouer des tours. Capable de me faire croire que Simon se trouvait sur la plage hier soir et que son T-shirt était exposé en vitrine aujourd'hui…

Mais si c'était réel ? Si je l'avais vraiment vu et qu'il essayait délibérément de me faire peur ? Je presse le pas, mal à l'aise à l'idée que le mannequin, pourtant sans vie, me suive du regard.

Si seulement j'avais pu examiner le T-shirt de plus près pour m'assurer que cette foutue tache d'eau de Javel ne s'y trouvait pas.

9

Sur le chemin du retour, je tente en vain de me sortir cette histoire de mannequin de la tête. Je garde les yeux rivés sur mes pieds qui battent les pavés. *Gauche, droite, gauche. J'avais un foyer et je l'ai quitté. Je suis parti de mon plein gré et je n'ai plus que des regrets. Gauche, droite, gauche.* C'est une chanson de fanfare que ma grand-mère avait l'habitude de me chanter. Elle l'avait elle-même apprise de sa grand-mère. C'est drôle comme certaines choses vous reviennent de manière totalement inopinée. Des choses que vous pensiez avoir oubliées et qui remontent tout à coup à la surface. Ma petite mamie.

Perdue dans mes pensées, je manque de percuter une poussette, l'évite au dernier moment. La jeune mère me lance un regard mauvais tandis que je marmonne une excuse, tête basse, le cœur battant à toute allure. Je suis parfaitement consciente de ce qui va se passer, et de mon impuissance face à cela. Une boule de douleur se bloque au fond de ma gorge et tous les mauvais souvenirs remontent d'un seul coup. Des souvenirs qui ne manqueraient pas de surprendre ma grand-mère. Je cligne des yeux, chassant les larmes de honte qui me brouillent la vue. Ce n'est que de justesse que j'évite de piétiner le corps sans vie d'un oisillon tombé de son nid.

Mon estomac se retourne à la vue du corps rose et dépourvu de duvet. Pauvre petit être sans défense. Je grimace de dégoût en pensant à la sensation que j'aurais éprouvée si j'avais bel et bien marché dessus. Au bruit que cela aurait produit. Les os fins et fragiles se brisant sans aucune difficulté sous le poids de ma chaussure. Si j'avais porté mes Doc Martens, j'aurais poussé le cadavre sur le bas-côté afin d'éviter que le drame se produise avec un autre passant. Mais ce n'est pas le cas et mon cœur se soulève à l'idée de le toucher avec mes tennis en toile et de voir sa peau nue se déchirer au contact du béton armé.

Ma mère est en train de trier le courrier sur le porche quand j'arrive.

— Rien du DTR ? je lui demande.

Elle me regarde sans comprendre.

— Le Département du travail et des retraites. Pour mes allocations.

Elle secoue la tête.

— Ce n'est qu'un tas de publicités.

Elle me tend la pile de brochures et de prospectus pour que je la jette dans la poubelle de recyclage à côté de la porte d'entrée. Ma demande d'allocations sera-t-elle traitée un jour ? Je n'en peux plus de vivre aux crochets de ma mère alors que j'ai trente-deux ans.

Elle remarque mon carnet à croquis.

— Quelle bonne nouvelle, ma chérie ! Je comptais justement te suggérer de te remettre à dessiner, mais je ne voulais pas que tu le prennes comme une injonction de ma part.

Je lui raconte mon opportunité de travailler pour le père de Josh.

— Il doit me rester de vieux fusains et des crayons à papier quelque part, dit-elle. Est-ce que tu veux que j'aille les chercher pour toi ?

J'acquiesce et son visage s'éclaire d'un large sourire. Il est tellement rare de la voir heureuse ces derniers temps. Les larmes affluent sans même que je m'en rende compte. Ma mère était fière de ma fibre artistique. Elle ne manquait jamais d'accrocher mes dessins et mes peintures sur le frigo lorsque j'étais enfant. Elle a même fait encadrer les travaux que j'avais réalisés pour l'examen de fin d'études. À ce jour, ils sont toujours visibles sur le mur du salon.

Je détourne les yeux. Ce sont ces moments-là qui soulignent le tournant conflictuel qu'a pris notre relation. Ces moments où l'une d'entre nous tend la main, offrant une courte trêve, dans l'espoir d'obtenir une réponse positive de l'autre. Une réponse qui – je le sais – devrait venir de moi à cet instant précis.

Pourtant, je garde le silence tandis que je range mes tennis dans le placard à chaussures situé sur le porche. Ma mère rentre à l'intérieur de la maison. Ça y est, le moment est passé.

Il est dix heures passées de dix minutes en ce samedi matin et Josh m'attend au bout de la plage, le regard plongé dans l'immensité de la mer. Il m'entend arriver et se retourne, un sourire se dessinant sur son visage. Il ne pensait pas que je viendrais.

C'est ce qui me plaît chez lui. La transparence de ses émotions. Le fait de pouvoir lire en lui comme dans un livre ouvert. Simon était si secret, toujours sur ses gardes. Quand je lui demandais à quoi il pensait, il plissait souvent les yeux avant de répondre : « Crois-moi, tu ne préfères pas savoir. » Mais je voulais savoir. Même quand je savais qu'il avait raison.

— Je commençais à perdre espoir, me dit Josh.

— Excuse-moi, je n'ai pas fait attention à l'heure.

En réalité, j'étais occupée à repasser mon jean, me brosser les dents pour la seconde fois et me les rincer avec le bain de bouche « fraîcheur extrême » de ma mère – sans alcool, bien sûr. Hors de question d'avoir la même haleine rance que Rosie.

Josh pose ses mains sur mes épaules et m'attire à lui, si près que je distingue les mouchetures dorées qui teintent ses magnifiques yeux verts. Délicatement, il prend mon visage en coupe dans la paume de ses mains.

— Tu as les joues froides, remarque-t-il.

Bien que l'intimité de son geste soit mille fois plus érotique qu'un baiser, je meurs d'envie qu'il s'empare de mes lèvres. Surtout après tout le mal que je me suis donné. Une bouche si fraîche mériterait d'être embrassée.

— Comment va ta mère aujourd'hui ?

Je peine à déglutir. Il fut un temps où mentir ne me posait aucun problème. Cela serait peut-être toujours le cas si ça ne concernait pas ma propre mère. À quel point faut-il être tordue pour prétendre qu'elle souffre de dépression ou d'une quelconque maladie alors qu'elle a la chance d'être en pleine santé à son âge ? D'autant plus que ma mère n'a jamais eu besoin qu'on s'occupe d'elle. Elle a beau avoir l'air fragile, elle a des nerfs d'acier et une santé de fer. Je l'ai déjà vue défier un groupe de jeunes voyous avec pour seule arme une modeste cuillère en bois. Je l'ai vue attraper à mains nues un rat qui s'était infiltré dans une canalisation.

— Elle ne se porte pas trop mal, je réponds.

— Je suis soulagé que tu sois rentrée à temps pour l'accompagner à son rendez-vous.

— Oui, moi aussi.

Je m'éclaircis la gorge.

— Où souhaites-tu aller ? Mistden ?

— Pourquoi pas ?

La mer a une teinte grise et menaçante. De larges rouleaux viennent s'écraser sur le rivage avec violence et fracas. Même par une journée sans pluie, un samedi matin, la plage est quasiment déserte, à l'exception du sempiternel joggeur ou promeneur avec son chien. D'une mère construisant des châteaux de sable avec son bambin qui s'empresse de les détruire en poussant des cris d'allégresse. Et de cette fille en bombers – encore elle – marchant le long de l'esplanade, tête baissée face au vent. Sinon, nous avons la plage pour nous seuls.

Josh s'arrête soudain pour examiner un prénom inscrit maladroitement dans le sable : « Billy ».

— Toi aussi tu faisais ça quand tu étais gamine ? me demande-t-il.

— Pas que je me souvienne.

— Moi oui. Et je détestais quand les gens piétinaient mon œuvre.

— Je détestais tellement mon prénom que je n'aurais jamais osé l'étaler au vu et au su de tout le monde.

— Sérieusement ? Je trouve qu'Astrid est un très joli prénom.

— Moi aussi. Mais ce n'est pas le prénom avec lequel j'ai grandi.

Josh fait volte-face. Pourquoi lui ai-je raconté cela ? C'est comme si j'essayais de lui dire la vérité par des moyens détournés. De lui révéler un de mes secrets dans l'espoir de me racheter une bonne conscience après la dose de mensonges.

— Allez, arrête de me faire mariner ! Comment tu t'appelais ?

Il faut toujours que je mette les pieds dans le plat.

— Hilary.

Il plisse les yeux.

— Tu n'as pas une tête à t'appeler Hilary.

— Mais Astrid, oui ?

Il penche la tête de côté et m'examine avec attention.

— Oui, finit-il par répondre. Complètement.

Il se baisse pour ramasser le morceau de bois flotté que Billy a probablement utilisé pour inscrire son prénom sur le sable. Oh, mon Dieu ! Ne me dites pas qu'il va faire ce que je pense qu'il va faire ? *Je t'en prie, Josh, ne transforme pas ce moment en une de ces stupides scènes de film romantique.*

De sa main, il caresse la surface lisse du bois, avant de le jeter à nouveau sur le sable. Je pousse un long soupir de soulagement.

— Quelle a été la réaction de tes parents quand tu leur as annoncé que tu changeais de prénom ? s'enquiert-il. Est-ce qu'ils ont été vexés ?

— Ma mère a refusé de l'accepter au début. Elle pensait que ce n'était qu'une lubie qui finirait par passer.

Je donne un coup de pied dans un galet et le regarde rouler dans le sable avant de finir sa course dans un petit trou d'eau non loin d'un brisant en bois. Peut-être que si elle n'avait pas rechigné et roulé les yeux chaque fois que je refusais de répondre au prénom Hilary, cela aurait effectivement fini par me passer. Mais son refus n'a fait que renforcer ma conviction.

— Mon père ne s'y est pas opposé. Il s'amusait à m'appeler Astéroïde pour m'embêter.

Je revois le visage de mon père. Ses yeux rieurs soulignés de petites rides. Sa bouche toujours prête à s'étirer en un sourire. L'image est si vivace, si déchirante de familiarité que mon cœur se serre.

— Je suis désolé, murmure Josh. J'ai été idiot de te poser cette question.

— Non, pas du tout.

— Si, et tu le sais.

Il se tient face à moi, les mains sur mes épaules. Ses yeux irradient la gentillesse. J'ai à peine le temps de me perdre dedans que ça me tombe dessus sans prévenir. Le chagrin ne se cache jamais bien loin, et il suffit d'un tout petit élément déclencheur pour qu'il explose, balayant tout sur son passage.

Josh m'attire à lui et j'enfouis mon visage dans sa poitrine. Nous restons immobiles pendant ce qui me semble être une éternité. Jusqu'à ce que son sweat-shirt soit mouillé de larmes. Jusqu'à ce qu'il me caresse délicatement les cheveux et dépose un baiser sur le lobe de mon oreille gauche. Nous nous remettons en route. Seulement, cette fois, nous marchons main dans la main.

Regardez-la. À chialer sur l'épaule d'un autre homme. À tout recommencer avec quelqu'un d'autre.

Mes doigts trouvent l'enveloppe dans ma poche et plient les extrémités aux pointes acérées. Je glisse l'une d'entre elles sous l'ongle de mon pouce et l'enfonce jusqu'à provoquer une douleur. C'est une de mes nouvelles habitudes. J'aime le petit « V » qui se forme sous la kératine. J'aime la douleur que cela provoque – les palpitations qui en découlent.

Elle pense pouvoir reprendre sa vie de zéro rien qu'en déménageant et en se coupant les cheveux. Elle pense pouvoir laisser le passé derrière elle. Aller mieux.

Elle se fourre le doigt dans l'œil.

10

J'ignore comment, mais toujours est-il que nous nous retrouvons à nouveau chez le père de Josh. La table de la cuisine a été débarrassée et nettoyée à fond. Josh ouvre l'énorme réfrigérateur et en sort une laitue aux feuilles couvertes de terre, des tomates cœur-de-bœuf et un petit concombre rabougri, du style de ceux que vous trouvez dans les supermarchés français. Il rince la laitue à l'eau froide et la fait tremper dans un saladier avant d'en arracher les feuilles une par une et de les secouer vigoureusement au-dessus du carrelage en céramique.

Il fait bouillir deux œufs et sort une planche en verre pour que je découpe les tomates à l'aide d'un couteau bien aiguisé. Il y a quelque chose de réconfortant dans notre communication silencieuse. Dans la façon dont nous nous affairons sans avoir à prononcer un seul mot. J'aime la sensation provoquée par la lame sur la chair rouge des tomates. Elle est si tranchante que les lamelles que je coupe ne sont pas plus épaisses qu'une feuille de papier.

J'ai l'impression d'être une malade en rémission qu'on autorise enfin à sortir de sa chambre d'hôpital.

D'avoir toujours besoin de surveillance, mais d'être tout de même capable de réaliser des tâches basiques, du moment que j'évolue dans un cadre sécurisant. Comme ici, face à la mer de soie grise étincelant derrière la baie vitrée. Peut-être que je suis réellement en rémission, grâce à Josh, grâce à cet endroit. Peut-être que mon futur commence ici.

Puis je la vois, posée au-dessus du micro-ondes. Une bouteille de vin rouge à moitié vide. Ma gorge se serre d'un coup. Ils ne l'ont même pas terminée. Deux hommes qui se partagent une seule bouteille et il reste malgré tout de quoi remplir plusieurs verres. Comment est-ce possible ? À moins, bien sûr, qu'il ne s'agisse d'une autre bouteille. À bien y réfléchir, cela doit être le cas.

Josh s'éloigne pendant quelques minutes. Ma main est secouée de tremblements incontrôlables. Un bruit sourd gronde dans le fond de ma gorge. Mes doigts lâchent le couteau qui retombe lourdement sur la planche à découper. Je fourre une tranche de tomate dans ma bouche et en absorbe le jus, essayant de détourner le regard de cette fichue bouteille. Mes yeux se posent sur le robinet d'eau, mais l'image du liquide bordeaux reste gravée sur ma rétine. Si je dois lui dire la vérité, c'est maintenant ou jamais. Plus je repousserai l'échéance, moins j'arriverai à me contrôler.

Lorsque Josh revient, il est accompagné de son père.

— Bonjour, Astrid, lance Richard. Comment avance votre travail ?

— Bon sang, papa ! Fiche-lui la paix, veux-tu ?

Je ris de bon cœur. Davantage de soulagement que d'amusement.

— Donnez-moi encore quelques jours.

Quelques *semaines*, aurais-je dû répondre. *Quelques semaines*. Pourquoi ai-je besoin de me mettre la pression à ce point ? Je n'ai même pas réalisé un seul croquis, trop effrayée à l'idée de ne plus savoir dessiner.

Richard sourit.

— Parfait.

Il semble remarquer notre petit cours de cuisine improvisé.

— Bon, je vais faire un saut au club nautique le temps d'un sandwich et d'une pinte de bière. Je dois attendre que le plâtre de la salle de bains sèche.

Il tapote le bout de son nez.

— Du moins, c'est l'excuse que je me suis trouvée.

Une fois le père de Josh parti, nous nous trouvons à nouveau seuls dans la cuisine et mon cœur se met à battre à toute allure car je sais que le moment est arrivé pour moi de me lancer. Un moment qu'il me faut saisir au plus vite, avant que ma résolution ne s'effrite. Je dois lui dire la vérité sur mon emménagement à Flinstead. La raison pour laquelle je suis retournée vivre chez ma mère après toutes ces années.

— Mon père a bien fait d'acheter cette maison, dit Josh. Elle lui a donné un second souffle. Je ne l'avais pas vu aussi heureux depuis des lustres.

Je m'applique à couper un œuf dur en deux, encore trop consciente de la présence de la bouteille de vin rouge derrière moi. J'apprécie vraiment Josh. Plus que ça, même. J'apprécie également son père, et je sais qu'il voudra que je réalise son trompe-l'œil. Tout comme je sais que j'accepterai de le faire. J'ai hâte de m'atteler à la tâche ; de me prouver que je ne suis pas une bonne à rien. Mais si je dis la vérité, alors j'aurai tout gâché avant même d'avoir commencé.

— C'est drôle, poursuit Josh, tout le monde pense que c'est un homme débordant d'énergie et de joie de vivre. Et c'est le cas. Seulement, personne ne sait ce que cette énergie cache en réalité. Ce qui en est la cause.

Il pause sa fourchette à côté de son assiette. À présent, il me semble inimaginable de l'interrompre pour parler de mon addiction à l'alcool. J'aurais dû le faire plus tôt.

— Ma mère s'appelait Lindsay, dit-il.

Il parle le regard perdu dans le vide, comme tourné vers le passé.

— Elle était professeure de danse, ajoute-t-il en reprenant sa fourchette afin de jouer avec une feuille de salade. Elle est morte l'année de mon entrée à l'université.

Je ne lui demande pas de quoi elle est décédée. Ayant moi-même perdu un parent, je sais qu'il y a des questions qu'on ne pose pas. Peut-être est-ce la raison pour laquelle nous nous sommes entendus si facilement, Simon et moi. Lui aussi avait perdu son père. Josh s'épanchera s'il le souhaite, au moment de son choix.

— J'avais vingt-six ans quand mon père est mort.

J'ai la gorge si serrée que ma voix semble déformée, comme si elle appartenait à quelqu'un d'autre. Josh tend le bras et me caresse la main du bout du doigt. Nous finissons de déjeuner en silence, sans être gênés le moins du monde par l'absence de mots. Le simple geste de Josh est la seule forme de communication dont nous avons besoin, et je me prends à imaginer que nous allons monter dans sa chambre pour faire l'amour sur son lit aux draps blancs et soyeux. Je l'espère, même.

Quelques minutes plus tard, je suis en train de laver les assiettes et les couverts dans une bassine remplie d'eau chauffée à la bouilloire et de liquide vaisselle. Une fois ceux-ci récurés, Josh les rince à l'eau du robinet sous lequel il a placé un seau. Enfin, je les récupère un à un pour les sécher à l'aide d'un torchon de cuisine d'une propreté impeccable. Une partie de moi est déçue qu'il ne m'ait pas entraînée à l'étage afin de profiter de l'absence de son père. Une autre est reconnaissante que nous ne précipitions pas les choses, profitant plutôt des moments simples du quotidien comme faire la cuisine ou laver la vaisselle. Nos coudes se frôlent par moments, formant la promesse d'une étreinte bien plus sensuelle à venir. Pourquoi n'ai-je jamais connu cela auparavant ?

Je fais un rêve cette nuit-là. Ou plutôt un cauchemar. Je suis agenouillée devant les résidents de Flinstead et de Mistden, tous rassemblés dans le centre communautaire. Le père de Josh énumère à voix haute la liste de mes transgressions – de la plus insignifiante à la plus sordide – sur ce ton monocorde que les poètes emploient parfois. De temps à autre, il darde sur moi ses yeux d'un bleu intense et j'ai l'impression de m'enfoncer encore plus bas dans le sol.

Des exclamations outrées s'élèvent de l'audience. Ma mère et ma grand-mère sont présentes, ainsi que tous les membres des Alcooliques anonymes. Rosie, Jeremy, Helen et les autres. Josh est assis dans le fond. Vêtu de sa combinaison de plongée, il se tient la tête dans les mains, l'eau ruisselant de la pointe de ses cheveux mouillés sur le sol poussiéreux.

Je ne remarque pas Simon tout de suite, puis les poils de ma peau se hérissent lorsque je perçois enfin sa présence sur la scène. Le regard torve, il me dévisage d'un air mauvais, puis se tourne vers Josh. Le centre communautaire s'est désormais transformé en salle de théâtre et Simon en comédien. Il se tient sur un petit tas de vêtements posé sur le sol. Soudain, les vêtements remuent et une jeune femme en émerge avec difficulté, le doigt pointé dans ma direction. Quelque part, un enfant hurle et mon estomac se noue.

— N'aurais-tu pas oublié quelque chose ? me demande-t-elle d'une voix lourde de reproches, résonnant dans toute la salle.

À mon réveil, je ne ressens aucun soulagement. Au contraire, je suis terrifiée. La peur s'écoule dans mes veines tel un poison.

11

Ma mère est déjà levée et occupée à faire la cuisine ou le ménage en bas lorsque les cloches de l'église achèvent de remettre tous mes sens en alerte. Après ce terrible cauchemar, je comptais passer la journée au fond de mon lit, et me voilà à bâiller en me frottant les yeux. J'aurais dû fermer la fenêtre avant d'aller me coucher.

On toque à la porte de ma chambre.

— Astrid, tu es réveillée ? crie ma mère de façon que – même si j'avais bel et bien été en train de dormir – je le sois définitivement.

Je tire la couette par-dessus ma tête, refusant de répondre. Je sais parfaitement ce qu'elle va dire, parce que c'est ce qu'elle m'assène tous les dimanches matin. Elle va me demander si je souhaite l'accompagner au temple pour rencontrer ses amis quakers et communier avec Dieu. Pour mettre les choses « en lumière ».

— Est-ce que tu veux venir avec moi ?

Pourquoi insiste-t-elle ? Elle devrait avoir compris le message, depuis le temps.

— Je passe mon tour pour aujourd'hui, si tu veux bien, maman.

Derrière la porte, le silence est sans équivoque. J'ai envie de crier : *Ce n'est pas suffisant que j'assiste aux réunions des Alcooliques anonymes ?* Je serre les dents, attendant qu'elle s'en aille. Non pas que j'aie quoi que ce soit à reprocher aux quakers qui, en matière de religion, ne font pas beaucoup de mal et ont même aidé ma mère à se relever de la mort de mon père. D'ailleurs, elle ne les aurait jamais rejoints si elle n'avait pas eu à traverser cette épreuve. J'aimerais simplement qu'elle accepte que je ne partage pas son enthousiasme.

— Bon, si jamais tu changes d'avis, je pars dans une demi-heure.

— Je ne changerai pas d'avis. Je dois travailler mes croquis.

J'entends le bruit de ses pas s'éloigner, puis s'arrêter.

— Il y a du thé chaud dans la théière si tu en veux.

— Merci.

Elle attend encore quelques secondes avant de faire demi-tour et de s'enfermer dans sa chambre. Comment diable fait-elle ? Comment parvient-elle à me donner l'impression d'être une merde chaque fois qu'elle me parle ? C'est simple, dès qu'elle ouvre la bouche, j'ai le sentiment de redevenir l'ado rebelle que j'étais. Et ces satanées cloches qui n'en finissent pas de sonner !

Je ne m'aventure en bas qu'une fois ma mère partie. Le temps a beau être radieux, l'arrière de la maison est toujours froid et plongé dans la pénombre, à cause de son orientation plein nord. Armée de mon carnet à croquis et de mes crayons, je décide de sortir sur le porche baigné de lumière. Là, je pourrai laisser l'enfant qui sommeille en moi griffonner à sa guise sans avoir à se soucier d'un quelconque délai ou rendu final.

Malheureusement, même dans ces conditions, mon coup de crayon reste mal assuré et mes croquis tiennent davantage du gribouillage que du véritable dessin. J'arrache la première page du carnet et la roule en boule. Le coup de main ne devrait-il pas me revenir ? Comme le vélo, le dessin ne s'oublie pas, pas vrai ? J'ai juste besoin d'un peu plus de temps pour me remémorer la technique.

Ce n'est que lorsque j'ai rempli la deuxième page de gribouillis sans queue ni tête, de courbes tracées au hasard et de formes encastrées les unes dans les autres que je commence à retrouver mes vieilles habitudes. J'avais oublié à quel point il est agréable de laisser son crayon courir sur la feuille et de vider son esprit de toute pensée parasite pour ne vivre que le moment présent. Je suis encore loin du compte, j'en ai bien conscience, mais en persévérant encore quelques heures je pourrai sûrement aller au club nautique en fin de journée et esquisser deux ou trois croquis de bateaux.

Une jeune mère passe devant la maison avec une poussette. S'agit-il de la poussette que j'ai manqué de renverser l'autre jour ? Peu probable, mais pas impossible. La mère s'arrête un instant pour réconforter son enfant qui se tortille sur son siège en poussant des cris.

À le voir ainsi, le dos cambré, hurlant à pleins poumons, je me remémore mon cauchemar et un frisson parcourt ma nuque. Au loin, les cloches d'une autre église se mettent à retentir, et quand la jeune femme parvient enfin à calmer l'enfant et à repartir, j'ouvre une nouvelle page du carnet à croquis et m'autorise à respirer à nouveau. Seulement, le peu d'assurance que je pensais avoir gagnée s'est évaporée et mes doigts sont devenus trop moites pour tenir le crayon avec fermeté.

Lundi matin. Je me baisse pour ramasser le courrier. Toujours rien du DTR. Je passe le porche au crible, au cas où la lettre se serait échappée des mains du facteur et égarée un peu plus loin.

Ça me tombe dessus sans prévenir. La peur m'étreint aussitôt. Elle flotte dans l'air : l'odeur si reconnaissable de *Joint* de Roccobarocco. Il est venu ici. Simon a trouvé le cottage de ma mère et s'est tenu à l'endroit exact où je me tiens actuellement. Je ne deviens pas folle. C'est réellement en train de se passer.

Tout à coup, mon corps relâche la pression et je renverse la tête en arrière, appuyée contre la porte d'entrée. J'éclate de rire, me moquant de ma propre bêtise. C'est le parfum du facteur que j'ai senti toutes ces fois. Un facteur qui aime sentir bon et qui a cherché à se procurer un produit rare, uniquement disponible en ligne. Rien à voir avec Simon. L'odeur que je lui attribuais appartient en fait à un homme brun de peau et trapu portant un T-shirt du Royal Mail et un pantalon gris. Une odeur que j'ai sentie à plusieurs endroits de la ville, et pour cause ! Tout ce temps, il s'agissait de ce maudit facteur arpentant les rues de Flinstead avec son caddie rouge.

Je prends une profonde inspiration, ouvrant mes poumons à l'air frais matinal. Quelle idiote !

Ma mère est dans le salon, en train de terminer son petit déjeuner tout en faisant des mots croisés. Je pose la pile de courrier à côté de son assiette.

— Toujours pas de nouvelles de mes allocations.

— Ne t'inquiète pas, je suis certaine que tu finiras par les recevoir.

Elle a parlé d'un ton bienveillant et amical. L'une comme l'autre, nous essayons de faire des efforts.

— Je l'espère. Ça me tue de ne pas pouvoir t'aider financièrement.

Elle hoche la tête et boit une gorgée de thé.

— Je voulais te demander ce que tu avais fait samedi dernier. Tu t'es absentée très longtemps.

— Je me suis promenée sur la plage avec Josh. Puis nous avons déjeuné ensemble.

— C'est bien.

Elle voudrait en dire plus, je le sais. Elle voudrait m'avertir encore une fois de ne pas me lancer dans une nouvelle relation. Au lieu de quoi, elle s'efforce de se concentrer sur ses mots croisés. Je vois bien qu'elle prend sur elle pour ne pas dire ce qu'elle pense vraiment. Je pose la main sur son épaule et la serre doucement. Elle penche alors brièvement la tête de côté, de sorte que sa joue repose sur le dessus de ma main.

Dans la cuisine, elle a disposé un torchon à plat sur le plan de travail, la moitié inférieure pendant dans le vide pour le faire sécher plus rapidement. C'est un de ces torchons en coton épais, avec des broderies représentant des épices et leurs noms en dessous. Malgré le fait qu'il soit propre, certaines taches tenaces restent encore visibles sur le tissu clair. Je repense aux torchons fins et immaculés du père de Josh. Même au milieu de tous ces travaux, ses affaires restent impeccables. Il n'y a qu'à voir sa cuisine, avec ses couteaux parfaitement aiguisés, sa belle vaisselle et ses fameux torchons.

— Au fait, lance ma mère, ne sois pas surprise si un jour quelqu'un passe pour jeter un œil à la maison.

— Pourquoi ? Ne me dis pas que tu songes à vendre ?

Ma mère me rejoint dans la cuisine et me dévisage, médusée.

— Vendre ? Quelle idée ! Il s'agit simplement d'une jeune femme qui a vécu ici quand elle était enfant. Elle a bien grandi, depuis. Je l'ai vue plusieurs fois de l'autre côté de la rue, en train de regarder la maison, alors j'ai fini par aller à sa rencontre pour échanger quelques mots avec elle. Elle m'a avoué avoir envie de faire un tour à l'intérieur, en souvenir de ses années d'enfance.

Elle pose sa tasse et son assiette dans l'évier avant de reprendre.

— J'étais pressée, alors je lui ai proposé de sonner la prochaine fois qu'elle passerait dans le quartier.

— Je parie que tu n'aurais pas eu la même réaction si ça avait été un homme. Tu devrais faire attention, maman. On ne sait rien de cette femme.

Ma mère me foudroie du regard.

— Pour qui me prends-tu ? Une idiote ?

— Bien sûr que non. Mais les gens sont parfois imprévisibles, tu sais.

— J'en suis parfaitement consciente, me répond-elle, la voix pleine de sous-entendus.

12

— Je n'avais aucun doute sur tes compétences, dit Josh en jetant un œil par-dessus l'épaule de son père, mais je ne m'attendais pas à ce que tu fasses du si bon boulot. Ce sont de véritables œuvres d'art.

Je rougis à ses compliments.

— N'exagérons rien, ce ne sont que des croquis. J'en ferai de meilleurs si les propositions vous conviennent.

— Si elles me conviennent ? reprend Richard. Elles sont parfaites, oui ! Quand pourrez-vous vous atteler à la peinture ?

Josh lui lance un regard plein de reproches.

— Tu ne crois pas que tu devrais plutôt commencer par lui demander si elle est d'accord sur le principe ?

Richard ôte ses lunettes et les dépose sur le haut de son crâne.

— Astrid, je souhaiterais faire appel à vos services afin de réaliser cette peinture. Me ferez-vous l'honneur d'accepter ? Votre prix sera le mien, bien entendu.

J'avais beau m'y attendre, je n'en suis pas moins abasourdie. C'est la première fois qu'on me fait une telle proposition. À moi, qui ne suis même pas certaine d'avoir les compétences requises pour réaliser un trompe-l'œil. Et qui plus est, une œuvre destinée à perdurer et être admirée quotidiennement. C'est une chose de peindre un élément de décor pour une pièce de théâtre qui ne sera vu du public qu'à bonne distance. Un public dont l'attention sera avant tout focalisée sur les acteurs et l'action en elle-même. Les dialogues, la musique. En d'autres termes, cela n'a rien à voir avec ce que je suis censée produire pour Richard Carter : une œuvre qu'il aura sous les yeux toute sa vie et qu'il se fera un plaisir de montrer à ses visiteurs et ses amis chaque fois que l'occasion se présentera.

— Je vais avoir besoin de temps pour réfléchir au tarif. En ce qui concerne la réalisation, je commencerai par peindre le trompe-l'œil sur toile puis, une fois que vous en serez complètement satisfait, je ferai un transfert d'image sur le mur. Pour cela, je vais devoir me procurer un chevalet.

— Inutile, m'interrompt Richard, il y en a un dans le grenier.

Il tourne la tête vers Josh et le temps semble s'arrêter.

— Il appartenait à ma femme, bien qu'elle n'ait jamais fait sérieusement de peinture.

Son visage s'illumine à nouveau.

— Et si je vous donnais une avance pour que vous puissiez acheter tout le matériel dont vous allez avoir besoin ?

Les mains dans les poches à la recherche de son portefeuille, il poursuit :

— Est-ce que cent cinquante livres feraient l'affaire ? Je veux que vous achetiez la meilleure qualité possible.

Je vous recommande d'aller dans la boutique de fournitures d'art qui vient d'ouvrir sur Flinstead Road.

Je le regarde compter les billets, incapable de prononcer un seul mot. Je devrais agir en professionnelle et décliner son offre pour estimer les coûts avec davantage de précision, mais je suis comme figée sur place, totalement prise au dépourvu. Bon sang, en tant que scénographe free-lance, j'aurais dû venir préparée à ce rendez-vous. Ou au moins avec un devis.

— Ne t'en fais pas, me rassure Josh. Mon père ne te proposerait pas de l'argent liquide s'il ne te faisait pas entièrement confiance.

Richard me tend la liasse de billets. La somme me paraît trop importante, mais la peinture de très bonne qualité a son coût, il faut bien le reconnaître. Sans compter l'achat de pinceaux neufs. À bien y réfléchir, cela pourrait finalement ne pas être assez. Tant pis. Je prends les billets et les fourre à la hâte dans la poche de mon manteau.

— Tu restes pour le café ? me demande Josh.

Richard me tend une nouvelle fois la main, pour me saluer cette fois.

— Bienvenue chez les Carter, décorateurs de père en fils.

La paume de sa main est douce et chaude. Il sourit et de petites rides se forment aux extrémités de ses yeux.

— Et maintenant, si vous voulez bien m'excuser, dit-il, je dois me rendre à mon cours de Pilates. Ces travaux ne sont pas tendres avec mon dos.

Josh prépare le café dans une cafetière à piston.

— Nous devrons nous contenter de décaféiné, j'en ai bien peur. Mon père veille toujours à acheter du vrai café pour les invités mais il n'y en a plus.

— Ce n'est pas grave.

Du café décaféiné. Des salades pour le déjeuner. De la natation et du Pilates. Des bouteilles de vin qui durent plus d'une journée. On se croirait dans une campagne publicitaire vantant les mérites d'une vie saine. Tout le contraire de la mienne.

Alors pourquoi est-ce que je me sens si bien ?

J'en suis déjà à ma troisième ou quatrième gorgée lorsque je me rends compte que Josh est en train de m'observer, les yeux dépassant à peine de sa tasse. Ses grands yeux verts qui me dévorent tout entière. Pas une trace de bienveillance dans son regard cette fois, mais du désir. Animal et brut.

— Allons terminer notre café à l'étage, dit-il.

Sa peau a une odeur unique – à la fois sucrée, chaude et sèche. Je suis debout, dos au mur blanc de sa chambre. Il se tient face à moi, les mains appuyées contre le mur de part et d'autre de mon visage. Je peux voir ses muscles se dessiner sous le coton fin de son T-shirt. De la force pure. Il se penche et ses lèvres viennent frôler les miennes et me procurent la sensation de plumes délicates et aériennes. Quand sa langue pénètre à l'intérieur de ma bouche, je ferme les yeux, absorbée par l'intensité de son baiser.

Nos tasses de café refroidissent sur le rebord de la fenêtre.

Josh agit de manière assurée et précise. Tout en douceur, mais avec insistance. Je l'aurais imaginé plus timide au début. Plus hésitant aussi. Je m'étais dit que j'allais probablement devoir faire le premier pas et le guider. Faire surgir l'amant passionné en lui. Mais il faut croire que je me suis trompée sur toute la ligne.

Il m'entraîne jusqu'à son lit et je m'allonge, les pieds au sol. Cette pièce épurée et ces coussins confortables qui m'entourent me paraissent presque irréels. Avec la lumière extérieure traversant la fenêtre dénuée de rideaux, j'ai l'impression d'être dans un rêve. Ce qui explique peut-être la raison pour laquelle je reste allongée là à attendre, étonnamment soumise.

Josh entreprend désormais de dénouer les lacets de mes baskets et de m'ôter mes vêtements. Il commence par mon jean, puis fait glisser ma culotte jusqu'à mes chevilles. Il tire doucement mes jambes un peu plus hors du lit et s'agenouille face à moi. Il a dû voir mon tatouage en forme de flamme, mais il ne fait aucune remarque à son sujet. Car nous ne sommes pas en mesure de parler pour le moment.

Car *il* n'est pas en mesure de parler.

Josh insiste pour me raccompagner.

— Avec tout cet argent liquide que tu as sur toi, c'est plus raisonnable.

Tu m'étonnes ! La liasse de billets pèse dans mon manteau comme s'il s'agissait d'une créature vivante, qui vibre et rebondit contre ma cuisse droite. Plus vite je dépenserai cet argent en peinture et pinceaux, mieux je me porterai.

Nous sommes presque arrivés au cottage de ma mère et je sens la tension monter d'un cran.

— Il faut que je te dise quelque chose, je commence. Ma mère n'est pas très… *à l'aise* avec les inconnus.

Mes joues s'enflamment.

— Non pas que tu sois un inconnu, mais…

— Ne t'inquiète pas, je comprends, répond Josh, les mains posées sur mes épaules.

Il dépose un baiser sur mon front.

— J'ai promis à mon père que je l'aiderais à poncer le parquet demain, dit-il. Je t'appellerai dès que nous aurons terminé. C'est dommage qu'il ne fasse pas plus chaud, sinon je t'aurais invitée à prendre un bain de minuit.

— Ça fait un bail que je ne suis pas allée nager. Je ne suis même pas sûre d'avoir gardé ma vieille combinaison de plongée.

— Pas besoin de combinaison pour un bain de minuit. Je connais l'endroit idéal où nous pourrions aller. Mais l'eau sera glaciale. Suffisamment pour éteindre cette flamme que tu as à l'intérieur de la cuisse…

Avant même que j'aie le temps de répondre, il me gratifie du clin d'œil le plus sexy du monde et s'éloigne en trottinant.

Je reste à l'observer jusqu'à ce qu'il disparaisse à l'angle de la rue, le saluant d'un geste de la main. Je me dirige alors vers la porte d'entrée du cottage de ma mère, la tête ailleurs, un sourire idiot collé sur les lèvres. Bon Dieu, on croirait voir une adolescente énamourée. Josh a beau ne pas appartenir au même monde que moi – être aux antipodes de tous les hommes que j'ai pu fréquenter jusqu'ici –, il n'en reste pas moins diablement séduisant. Je le revois debout au bord du lit, complètement nu, telle l'incarnation du *David* de Michel-Ange. S'il existe une chose capable de me faire oublier Simon, ce sont bien les parties de jambes en l'air avec Josh. Et puis je me sens en sécurité avec lui. En sécurité, appréciée à ma juste valeur et désirée. Simon me désirait, mais à aucun moment je ne me sentais en sécurité avec lui. Notre relation n'était pas stable. Bien au contraire. Au début, cette sensation de danger n'était pas pour me déplaire. Je la trouvais même excitante, et une personne comme Josh – gentille et douce – n'aurait jamais attiré mon attention. Mais après ce qui s'est passé… Et après aujourd'hui, je sais que Josh peut se montrer fort et passionné, lui aussi.

Alors que je me croyais déjà au comble du bonheur, j'aperçois une enveloppe marron sur le porche. Mes allocations. Enfin. Je me penche pour la ramasser et me rends compte qu'il ne s'agit pas du tout de ce à quoi je m'attendais. Non, ce n'est pas un courrier du DTR, mais une simple enveloppe sur laquelle mon nom et mon adresse ont été griffonnés au stylo à bille vert. Je ne reconnais pas l'écriture. En outre, qui pourrait bien connaître ma nouvelle adresse ? À l'exception du centre de désintoxication et du médecin généraliste que j'ai consulté la semaine dernière, personne d'autre ne sait où j'habite.

Je fais glisser mon pouce sous le rabat de l'enveloppe pour le décoller. D'une main tremblante, j'en extirpe une photo de Simon. C'est une photo de lui que je n'ai jamais vue. En noir et blanc. Simon est adossé à une sorte de balustrade et sourit à l'objectif. L'enveloppe ne contient rien d'autre. Pas de lettre. Pas de mot. Rien que cette photo en noir et blanc.

Je la retourne et le monde s'effondre autour de moi. Quelqu'un a découpé une image représentant la main ensanglantée d'une femme et l'a collée derrière la photo.

Mon estomac se contracte sous l'effet de la peur. C'est une chose d'être convaincue que mon petit ami mort est revenu me hanter, mais à moins qu'un fantôme ne soit capable de prendre une paire de ciseaux, de faire des collages et d'acheter des timbres… Cette histoire prend un tour nettement plus effrayant.

Quelqu'un sait. Quelqu'un sait que j'ai tué Simon.

DEUXIÈME PARTIE

13

Je ne veux plus avoir cette photo sous les yeux. Je ne peux plus. Mais je n'ai pas la force de m'en débarrasser. Bien sûr que je n'ai pas la force.

Il ressemblait à cela le jour où je l'ai croisé par hasard au parc. Nous nous étions perdus de vue depuis plusieurs mois déjà, depuis notre séparation. Il n'avait jamais semblé en aussi bonne santé. Il était radieux. La sobriété lui allait comme un gant.

Je trace les contours de son visage avec l'extrémité de mon doigt. Ses pommettes ciselées et ses yeux vifs. La petite bosse sur l'arête de son nez. Je donnerais n'importe quoi pour qu'il soit toujours en vie. Une larme silencieuse coule sur ma joue et éclabousse son menton rasé de frais. Oh, Simon ! Qu'est-ce que je t'ai fait ?

Je me force à retourner une nouvelle fois la photo, priant pour que l'image n'y figure plus ; qu'elle ne soit que le fruit de mon imagination. Mais l'image est toujours là. Une main de femme ensanglantée. La peur agit comme une décharge électrique qui remonte le long de ma colonne vertébrale.

Je me creuse le crâne à la recherche d'une personne qui pourrait connaître mon adresse. Seuls les individus que j'ai côtoyés en cure de désintoxication sont au courant de mon histoire : les psys et les autres résidents. Mais ils avaient tous déjà suffisamment à faire avec leurs propres démons. Alors pourquoi vouloir s'en prendre à moi ?

Je devrais en parler à ma mère, je le sais. Mais j'en suis incapable. Car si je le fais, cela fera remonter bien plus que les souvenirs de Simon à la surface. Cela fera aussi remonter ceux de papa, et je n'ai pas la force de les affronter. Je n'ai pas la force d'affronter les reproches dans les yeux de ma mère. Non, il n'y a qu'une seule façon de régler le problème.

Je récupère mon manteau jeté au bout de mon lit et j'en sors la liasse de billets que Richard m'a confiée un peu plus tôt. Dix livres. C'est tout ce dont j'ai besoin. Un flash de vodka. Ça suffira à me calmer les nerfs. Richard n'en saura rien. Personne n'en saura rien.

Mon cœur s'emballe sous l'effet de l'excitation. Mes mains sont moites. Je me contenterai d'une ou deux gorgées, pas plus. Je balancerai le reste dans l'évier. À la seconde où j'aurai bu, je serai enfin capable de rassembler mes esprits. Et plus rien de tout cela n'aura d'importance.

Les marches de l'escalier craquent sous mon poids bien que je m'efforce de marcher sur la pointe des pieds. Ma mère est dans la cuisine, en train d'utiliser le blender. Elle prépare une de ses fameuses soupes – en feuilletant le livre de recettes un peu plus tôt, je n'ai pas pu m'empêcher de remarquer les 275 ml de vin blanc figurant dans la liste des ingrédients. Ma langue a doublé de volume. À coup sûr, elle va remplacer le vin par autre chose.

Il y a peu de chances qu'elle m'entende sortir, mais je ne peux pas me permettre de prendre des risques. Si elle s'aperçoit que je me suis absentée, elle attendra mon retour de pied ferme. Elle refusera de me laisser entrer si elle constate que j'ai bu – elle me l'a clairement fait savoir quand j'ai emménagé chez elle –, et je n'ai nulle part ailleurs où aller. Plus maintenant. Plus de canapés miteux où m'écrouler pour la nuit. Plus de connaissances à contacter pour les supplier de m'héberger.

Mais je n'ai pas à m'inquiéter pour cette fois, car cela ne se passera pas comme avant. Tout ira bien. Je saurai quand m'arrêter.

Dehors, le vent s'est levé. Il me pousse en avant comme si quelqu'un avait posé sa main sur mon dos pour me faire avancer plus vite. Vodka. Vodka. Vodka.

La personne qui a envoyé cette photo a raison. J'ai du sang sur les mains. Aussi sûr que si j'avais enfoncé un couteau directement dans le cœur de Simon. Quelqu'un sait ce qui s'est passé. Il fallait que ça arrive au moment où les choses semblaient enfin vouloir s'arranger. Avec ma mère. Avec Josh. Je sais que notre relation ne fait que commencer, mais c'est du sérieux entre nous. Il ne s'agit pas d'une simple amourette, j'en suis convaincue. Sans parler de mon opportunité de me remettre à peindre.

Une voiture passe à côté de moi et un chien se met à aboyer. La supérette n'est plus très loin. Encore trois minutes de marche.

Je me fige soudain. C'est de la folie. Si je ne fais pas demi-tour maintenant, ce sera trop tard. J'entrerai dans le magasin, je verrai les bouteilles alignées derrière le comptoir et la petite voix dans ma tête aura disparu. Celle qui me parle constamment et qui me met en garde. Mon corps sera irrémédiablement attiré par l'alcool. Il l'est déjà.

Non. Non. Non ! Je me force à tourner les talons et à reprendre le chemin de la maison. Le vent me fouette le visage désormais, me poussant dans la direction opposée, mais je tiens bon. Le souffle court, je saisis la clé sous mon T-shirt, arrachant presque la chaîne sur laquelle elle est attachée. Je tourne la clé dans la serrure et déboule dans l'entrée, les yeux rivés sur les marches de l'escalier. Encore quelques mètres et je serai de retour entre les quatre murs de ma chambre.

Je range le billet de dix livres dans la poche de mon manteau avec le reste de l'argent puis le balance en haut de mon armoire. Épuisée, à cran, je m'effondre sur mon lit.

J'entends ma mère chantonner dans la cuisine.

« Mon Dieu, donne-moi la grâce
d'accepter avec sérénité
les choses qui ne peuvent être changées,
le courage de changer celles qui devraient l'être,
et la sagesse d'en connaître la différence. »

Comme d'habitude, la réunion se termine avec la Prière de la sérénité. Je n'ai rien dit au groupe de ce qui s'était passé. Ma tentative avortée d'aller acheter de la vodka à la supérette du coin. Je n'ai pas eu le courage. De toute façon, je n'avais aucune envie d'aller à cette foutue réunion. Je suis prise pour cible par quelqu'un qui épie mes moindres faits et gestes. Au moins, cela explique pourquoi j'avais la drôle de sensation d'être suivie ces derniers temps. Mais il m'est impossible d'arrêter les Alcooliques anonymes. Sinon ma mère ne me lâchera plus d'une semelle ; une perspective qui est loin de m'enchanter.

Je m'efforce de respirer lentement et calmement pour ne pas alerter les autres, sans pour autant parvenir à me débarrasser de ce nœud qui s'est formé dans mon estomac. Qui a osé m'envoyer cette maudite photo ? Qui est assez gonflé pour s'en prendre à moi de cette façon ? Une horrible pensée me traverse l'esprit et refuse de me quitter. Quelles autres informations cette personne peut-elle bien détenir à mon sujet ?

Helen désigne la porte d'un signe du menton. J'acquiesce et me dirige avec elle vers la sortie, soulagée d'avoir trouvé une échappatoire. Rosie nous a repérées, mais elle est retenue par un autre membre qui ne semble pas près de la lâcher. Elle me suit des yeux jusqu'à ce que j'aie quitté le vestiaire.

Dehors, Helen attend tandis que j'allume une cigarette. Je retiens un instant la fumée dans mes poumons avant de la recracher en une longue expiration. La nicotine compense piètrement le manque d'alcool, mais je ne pourrais pas vivre sans. Surtout en ce moment. J'ai besoin de me rattacher à tout ce que je peux. La porte de l'église s'ouvre sur Rosie. Il est trop tard pour se défiler car elle nous a déjà vues.

— Tout va bien, Astrid ?

— Oui, bien sûr.

— Je peux me joindre à vous ? demande-t-elle sans même attendre une réponse de notre part.

Elle se balance d'un pied sur l'autre.

— J'espère que tu ne m'en voudras pas de dire ça, mais j'ai l'impression que tu traverses une mauvaise passe en ce moment. Je me trompe ?

Helen tourne la tête vers moi pendant que Rosie allume une cigarette et je me demande si elle pense la même chose que moi. Que Rosie est une sale commère qui devrait apprendre à se mêler de ses affaires. La réunion est terminée. Si elle croit que je vais me confier à elle, elle se fourre le doigt dans l'œil. Et qu'est-ce qu'elle peut bien vouloir dire avec son « j'ai l'impression » ? À aucun moment je n'ai laissé transparaître mes véritables émotions. Je dois bien lui reconnaître qu'elle a le nez pour flairer le mensonge.

— Oh, je suis un peu fatiguée, voilà tout.

Elle n'a pas l'air convaincue et je ne peux pas lui en vouloir. Je suis tellement nerveuse qu'on pourrait croire que j'ai pris du speed.

Rosie hoche la tête.

— Il n'y a rien de plus épuisant que de rester sobre, n'est-ce pas ?

— Même au bout de huit ans ? s'étonne Helen.

Rosie hausse les épaules.

— Huit ans, huit mois, huit jours, huit heures… Cela ne fait aucune différence.

Helen a beau avoir posé la question, c'est à moi que Rosie s'adresse. Peut-être qu'Helen a raison finalement, et que Rosie a décidé de faire de moi son affaire personnelle. C'est tout du moins l'impression qu'elle donne.

— Est-ce que tu retournes à l'intérieur pour prendre un café ? demande-t-elle, un étrange sourire au coin des lèvres.

— Non, merci, je vais plutôt rentrer chez moi.

— Tu habites chez ta mère, c'est ça ?

— Oui.

Pourquoi diable me repose-t-elle la question ? Elle sait déjà tout ce qu'il y a à savoir.

Rosie plonge la main dans la poche arrière de son jean et en sort un morceau de papier corné.

— Mon numéro de téléphone, dit-elle en glissant le papier dans la poche de ma veste. Au cas où tu chercherais quelqu'un à qui parler. Tu peux aussi passer me voir à la boutique, si tu le souhaites.

Elle se dirige vers l'église, puis s'arrête à mi-chemin et se retourne.

— Je suis désolée, Helen, j'aurais dû te donner mon numéro également. N'hésite pas à le prendre.

Helen lui adresse un bref sourire mais s'abstient de lui répondre.

— Au moins je sais ce qu'elle pense de moi, lance-t-elle une fois Rosie hors de notre champ de vision.

Je sors le morceau de papier et le fixe.

— Pourquoi s'est-elle sentie obligée de le mettre dans ma poche alors qu'elle aurait tout simplement pu me le donner ? je demande avant de le froisser et de le jeter dans la poubelle la plus proche.

— Elle a raison sur un point, reprend Helen alors que nous nous éloignons. C'est crevant d'être sobre.

Elle boutonne son manteau.

— Tu crois qu'elle a aussi raison quand elle dit que ça ne s'améliore pas avec le temps ? Pour être honnête, je comptais là-dessus…

Nous marchons un moment en silence et, bien que je ne sois pas vraiment pour l'idée de rentrer avec elle après chaque réunion, je suis tout de même heureuse de ne pas être seule ce soir. Je lui rapporte ce que Rosie m'a dit l'autre jour dans la boutique solidaire, au sujet de Dieu qui veille sur nous tous.

Helen laisse échapper un ricanement cynique.

— Ou plutôt qui nous espionne.

Le mot « espionne » provoque une vague de frissons dans tout mon corps. Sauf que cette fois, je ne m'inquiète pas des actions d'une entité surnaturelle mais d'une personne bien réelle et vivante, ce qui est encore pire.

— Tu veux monter prendre un café ? propose Helen.

Nous sommes presque arrivées chez elle.

— Du vrai café. Pas cette horreur qu'on nous sert aux Alcooliques anonymes. J'ai aussi du thé, si tu préfères.

J'hésite. Je devrais rentrer, sinon ma mère va commencer à trépigner d'impatience. Mais je n'ai plus aucune envie de rester dehors.

— Est-ce que tu as du thé vert ?

Elle tord la bouche en une grimace.

— Je *crois*.

— Alors c'est d'accord.

J'emboîte le pas à Helen et passe la lourde porte en verre. Derrière nous, au bout de la petite allée qui sépare l'immeuble de la rue, j'aperçois une ombre grise qui passe brièvement avant de disparaître dans l'obscurité.

Était-ce Rosie ? Aurait-elle été capable de nous suivre jusqu'ici ?

14

— Je ne suis pas propriétaire, mais locataire, dit Helen en tirant les rideaux d'une fenêtre donnant sur un petit balcon en béton et en allumant quelques lampes.

L'endroit a en effet tout de l'appartement de location. Couleurs neutres. Meubles simples et fonctionnels. Je remarque néanmoins quelques ajouts colorés et personnalisés, comme cet attrape-rêves indien serti de minuscules miroirs, ces bougies disposées çà et là ainsi que ce brûleur d'encens posé sur une table ronde. Ou encore ce figuier pleureur dans un coin du salon.

En me déplaçant, je remarque que l'appartement est construit en « L » et que la cuisine est ouverte sur la pièce principale. Helen s'y affaire déjà, occupée à remplir la bouilloire d'eau et à sortir des tasses d'un placard pour y glisser les sachets de thé. Sur l'égouttoir à côté de l'évier sèchent une assiette, un bol et un verre à pied retourné dont je n'arrive pas à détourner le regard. Je donnerais n'importe quoi pour un bon verre de vin. Histoire d'accorder un peu de répit à mes nerfs, au moins pour un court instant.

J'observe les mains d'Helen tandis qu'elle déchire les emballages contenant les sachets de thé. Pas de tremblements ce soir. Elle a même l'air d'aller bien. Je m'en serais rendu compte si elle avait bu, et je n'aurais évidemment jamais pris le risque de mettre les pieds chez elle. Et puis, ce n'est pas comme s'il existait une règle obligeant à ne boire que du vin dans un verre à pied. Elle aurait très bien pu choisir du jus de fruits ou du lait. Personnellement, j'essaye d'éviter ce genre de verre, mais cela ne concerne que moi. Le simple fait d'en voir un me donne envie de boire.

— J'ai développé une véritable obsession pour tout ce qui concerne la consommation de thé et de café, lance Helen. Je dois bien avoir quatre théières différentes et bien plus de filtres et d'infuseurs que de raison. Quant au café…

Elle ouvre un autre placard qui se révèle être rempli de cafetières, percolateurs, filtres en plastique, filtres en papier, d'un moulin à café et de multiples paquets de café en grains.

Je m'appuie sur le plan de travail et la regarde placer deux tasses sur un plateau.

— Peut-être que ça fait partie de nos troubles obsessionnels. De ce besoin constant que nous avons de combler le vide laissé par l'absence d'alcool. Je mange aussi beaucoup plus de sucreries qu'avant.

Helen ouvre un autre placard, plein, cette fois-ci, de chocolats de toutes sortes.

— Bordel de merde !

Elle sort deux Bounty au chocolat noir qu'elle pose à côté des tasses.

— Et je ne parle même pas du ménage, ajoute-t-elle en installant le plateau sur la table basse en face du canapé. J'y passe des heures entières.

— Tu ne travailles pas ?

— Je suis comptable. Ou plutôt je l'étais, même si je peux toujours exercer. Disons que je suis une comptable sans emploi.

Elle jette un regard circulaire sur la pièce avec un air de dégoût.

— Je vivais dans une belle maison avant de perdre mon boulot.

Elle expire longuement par le nez.

— Je te laisse deviner pourquoi. Toujours est-il que je n'avais plus de quoi rembourser mon prêt immobilier et que pas un jour ne passait sans que ma dette ne s'alourdisse. Heureusement, la revente de la maison m'a permis de rebondir et de payer mes dettes. Il me reste juste assez pour vivre une année entière si je fais *extrêmement* attention. Il n'empêche que je vais devoir recommencer à travailler très bientôt.

Tu vis seule ?

Son visage se rembrunit. J'aurais mieux fait de m'abstenir.

— Je suis désolée, je ne voulais pas être indiscrète.

— Ce n'est pas grave. Vraiment. J'ai été mariée, mais…

Elle baisse les yeux.

— Il n'a pas supporté mon addiction à l'alcool et m'a posé un ultimatum.

Elle marque une pause le temps de remuer la cuillère dans sa tasse.

— À vrai dire, il m'en a posé trois.

J'attends la suite en silence. Elle a déjà tenté de se confier lors d'une réunion des Alcooliques anonymes mais, émue aux larmes, elle a été contrainte d'arrêter.

— Un jour, je suis rentrée et il était parti. Il avait emporté toutes ses affaires, comme s'il n'avait jamais existé. Je n'ai plus eu de nouvelles depuis.

Elle renifle et lève les yeux, le sourire triste.

— Et maintenant, j'attaque ce Bounty. Qu'en dis-tu ?

Je croque à pleines dents dans la barre de chocolat noir fourrée à la noix de coco. Il n'en reste bientôt plus une miette et je meurs d'envie d'en dévorer une autre. J'ai à peine touché à mon dîner plus tôt, trop obnubilée par l'image de la main ensanglantée.

— Comment s'appelait-il ? je demande en essayant d'adopter le ton le plus neutre et détendu possible.

Elle fait tourner le sachet de thé dans sa tasse avant de le retirer et de le poser délicatement dans la coupelle posée sur la table. Elle garde la bouche pincée et je me demande si elle a entendu ma question.

— Peter, répond-elle enfin dans un murmure à peine audible.

Elle a les yeux perdus dans le vague, comme si elle se trouvait seule dans la pièce.

— Mon petit ami s'appelait Simon.

Avant même que je comprenne ce qu'il m'arrive, mes yeux s'emplissent de larmes. Voir cette photo de lui heureux et en bonne santé a fait ressurgir en moi un chagrin que je pensais ne plus jamais ressentir.

Et de la culpabilité. Toujours cette foutue culpabilité.

— Que s'est-il passé ?

— Combien de temps as-tu devant toi ?

— Toute la nuit s'il le faut.

— Ça risque plutôt de prendre des jours. Les psys ne supportent pas d'écouter ce genre d'histoire pendant plus d'une heure, alors qu'ils sont payés pour ça.

Le besoin de me confier est fort. Et bien que j'aie plus ou moins réussi à me convaincre que l'incident de la cabine de plage et le mystère autour du T-shirt n'étaient que le fruit de mon imagination paranoïaque, le contenu de cette enveloppe est une tout autre histoire. Il faut que j'en parle à quelqu'un, sinon je vais devenir folle.

Je suppose que c'est là que réside l'intérêt de nouer des liens d'amitié avec d'autres addicts. Des gens à qui vous pouvez vous confier tout en sachant qu'ils ne vous jugeront pas car eux-mêmes trimballent leur lot de casseroles. Des gens qui vous comprendront quelles que soient les circonstances. Comme Helen. Helen me comprend, *elle*. Je le sais. Surtout après ce qu'elle a dit lors de la réunion des Alcooliques anonymes.

Cependant, je doute que ses casseroles soient aussi lourdes que les miennes. Elle et moi ne jouons pas dans la même cour.

— Tu sais quoi ? Oublie tout ça, dis-je en soupirant. Ma mère se ronge les sangs chaque fois que je tarde trop à rentrer. Je ne peux vraiment pas lui en vouloir, mais… elle va me faire une scène si je ne rentre pas maintenant.

— Ne pourrais-tu pas l'appeler et lui dire que tu es avec une connaissance des Alcooliques anonymes ?

— Pour être honnête, je ne suis pas sûre que ça la rassurera. Au contraire, elle aura peur qu'on finisse par craquer et qu'on se mette à boire.

Je prends une dernière gorgée de thé et me lève.

— C'est ridicule, hein ? J'ai trente-deux ans et je me comporte toujours comme une ado à qui on a imposé un couvre-feu.

Helen porte le plateau dans la cuisine.

— Je te donnerais bien mon numéro au cas où tu aurais envie de parler entre deux réunions, dit-elle, mais tu vas probablement le déchirer et le jeter à la poubelle sur le chemin du retour. Comme tu l'as fait avec celui de Rosie.

— Je ne le ferai pas avec le tien, promis.

Elle pose les tasses dans l'évier et revient dans le salon pour griffonner son numéro sur un Post-it.

— Je te laisse le mettre dans ta poche toute seule comme une grande, commente-t-elle en souriant.

Debout dans l'encadrement de la porte d'entrée où elle m'a raccompagnée, elle me regarde descendre l'escalier.

— Astrid ? m'appelle-t-elle.

Je me retourne et lève les yeux vers elle.

— Lâche prise et oublie ces salades avec Dieu, dit-elle d'une voix étrangement solennelle.

Confuse, je la dévisage. Mais qu'est-ce qu'elle raconte ?

Elle sourit.

— J'ai cherché sur Internet ces slogans dont tu m'as parlé. Tu avais raison. Il en existe des centaines.

Bien sûr. Elle ne faisait qu'imiter Rosie.

Je ris toujours aux éclats lorsque j'atteins la porte en verre, mais le rire s'étouffe au fond de ma gorge à la vue de la nuit noire dans laquelle je vais devoir me plonger. Peu importe si ma mère me passe une soufflante à l'arrivée, je n'ai qu'une seule envie, et c'est d'être à la maison.

Je hâte le pas et fais en sorte de prendre le chemin le plus rapide. Au loin, le grondement de la mer me paraît particulièrement menaçant. Mon cœur cogne contre ma poitrine, au point que j'en ai la nausée. Je m'efforce de ne pas jeter un coup d'œil par-dessus mon épaule car je refuse de laisser la peur reprendre le dessus. Peut-être que celui qui m'a envoyé la photo se trouve juste derrière moi. Peut-être que cette ombre grise aperçue tout à l'heure n'était pas Rosie, mais ce même inconnu qui m'a attendue pendant tout ce temps, tapi dans l'ombre.

Je finis par céder et me retourne brièvement pour m'assurer qu'il n'y a personne, puis je presse à nouveau le pas. C'est la dernière fois que je me retournerai ce soir.

Elle a peur. Je peux le voir rien qu'à sa façon de marcher. Elle fonce droit devant, menton baissé contre sa poitrine.

J'imagine une cible située juste en dessous de son omoplate gauche. Celle d'un fusil de chasse.

L'espace d'un instant, j'ai l'impression qu'elle a senti ma présence, comme un animal qui perçoit un danger imminent. Elle se fige et fait volte-face. Je recule d'un pas pour me fondre dans l'obscurité. Je la suis du regard tandis qu'elle se remet en marche.

Je la prends à nouveau pour cible, le doigt sur la gâchette. J'appuie. La balle l'atteint en plein dans le mille et elle s'effondre sur le sol.

Game over.

Sauf que ce n'est pas le cas. Pas encore. Le jeu ne fait que commencer.

15

Cette fois-ci, ma mère ne m'attend pas dans l'entrée, prête à me faire une scène. Elle reste dans le salon à regarder la télévision, ou du moins à faire semblant. À mon grand étonnement, je m'excuse de ne pas lui avoir envoyé de SMS pour la prévenir de mon retard. Je m'appuie sur l'accoudoir du canapé et lui raconte mon étrange soirée passée en compagnie d'Helen et de ses placards remplis de café et de chocolat.

— C'est bien que tu te fasses des amis, commente-t-elle.

Pas non plus d'avertissement sur le danger de nouer de nouvelles relations, même si je sais qu'elle en meurt d'envie. Quelque chose a changé dans son attitude, comme si la glace qui nous séparait avait commencé à se fissurer. De quelques malheureux millimètres, certes, mais ce n'est pas négligeable.

Dieu sait qu'il n'est pas facile pour moi de réapprendre à vivre sous le même toit que ma mère. Mais elle est tout ce que j'ai pour le moment.

À l'étage, je m'assieds sur mon lit et pose les yeux sur le premier tiroir de ma commode. C'est là que j'ai rangé l'enveloppe contenant la photo de Simon. Ou plutôt caché, sous une pile de culottes et de chaussettes. Non. Je ne la ressortirai pas pour la regarder à nouveau. J'ai été idiote de prendre cette histoire trop à cœur. Me promener seule le soir ne m'a jamais fait peur, alors je ne vois pas pourquoi les choses ne devraient pas rester telles qu'elles sont. La seule obscurité dont je devrais me méfier est celle de mon esprit. Les trous noirs qui le paralysent. Mon mystérieux corbeau le sait très bien, lui aussi. Peu importe qui il est, il ne manque certainement pas de ressources. Il sait qu'il n'a nul besoin de me blesser physiquement. Tout ce qu'il lui suffit de faire, c'est de me regarder perdre la boule. Eh bien, qu'il se prépare, car il est hors de question que je lui donne satisfaction.

Je me déshabille et j'enfile mon pyjama. Vingt-deux heures trente et me voilà prête à aller au lit, comme la fille sage que je suis. J'ai même rangé mes vêtements dans mon armoire au lieu de les jeter négligemment par terre. Habitudes et organisation. Qu'est-ce qu'on a pu me rabâcher les oreilles avec ça quand j'étais en cure de désintoxication. Gardez l'esprit occupé. Trouvez-vous de nouveaux loisirs. De bons loisirs, comme les activités manuelles ou les tâches ménagères. Évitez l'inactivité. Écrivez dans votre journal intime tous les soirs.

Problème : mon journal intime se trouve dans le même tiroir que l'enveloppe. La panique me prend sitôt que je l'aperçois. Je songe d'abord à la déchirer et la jeter, voire à la brûler dans le jardin. Je pourrais enterrer les cendres et le problème serait réglé. Mais je n'en fais rien parce que je ne supporte pas l'idée de tailler le magnifique visage de Simon en pièces et de le jeter au feu. Le voir se faire dévorer par les flammes est bien la dernière chose dont j'ai envie.

Les cendres retournent aux cendres. La poussière à la poussière. Ce soir, le chagrin est si fort qu'il me blesse presque physiquement. Parfois, j'ai encore du mal à croire qu'il est vraiment mort. Peut-être que si j'avais pu assister à son enterrement, j'aurais été davantage capable de faire mon deuil, si tant est qu'une telle chose soit possible. Mais je n'étais pas en état. Loin de là. Je ne sais même pas s'il a été enterré ou incinéré, ni où il repose non plus. Comment est-il possible que j'ignore encore tout cela ? Pourquoi n'ai-je pas cherché à savoir ? J'aurais dû lui dire au revoir. C'était la moindre des choses.

Je repense aux événements de la journée. J'ai fait l'amour avec Josh comme si rien de tout cela n'était arrivé. Encore de quoi alimenter ma culpabilité. Pourtant, rien ne sert de lutter contre ses sentiments, n'est-ce pas ? Contre cette alchimie pure et simple qui nous lie. Contre le besoin de tendresse, d'amour et de sexe. C'est ce qui nous rend humains. Et cela ne veut certainement pas dire que je n'aime plus Simon ou que je vais l'oublier.

Je saisis l'enveloppe et me dirige vers mon armoire. Hissée sur la pointe des pieds, je la jette sur le dessus de façon à ce qu'elle soit hors d'atteinte. J'en profite aussi pour repousser la manche de mon manteau qui pendait depuis que je l'avais balancé là, lui aussi.

J'aurais pu sortir la photo de l'enveloppe et la regarder une dernière fois. J'aurais pu aussi prendre un billet de vingt livres dans la poche de mon manteau, me rhabiller et sortir à l'insu de ma mère pour me rendre à la supérette acheter cette maudite vodka ou quoi que ce soit d'autre qui aurait pu m'aider à passer la nuit. J'ai été sur le point de le faire. L'envie est encore bien présente. Mais je ne le ferai pas. Jamais. Assise sur mon lit, je me concentre sur ma respiration jusqu'à ce que le nœud dans ma poitrine se desserre enfin. Je refuse de me laisser intimider de la sorte.

Le lendemain matin, après avoir passé de l'eau sur mon visage et enfilé des vêtements propres – mais bien incapable d'avaler quoi que ce soit pour le petit déjeuner –, je me hisse à nouveau sur la pointe des pieds pour attraper mon manteau en haut de l'armoire. Manque de chance, l'enveloppe tombe à mes pieds et je me dépêche de la ramasser pour la remettre à sa place aussi vite que possible. D'un geste vif, j'envoie voler l'enveloppe qui vient se loger dans l'interstice entre l'armoire et le mur. Je pousse un soupir de soulagement. La voilà véritablement hors d'atteinte, cette fois. Il me sera impossible de la récupérer à moins de déplacer l'armoire. Ce qui risque de ne pas être facile ni discret.

J'enfile mon manteau. Plus vite je dépenserai cet argent en matériel de peinture, mieux je me porterai.

— Tu n'as pas besoin de ce manteau aujourd'hui, me dit ma mère tandis que je descends l'escalier. Il fait un temps magnifique. J'ai vu à la météo qu'on allait avoir une vague de chaleur.

— Ah bon ?

Je repense à la proposition de Josh d'aller prendre un bain de minuit. Cela finira peut-être par arriver plus vite que prévu.

— Je dois encore avoir mon vieux maillot de bain quelque part, si ça t'intéresse, ajoute ma mère. À moins que tu en aies déjà un.

— Ça ne risque pas. Je ne me souviens pas de la dernière fois où je suis allée me baigner.

C'est faux. Je m'en souviens très bien. C'était lors de ces vacances en Espagne. Je portais un Bikini rouge minuscule qui mettait en valeur le teint hâlé de ma peau. Simon avait enfin appris à jongler, et je me souviens de la foule qui s'était pressée autour de lui pour admirer son talent. De ces adolescentes qui battaient des cils en me jetant des regards envieux. Il était tellement heureux à l'époque. Et en si bonne santé. Depuis, j'ai l'impression qu'il s'est passé une éternité. Il me manque affreusement.

— Est-ce que tu veux que j'aille le chercher pour toi ? demande ma mère.

Je secoue la tête, peu enthousiaste à l'idée que Josh me voie accoutrée d'une des vieilles tenues de bain de ma mère. Croit-elle sérieusement que je vais accepter de le porter ?

Je suspends mon manteau à un crochet près de la porte d'entrée et transfère la liasse de billets de la poche à mon sac à dos.

— Est-ce que tu pourrais me prêter un peu d'argent jusqu'à ce que je touche mes allocations ? Je n'ai plus aucun vêtement d'été à me mettre.

Je déteste avoir à lui demander l'aumône, sachant qu'elle a déjà considérablement puisé dans ses économies pour payer ma cure de désintoxication. Mais si je continue à porter ces vieux jeans, ils vont finir par tomber en lambeaux. Ma mère fronce les sourcils.

— Ne t'en fais pas, je vais me débrouiller.

— Non, c'est toi qui as raison, dit-elle. Tu as besoin de nouveaux vêtements. Et si nous allions les acheter ensemble ?

— Il va falloir que tu arrêtes de me traiter comme une gamine, maman. Je ne vais pas acheter d'alcool. Peux-tu juste me donner vingt-cinq livres si tu peux te le permettre et j'irai acheter quelques fringues dans une boutique solidaire. Mais si tu ne peux pas, ce n'est pas grave. Je le comprendrai.

L'envie soudaine me prend de lui mettre la liasse de billets sous le nez et de crier : *Tu vois ? C'est la somme d'argent que m'a donnée le père de Josh pour acheter de la peinture. Tu ne crois pas que j'en aurais déjà dépensé une partie en alcool si je n'étais pas digne de confiance ?* Mais je n'en fais rien. Parce qu'au fond, c'est elle qui a raison. Hier, j'ai failli craquer. Je suis passée à un cheveu de replonger.

Ma mère se retourne pour aller chercher son sac à main suspendu à la rampe de l'escalier et en sort son portefeuille. C'est une petite pochette avec un fermoir argenté. Je déglutis avec difficulté. Elle me rappelle une autre pochette. Un temps révolu où je l'ouvrais pour y dérober quelques billets d'une main tremblante, des taches de sang sur la manche de ma veste.

Des bribes de souvenirs me reviennent à l'esprit à la manière d'un reflet ciselé par un miroir brisé. *Non, ne va pas là. N'y va pas. Pense à autre chose. Pense à autre chose tout de suite.*

— Je te ramènerai le ticket de caisse en guise de preuve.

Mais elle secoue la tête et me tend quatre billets de dix livres.

— Tu pourras me rembourser dix livres par semaine quand tu commenceras à toucher tes allocations, dit-elle.

Je me penche pour lui déposer un baiser sur le front, humiliée, rancunière et reconnaissante à la fois.

Comment ai-je pu en arriver là ?

Il a beau faire jour, je suis nerveuse à l'idée de sortir. Les sens en alerte, je me prépare à toute rencontre ou tout événement inhabituels. Heureusement, le soleil a attiré son lot de visiteurs et je me détends à mesure que je progresse dans les rues de la ville. Rien de mal ne peut m'arriver avec tout ce monde autour de moi.

Le tintement suranné d'une clochette retentit lorsque je pousse la porte du magasin de fournitures d'art. Immédiatement, un bouquet d'odeurs familières vient me chatouiller les narines : diluant pour peinture et vernis, menthe et lanoline provenant des pains de savon spécial peinture, l'arôme argileux des crayons et le parfum enivrant des toiles flambant neuves. Ce festival d'odeurs me ramène à l'école d'art et aux salles de théâtre vides où je peignais des décors. J'en ai les larmes qui me montent aux yeux.

À première vue, l'intérieur du magasin paraît sens dessus dessous. Sur les étagères s'amoncellent une multitude de palettes, de tubes, de pinceaux et de pots en étain. Empilés les uns sur les autres sans distinction aucune, tous semblent sur le point de basculer ou de disparaître dans la masse. Mais à mesure que je progresse au milieu de tout ce joyeux fatras, je devine – à la vue de l'homme chauve à la peau brune qui se tient derrière le comptoir – que j'obtiendrai tout ce dont j'aurai besoin en un clin d'œil.

Celui-ci lève les yeux par-dessus ses lunettes en demi-lune et me salue. Il ne me demande pas si je suis à la recherche de quelque chose en particulier, ni s'il peut m'être utile de quelque façon, et je lui en suis reconnaissante. Je sais exactement ce qu'il me faut, pour la simple et bonne raison que j'y ai réfléchi pendant des heures la nuit dernière, préparant mentalement une liste détaillée. J'ai aussi réfléchi au tarif que je pourrais réclamer et qui, même s'il reste très probablement inférieur à la moyenne, constituera un beau pactole pour moi qui suis sans le sou depuis un bon bout de temps. Cet exercice est d'ailleurs la seule chose qui ait réussi à me calmer après mon angoisse de la nuit passée. Et bien que tout soit clair dans mon esprit, je veux tout de même m'accorder le plaisir de déambuler dans les rayons et de farfouiller parmi tous ces trésors.

Je veux poser mes doigts sur le bois lisse des manches de pinceaux et tester la fermeté des brosses sur la paume de ma main. Je veux me familiariser à nouveau avec la poésie de leurs noms : les pinceaux éventails, plats et biseautés, les traînards, les queues-de-morue et les langues-de-chat. Je veux m'émerveiller devant les différents types d'huiles : lin, pavot, carthame et noix ; aspic, copahu, térébenthine ou encore sang-de-dragon.

Je pourrais y passer une éternité, m'imprégner de cette caverne aux trésors et mémoriser chaque nom de pinceau et de couteau à palette comme si ma vie en dépendait. J'ai l'impression de faire un bond dans le passé. Si seulement cela pouvait être vrai… Alors je saurais quoi faire pour ne pas répéter les mêmes erreurs.

Environ une heure plus tard, je finis enfin de rassembler le matériel nécessaire et quitte le magasin avec une poignée de pièces seulement. Les cent cinquante livres de Richard n'auront pas été dépensées en vain. Les quarante livres de ma mère en main, je me dirige vers Flinstead Road.

Passé la parenthèse enchantée du magasin de fournitures d'art, la nervosité refait aussitôt son apparition et je ne peux m'empêcher de scruter tous les visages que je croise. L'un d'entre eux appartient peut-être à mon mystérieux corbeau. Aussi, lorsqu'on tape sur mon épaule alors que j'attends de pouvoir traverser la rue au feu, je manque de défaillir sur place.

16

— Oh, je suis désolée. Je ne voulais pas te faire peur.

Rosie. Qui m'accoste en public, en dépit de la recommandation des Alcooliques anonymes de ne pas se côtoyer en dehors des réunions.

— Ne t'excuse pas. Je suis une vraie boule de nerfs aujourd'hui.

— Dans ce cas, permets-moi de t'inviter à boire un café, dit-elle en sortant son portefeuille de son sac. C'est la moindre des choses que je puisse faire après t'avoir fichu la trouille de ta vie.

Oh non, pas ça.

— C'est très gentil de ta part mais…

Je jette un rapide coup d'œil autour de moi, à la recherche d'une excuse pour me sortir d'affaire. C'est alors que j'aperçois les vitres embuées du Fisherman's Shack.

— J'ai rendez-vous avec une amie dans quelques minutes.

Rosie lève le menton, le cou légèrement rouge. Elle a deviné que je lui mentais.

— D'accord, pas de problème. Nous aurons l'occasion de nous revoir, de toute façon.

— Oui.

Alors qu'elle s'apprête à partir, elle se retourne vers moi.

— Je pourrais attendre avec toi jusqu'à ce que ton amie arrive, si tu veux. Je ne dois pas être au travail avant une bonne demi-heure.

Bordel de merde. N'abandonnera-t-elle donc jamais ? Je me creuse le crâne afin de lui répondre quelque chose qui tienne la route mais rien ne me vient. Résignée, je suis sur le point d'accepter lorsqu'un miracle se produit : Helen marche un peu plus loin, les yeux rivés droit devant elle. Elle ne nous a pas encore vues.

— Salut, Helen ! je m'empresse de crier à son intention.

J'espère du fond du cœur qu'elle s'apercevra de la détresse dans mon regard.

— Je commençais à penser que tu avais oublié notre rendez-vous.

L'espace d'un court instant, l'incompréhension peut se lire sur son visage. Par chance, elle se ressaisit aussitôt.

— Comment aurais-je pu oublier ? Je suis simplement passée acheter le journal à la maison de la presse. Oh, bonjour, Rosie.

Rosie lui adresse un sourire pincé.

— Rosie se serait bien jointe à nous, mais nous avions prévu de faire une petite promenade avant de nous arrêter prendre un café, n'est-ce pas, Helen ?

Je serre les dents, priant pour que Rosie n'ait pas le culot de proposer de nous accompagner.

— Peut-être une autre fois ?

Rosie hoche la tête, vaincue.

— Avec plaisir.

J'attends qu'elle soit hors de portée avant de me retourner vers Helen.

— Pardonne-moi cette mascarade, mais je n'aurais pas supporté de passer une minute de plus avec elle.

— À vrai dire, je ne suis pas contre l'idée d'aller me promener, dit Helen. Mais avant tout, je meurs de faim.

Je regarde par-dessus mon épaule. Pas de Rosie en vue, bien que j'aie la désagréable sensation qu'elle soit en train de nous espionner. Un peu plus loin, le jeune homme boutonneux et peureux sort de la pharmacie. C'est de la folie ! Je ne peux pas faire un mètre sans tomber sur un autre membre des Alcooliques anonymes. Qui aurait cru que nous étions si nombreux dans un endroit comme celui-ci ? Et que penser des villages et hameaux à côté desquels Flinstead passe pour une ville animée ? Pas étonnant que la concentration d'alcooliques y soit beaucoup plus élevée qu'ailleurs.

J'entraîne Helen de l'autre côté de la rue avant que le boutonneux ne remarque notre présence. Non pas qu'il viendrait à notre rencontre, tant il aime se tenir à l'écart des autres pendant les réunions.

— Allons commander des toasts avec des œufs et du bacon.

Nous voilà installées l'une en face de l'autre, des tasses fumantes posées devant nous. De notre déjeuner, il ne reste que quelques miettes ainsi que de petits morceaux de bacon. Je constate que le sillon entre les sourcils d'Helen est davantage creusé que d'habitude. Sous sa tempe gauche, une veine saillante remonte jusqu'à la naissance de ses cheveux, bien qu'elle ait essayé de la couvrir avec du fond de teint. La couleur vive de son rouge à lèvres ne lui va pas non plus et celui-ci a même déjà commencé à s'insinuer dans les petites rides au-dessus de sa lèvre supérieure.

Du bout du doigt, je récolte les miettes restantes et les porte à ma bouche. Nos chemins ne se seraient probablement jamais croisés si nous n'avions pas rejoint les Alcooliques anonymes. Pourtant, je suis heureuse de l'avoir rencontrée. Elle qui vit la même chose que moi et me comprend. Elle est la seule personne à qui je peux me confier sans crainte d'être jugée ou catégorisée.

Le visage de Simon apparaît devant mes yeux. Celui de la photo, en pleine forme et beau à se damner. Très vite remplacé par l'image de la main ensanglantée qui flotte dans mon esprit comme dans un vieux film d'épouvante. Comment puis-je espérer construire une relation solide avec Josh si mon passé revient sans arrêt me hanter pour me rappeler mes erreurs et mes échecs ?

Et si cette photo n'était que le début d'une longue liste d'événements inquiétants ?

— Astrid, que t'arrive-t-il ?

Je relève brusquement la tête. Helen me dévisage d'un air inquiet.

— Quelqu'un essaye de m'intimider, je finis par répondre, regrettant immédiatement de l'avoir fait.

Car à présent que j'ai prononcé ces mots à voix haute et ainsi admis l'existence de cet individu, la menace a gagné en légitimité et en dangerosité. Quelqu'un essaye *bel et bien* de m'intimider. Ce n'est pas une nouvelle invention de ma part. Et maintenant que les mots sont sortis, le malheur s'abattra forcément sur moi. Les dés ont été lancés.

Helen se penche en avant, la main posée sur mon avant-bras.

— Que veux-tu dire par « intimider » ? De qui parles-tu ?

Je regarde les gens présents dans le café. Un vieillard lisant le journal penché au-dessus d'une tasse de thé. Deux hommes vêtus de gilets de sécurité mangeant en silence. Puis Bob et son tablier couvert de taches de graisse, occupé à passer un coup de torchon sale sur le comptoir. L'endroit est presque vide et nous sommes nous-mêmes installées dans le coin le plus isolé. Personne ne pourrait m'entendre si je parlais à voix basse. Pourtant, je ne peux m'empêcher de me sentir mal à l'aise. Méfiante, même.

— Je ne peux pas en parler ici.

Helen hoche la tête.

— Dans ce cas, finissons nos cafés et allons faire cette promenade.

17

Nous marchons le long des falaises donnant sur une mer bleu sombre qui scintille sous les rayons du soleil. À peine cinq minutes se sont écoulées depuis le début de notre promenade et pourtant la chaleur ambiante me contraint déjà à retirer mon pull et à le nouer autour de ma taille. Helen, quant à elle, plie son imperméable et le pose sur son bras. Depuis que nous avons quitté le café, nous ne faisons que parler de tout et de rien : les températures inhabituelles pour la saison, l'estuaire de la Tamise visible à l'horizon et le fait que – si vous parvenez à faire fi de l'architecture anglo-saxonne des bâtiments – des jours comme celui-ci vous donnent l'impression d'être au bord de la Méditerranée.

Derrière notre conversation d'apparence anodine plane le spectre du sujet que j'évite d'aborder pour le moment. C'est la raison pour laquelle nous nous aventurons désormais sur le chemin menant vers la large étendue de sable au pied des falaises. Là-bas, je pourrai m'exprimer librement, avec les mouettes pour seuls témoins.

Une fois sur la plage, nous trouvons enfin notre rythme et je décide de tout raconter à Helen au sujet de la photo et de l'image de la main ensanglantée. Les mots se déversent en un flot quasi ininterrompu. Des phrases bien souvent incomplètes, altérées par l'émotion. Dieu sait si Helen arrivera à me comprendre. J'ai l'impression d'avoir fait tomber un manuscrit par terre et d'essayer désespérément d'en rassembler les pages, sans jamais parvenir à les remettre dans le bon ordre.

Tant de scènes et d'images. Tant de souvenirs. Dont beaucoup sont désormais flous dans ma mémoire. Imprécis. Je ferais une piètre conteuse. Mais je n'ai pas le choix. Je dois parler. Un à un, les faits remontent à la surface.

— Cela faisait huit mois et demi qu'il n'avait pas bu une seule goutte d'alcool.

Je regarde devant moi, mais ce n'est pas la plage qui s'étend sous mes yeux. Je vois le visage de Simon ce jour-là au parc. Fier et sûr de lui. Magnifique. S'il ne m'avait pas vue en premier et n'était pas venu à ma rencontre, je pense que je ne l'aurais jamais reconnu. Il serait alors passé sous mon nez de poivrote assise sur son banc en attendant que les effets des litres de bière ingurgités finissent par s'estomper.

— Je lui ai dit que j'étais impressionnée, mais en réalité j'étais rongée par la jalousie. Lui avait enfin réussi à s'en sortir. Il avait même trouvé du travail sur un chantier. Un métier manuel, certes, mais qui lui faisait un bien fou. Il respirait la forme et la santé. Je n'en revenais pas. Surtout, je mourais d'envie de me remettre avec lui.

Je marque une pause, le temps de prendre une profonde inspiration.

— Il m'a parlé de ce petit rôle qu'il avait décroché pour un long-métrage. Ce n'était pas grand-chose, mais il était aux anges. Il pensait que ça lui donnerait peut-être une chance de percer.

Ma voix se brise.

— Si je ne m'étais pas à nouveau immiscée dans sa vie, il y serait peut-être parvenu. Il aurait peut-être accompli ses rêves.

Cette fois-ci, je ne résiste pas à l'envie de pleurer et les larmes coulent, entrecoupées de reniflements sonores. Helen me caresse gentiment l'épaule pour me réconforter, jusqu'à ce que je retrouve la force de parler.

— Il faisait particulièrement chaud, ce jour-là. Un peu comme aujourd'hui. Je cachais six canettes de bière fraîche dans mon sac à dos.

J'inspire profondément. Aujourd'hui encore, je visualise très bien les gouttelettes de condensation recouvrant les canettes. Le soleil réchauffant ma nuque. Je regarde Helen du coin de l'œil. Elle fait glisser le bout de sa langue sur sa lèvre inférieure. Ce n'est clairement pas le moment idéal pour parler de bière fraîche, mais je ne peux pas m'arrêter en si bon chemin.

— Il a peut-être basculé au moment où il a entendu la mousse crépiter à l'ouverture de la canette. Ou bien lorsque j'ai avalé ma première gorgée de bière. Toujours est-il que j'ai sûrement pris un malin plaisir à lui secouer une de ces canettes sous le nez. Je m'entends encore lui dire que cela ne le tuerait pas de trinquer à sa réussite. Rien qu'une fois. Une toute petite fois.

Helen émet un grognement cynique en guise de réponse.

— La vérité, c'est que je n'ai aucune idée de la façon dont ça s'est déroulé. Mais je sais que c'est ma faute. Tout est ma faute. Je me souviens de m'être réveillée nauséeuse et secouée de frissons. Plusieurs heures s'étaient écoulées. Simon était étendu sur le sol à côté de moi, encore inconscient. Il a fini par reprendre ses esprits, mais il continuait à être pris de malaises. Il n'avait vraiment pas l'air bien. Sous l'emprise du delirium tremens, il était persuadé que des vers rampaient sous sa peau et il se grattait jusqu'au sang.

Nous atteignons le cap, là où la plage s'arrête, et nous décidons de prendre l'escalier menant aux cabines de plage. Helen désigne un banc et nous allons nous asseoir. J'en profite pour allumer une cigarette et inhaler longuement la fumée.

— Je me souviens d'avoir bu plusieurs verres de vodka pour essayer de me calmer, puis plus rien. Je me rappelle vaguement des secours tambourinant à la porte. Par je ne sais quel miracle, j'avais eu la présence d'esprit de les appeler. Comment ? Je l'ignorais. Toujours est-il que c'était la seule bonne action que j'avais été capable de réaliser.

Une sueur froide remonte soudain le long de ma colonne vertébrale. Prise de nausées, je me penche instinctivement vers l'avant et pose la tête entre les genoux. J'inspire lentement pour remplir mes poumons d'air et essaye de me concentrer sur une fissure dans le béton juste sous mes pieds. Helen pose sa main sur ma nuque.

— Allez, me souffle-t-elle sur le ton de l'encouragement.

— Deux semaines plus tard, après être sorti de l'hôpital, Simon s'est jeté du haut de Seaford Head dans le Sussex.

La main d'Helen retombe.

— Oh, mon Dieu ! Oh, Astrid !

— J'ai appris la nouvelle en lisant le journal. C'est comme ça que j'ai su qu'il était mort. Donc oui, la personne qui m'a envoyé cette photo a raison. *J'ai* du sang sur les mains. Je n'ai pas poussé Simon du haut de cette falaise, mais c'est tout comme.

Je renifle pour me désencombrer le nez, mais il est complètement bouché. Helen me tend un mouchoir.

— Les psys ont beau me dire que je n'y suis pour rien, je ne peux pas m'empêcher de me sentir coupable.

— Je comprends.

— Et même si ce sont eux qui ont raison et que Simon n'est pas mort par ma faute, ça ne me fait pas me sentir mieux pour autant. Simon est mort. Point à la ligne.

Helen pivote pour me faire face.

— Où se trouve cette photo ? Est-ce que je peux la voir ?

Je pense à l'enveloppe marron prenant la poussière derrière mon armoire et les paumes de mes mains deviennent moites.

— Je l'ai laissée chez moi.

— Est-ce que tu as l'intention d'appeler la police ?

Je déglutis avec difficulté. La simple pensée d'entrer dans un commissariat de police m'emplit d'effroi.

— Je doute qu'ils accordent un quelconque crédit au témoignage d'une ex-alcoolique. Et s'ils se mettaient à me poser des questions, eh bien… Ce n'est pas comme si j'avais été une citoyenne modèle par le passé. J'ai…

Merde. Il était encore temps de garder ça pour moi, mais c'est trop tard. Le naufrage de mon existence se retrouve désormais exposé au grand jour. Pourtant, si je veux pouvoir aller au bout des Douze Étapes un jour, je vais bien devoir passer par la case confession. Cela n'empêche que certains secrets feraient mieux de rester enfouis à jamais. Des secrets bien plus honteux que de pousser Simon au vice. Des secrets si terribles qu'à chaque fois que ma pensée les effleure, je me dépêche de les écarter pour ne pas être tourmentée par une multitude d'autres souvenirs négatifs et d'images sombres.

Je continue doucement.

— J'ai pris des choses qui ne m'appartenaient pas…

C'est bien, évite de rentrer dans les détails, Astrid.

— Des choses que je revendais ou échangeais contre de l'alcool. J'imagine que la police n'irait pas enquêter davantage et qu'ils n'en auraient probablement rien à faire de toute façon. Quand bien même… je ne suis pas à l'aise à l'idée d'aller leur parler. À cause de la culpabilité, je suppose.

Helen pose à nouveau sa main sur mon avant-bras.

— Nous avons tous commis des actes dont nous ne sommes pas fiers. C'est le cas pour moi aussi. Mais n'oublie pas…

Elle s'arrête pour former des guillemets avec ses doigts, affichant un air dédaigneux si familier que je l'attribue sans mal à Rosie.

— Nos secrets sont le véritable reflet de notre âme.

Qu'il est bon de rire après ces trente minutes fortes en émotions.

Helen me caresse la main d'un geste bienveillant.

— Les gens qui postent des lettres anonymes sont aussi lamentables que lâches. Ils sont exactement comme les trolls sur Internet : ils prennent leur pied à harceler les gens, mais ils n'auront jamais le courage de les affronter en personne.

Un sillon se creuse entre ses deux yeux.

— Mais il ne faut pas non plus nier le caractère extrêmement violent de cet acte. Sais-tu s'il y avait quelqu'un d'autre dans la vie de Simon ? Une autre femme ?

— Après moi, tu veux dire ? Non, je ne pense pas. Il avait une ex qui n'arrêtait pas de lui envoyer des messages sur Facebook. Et une ancienne copine de lycée qui avait toujours eu un faible pour lui. Ils se fréquentaient au moment de notre rencontre, mais ce n'était rien de sérieux.

— Quelle que soit cette personne, maintenant qu'elle a réussi son coup, je doute fortement qu'elle se manifeste à nouveau.

— J'espère que tu as raison, Helen. Je l'espère de tout mon cœur.

18

Gonflée à bloc, et avec la ferme intention de ne plus me laisser intimider par un pauvre tordu qui pense pouvoir jouer avec mes nerfs, je dis au revoir à Helen et me dirige vers la boutique de la Croix-Rouge. Flinstead ne manque pas de boutiques solidaires, aussi ne devrais-je pas avoir trop de mal à trouver mon bonheur.

Il s'écoule peu de temps avant que je dégote un short comme neuf de la marque Next, un pantacourt en lin qui ira parfaitement avec mes tennis en toile ainsi que – accrochez-vous – deux T-shirts Zara. En dehors des vêtements d'occasion, je craque également pour un maillot de bain à bas prix de chez Peacocks, au cas où Josh me proposerait une séance de baignade. Enfin, j'achète un paquet de tabac et des feuilles à rouler, à défaut d'avoir les moyens de me payer des cigarettes toutes faites.

J'avais en tête de ne pas passer devant la boutique Oxfam pour ne pas courir le risque de tomber sur Rosie, mais la curiosité me pousse finalement à jeter un coup d'œil au mannequin dans la vitrine. Celui-ci est désormais vêtu d'un chino blanc, d'une veste bleu marine ainsi que d'un panama. Penser à ce T-shirt me donne toujours autant la chair de poule. C'est fou comme votre esprit peut vous jouer des tours alors même que vous n'êtes pas sous l'emprise de l'alcool ou quoi que ce soit de ce genre. Mais maintenant que quelqu'un sait pour Simon et moi et essaye de me faire peur, j'en viens à me demander s'il ne s'agissait pas également d'un autre message. Non, c'est impossible. Je laisse encore la parano l'emporter sur la raison.

Mon regard se pose sur une robe à volants style années soixante exposée sur un autre mannequin. Elle est splendide et coûte la modique somme de six livres quatre-vingt-dix-neuf. L'affaire est trop tentante. Je vais devoir entrer dans la boutique.

Rosie vient de terminer avec un client qui la salue en partant, me laissant seule à l'intérieur. Lorsqu'elle m'aperçoit, sa bouche se tord en un affreux sourire.

— Bonne promenade ? me demande-t-elle.

J'acquiesce. Bon sang, pourquoi suis-je allée voir cette foutue vitrine ?

— Elle est belle, hein ? commente-t-elle à propos de la robe sur le mannequin. Ma fille avait exactement la même.

Sa fille. Je n'aurais jamais imaginé que Rosie ait pu avoir un enfant. La voilà qui fait le tour du comptoir pour venir à ma rencontre.

— Cela fait longtemps que je ne l'ai pas vue avec, cela dit…

Elle soupire.

— Cela fait longtemps que je ne l'ai pas vue tout court.

Son sourire s'affaisse légèrement.

— Elle m'en veut toujours, tu comprends. D'avoir gâché son enfance.

Je ne trouve pas les mots pour lui répondre. Je ne suis même pas sûre d'en avoir envie. Elle se comporte avec moi comme si nous étions amies, ou comme si une forme d'intimité s'était nouée entre nous, à cause de notre addiction commune à l'alcool. Ou peut-être est-ce un autre de ses stratagèmes pour me pousser à la conversation, et alors je sais parfaitement bien où cela finira par mener. Elle commencera à me poser des questions avec ce sourire hautain qui lui est propre, prétendant déjà en connaître les réponses.

— Tu peux l'essayer si tu veux, dit-elle. Il y a une cabine d'essayage au fond du magasin.

— Euh…

— Allez, je suis persuadée qu'elle t'ira à ravir.

Elle ôte la robe du mannequin et fait un signe du menton en direction de la cabine située juste à côté des cartons de dons attendant d'être triés. En plus d'être petite et étroite, celle-ci me paraît d'une propreté toute relative. Le sol est taché et le rideau pas assez large, de sorte que des espaces restent à découvert de part et d'autre de la cabine.

— Ne t'inquiète pas, lance Rosie, il n'y a personne pour te voir.

Je retire mon jean et mon haut à la hâte afin de me glisser dans la robe. Elle me va comme un gant. Je me retourne pour me regarder dans le miroir, mais la lumière est si mauvaise qu'il m'est impossible de me faire un avis. J'ai remarqué un autre miroir, plus grand et lumineux, dans la salle du fond où se trouve également un ordinateur. Je sors de la cabine et manque de percuter Rosie de plein fouet. Cette fouineuse devait se tenir juste derrière le rideau tout du long.

— Magnifique, dit-elle. Tu ressembles à Mia Farrow.

Ses yeux s'attardent sur mon corps suffisamment longtemps pour me mettre mal à l'aise et je repense à la fois où elle a glissé le papier avec son numéro de téléphone dans la poche de ma veste, effleurant mon sein gauche au passage. Je sens son regard toujours posé sur moi tandis que je passe à côté des cartons de dons entassés les uns sur les autres. L'odeur poussiéreuse des vieux livres et des vêtements de seconde main est encore plus prégnante ici, malgré les tentatives de la faire disparaître à l'aide d'un brumisateur d'intérieur au parfum floral. Je perçois quelque chose d'autre aussi. Quelque chose de différent. Mais je n'arrive pas à mettre le doigt dessus, bien que cela me fasse penser aux squats où j'avais l'habitude de dormir par le passé.

Sur une immense table installée au centre de la pièce du fond, des objets ont été disposés par catégories : chemises d'homme, vieux costumes, pulls et cardigans pour femme, chaussures d'un côté et sandales de l'autre… J'ai l'impression d'avoir une de ces horribles photos de l'Holocauste sous les yeux : celles montrant les biens des morts. Je chasse l'image de mon esprit.

Je n'avais plus porté de robe depuis une éternité. Je me sens nue, vulnérable, même si je sais qu'elle me va bien. Courte, mais pas *trop*. Sexy, mais pas provocante non plus. J'aimerais que Rosie me laisse enfin tranquille afin de pouvoir prendre ma décision au calme, mais elle reste collée à moi, hochant la tête et souriant. Elle me répète à quel point la robe est belle et ferait une bonne affaire. À ce prix-là, inutile de tergiverser.

Tu parles de vente agressive. Si nous n'étions pas dans une boutique solidaire, je commencerais à croire qu'elle est payée à la commission.

Par chance, un autre client entre dans la boutique et Rosie s'éloigne avec réticence pour aller l'accueillir. Elle ne fait aucun effort pour dissimuler sa déception. Je jette un dernier coup d'œil dans le miroir. La robe est superbe. C'est décidé, je l'achète. Mais alors que je m'apprête à retourner dans la cabine d'essayage, j'entends résonner la voix de Richard Carter. Il est venu déposer un sac de vieux vêtements. Le deuxième de la semaine, à en croire ses paroles.

— Je crois bien avoir fait le tour cette fois-ci, dit-il.

Je m'attarde dans la pièce du fond, priant pour qu'il ne s'aperçoive pas de ma présence. Le pire pour moi serait que mes deux univers complètement opposés finissent par se rencontrer.

Je laisse mon regard vagabonder autour de moi en attendant qu'il parte. C'est à ce moment-là que je remarque le document Word ouvert sur l'écran d'ordinateur, ainsi que le sac en patchwork que Rosie emporte toujours avec elle aux réunions des Alcooliques anonymes. Caché derrière le miroir, il contient un sac de couchage ainsi qu'une brosse à dents et un tube de dentifrice. Et puis il y a une lampe torche.

N'a-t-elle pas déjà évoqué son besoin de trouver un endroit pour dormir ?

Lorsque Richard se décide enfin à partir, je me précipite dans la cabine d'essayage pour me changer. Je suppose qu'il serait facile de squatter un magasin comme celui-ci, quand vous en possédez les clés et que vous le gérez en grande partie seule. À condition, bien entendu, de ne laisser aucune trace qui pourrait vous incriminer au petit matin. Est-ce le cas de Rosie ? Dans le cas contraire, je ne vois pas pourquoi elle se baladerait avec un sac de couchage et une lampe torche dans son sac. J'ai moi-même squatté des appartements il y a quelque temps de cela. Mais être encore contrainte de le faire alors qu'on a atteint la soixantaine ? Quelle tristesse !

Quand j'arrive au comptoir, elle est occupée à inspecter le contenu d'un énorme sac, quelques mèches colorées lui tombant devant les yeux. En me voyant, elle se redresse et vient se placer derrière la caisse. Je pose la robe devant elle et fouille ma poche à la recherche du dernier billet de dix livres. Où diable est-il passé ?

Je retourne mon sac sur le comptoir, sentant le rouge me monter aux joues. Tout est là : le paquet de tabac, les feuilles à rouler, la balle de jonglage de Simon et quelques mouchoirs usagés. La balle roule en direction de Rosie et, alors que je m'apprête à la rattraper, elle la saisit et la serre dans sa main. Merde. Elle ne sera plus la même maintenant que Rosie a mis ses pattes dessus. Pourquoi faut-il que je l'emporte avec moi chaque fois que je sors ?

— Le voilà.

Je tends le billet de dix livres et commence à ranger mes affaires. Rosie n'a pas arrêté de jouer avec la balle. À présent, elle la fait passer d'une main à l'autre, une drôle d'expression sur le visage. Je voudrais pouvoir la récupérer, mais je dois pour cela attendre qu'elle daigne prendre mon billet.

Au bout de ce qui me semble une éternité, elle se résout enfin à poser la balle et à encaisser l'argent. Elle est fichue maintenant. Elle ne m'apportera plus jamais de réconfort dans les moments difficiles et je ne pourrai plus prétendre sentir l'odeur de Simon sur le cuir souple.

Rosie fait glisser la robe dans un sac en papier kraft.

— Je parie que ton nouveau petit ami va adorer te voir dedans, dit-elle. C'est bien ton petit ami, n'est-ce pas ? Le bel homme aux cheveux blonds ?

Comment peut-elle savoir à quoi Josh ressemble ? Il n'y a qu'une seule possibilité : elle nous a vus sortir du Fisherman's Shack ou bien nous promener sur la plage. C'est toujours la même chose dans les petites villes comme Flinstead. Tout le monde est au courant de tout. Dieu merci, Richard n'est plus là. Je serais morte de honte s'il avait entendu Rosie parler comme ça.

— J'imagine.

Rosie plie le haut du sac avant de me le donner. Puis elle se penche en avant pour me parler sur le ton de la confidence.

— J'espère que tu ne m'en voudras pas, Astrid, mais l'autre soir, quand tu as parlé à la réunion des Alcooliques anonymes, j'ai eu le sentiment que tu avais perdu quelqu'un de très proche récemment.

Ma main se crispe sur le sac. À l'avenir, je vais devoir me montrer plus vigilante. Il est hors de question de laisser transparaître plus de choses que je ne l'ai déjà fait.

— Je sais que ce ne sont pas mes affaires, poursuit-elle, mais bon, j'ai perdu ma mère il y a peu et si jamais tu ressentais le besoin de te confier…

— Merci.

Je m'apprête à tourner les talons, mais elle n'en a pas terminé avec moi.

— Le sentiment de culpabilité peut être très fort lorsqu'on perd un être aimé.

Elle marque un temps d'arrêt.

— Surtout si on entretenait avec lui une relation… conflictuelle.

Je la dévisage, stupéfaite.

— Je ne me souviens pas avoir dit quoi que ce soit sur la nature de mes relations avec mes proches.

Elle rougit.

— Oh, je suis sûre que si. Ça t'est peut-être sorti de l'esprit. Tu avais l'air tellement émue. Était-ce quelqu'un de cher à tes yeux ? Un frère ou un petit ami, peut-être ?

— Petit ami.

Comme d'habitude, les mots sont sortis tout seuls. Les gens comme elle procèdent toujours de la même façon. Ils vous ressortent des bribes d'informations que vous avez pu laisser échapper et s'en servent pour vous faire cracher le morceau. Le vrai.

— Je suis désolée, répond Rosie.

Ce n'est qu'une fois dans la rue que je comprends enfin ce qui me déplaît tant chez elle. Plus encore que la curiosité mal placée, les phrases toutes faites et les tentatives incessantes pour devenir mon amie. Son sourire n'est jamais tout à fait sincère. Et derrière l'apparent succès de sa rémission et son numéro de femme bienveillante, j'entrevois clairement la pauvre poivrote ravagée qu'elle a été.

Et je sais parfaitement de quoi je parle.

19

Ma mère tient mon nouveau maillot de bain devant elle.

— Il t'ira mieux que le mien, cela ne fait aucun doute.

— Eh bien, je n'osais pas te le dire mais…

— Pourtant, Dieu sait que tu n'es pas du genre à garder ta langue dans ta poche.

Nous éclatons de rire. Cela faisait une éternité que nous ne nous étions pas moquées gentiment l'une de l'autre. Et même si cela me fait du bien, je ne peux m'empêcher de me sentir un brin coupable lorsque je repense à toutes les fois où j'ai été exécrable avec elle. Puis je me souviens que je n'étais pas la seule responsable, car elle avait tendance à trouver un malin plaisir à me pousser à bout. Et voilà, ma parenthèse de bonheur aura été de courte durée. Retour de la culpabilité et du ressentiment. C'est le souci avec les émotions : pires que des montagnes russes, elles vous secouent dans tous les sens et vous mettent les nerfs en pelote au point que vous donneriez cher pour avoir une bouteille sous la main. Un petit remontant pour vous remettre d'aplomb.

À cet instant précis, si je trouvais une bouteille de vodka, de vin, de bière, de sherry ou de cidre – en réalité, n'importe quoi ferait l'affaire – dans cette maison, je la descendrais jusqu'à la dernière goutte. Ensuite, je viderais mes poches, et probablement le pot de petite monnaie de ma mère aussi, afin de rassembler assez d'argent pour aller à la supérette acheter une autre bouteille. J'irais sur la plage, je la boirais d'une traite et je rentrerais à la maison, prête à subir le courroux de ma mère. Folle de rage, elle me hurlerait dessus. Mais les mots qui sortiraient de sa bouche ne seraient que du bruit pour moi. Un bruit agressif et discordant. Le genre à vous mettre en rogne et à vous donner envie de boire encore plus pour ne plus l'entendre et ne plus voir sa bouche se tordre et ses pupilles se dilater sous l'effet de la colère. Pour ne plus ressentir sa douleur parce que cette douleur est déjà en vous. Elle a toujours été en vous.

— Astrid ? Astrid ?

— Pardon, que se passe-t-il ?

— Je t'ai demandé ce qui te ferait plaisir pour le dîner.

Le SMS de Josh arrive à point nommé. Il me sort de la spirale de pensées négatives qui était en train de m'absorber tout entière.

« Je reviens de ma baignade. Que dirais-tu de me rejoindre pour un *fish and chips* ? Je meurs de faim. Bises. »

« Avec plaisir. Quelle heure ? »

« Dix-neuf heures ? Le temps que je prenne une douche. »

« OK. À plus tard. Bises. »

Ce n'est qu'une fois devant la porte d'entrée, prête à partir, une demi-heure plus tard, que je me souviens du curry de légumes mis à décongeler par ma mère.

— Maman ?

— Oui, ma chérie ?

Elle est dans le salon en train de regarder le journal télévisé. Je m'efforce d'employer le ton le plus léger et amical possible.

— Ça ne te dérange pas si je mets le curry de côté pour demain ? Josh m'a proposé un *fish and chips*.

Elle regarde ma robe nouvellement achetée et une expression que je n'arrive pas à identifier passe sur son visage. J'ai l'impression d'être de nouveau une adolescente. En fait, non. C'est encore pire que lorsque je l'étais. Bien pire. À l'époque, j'avais au moins la conviction d'être en position de force. Je ne laissais rien au hasard, et ma vie était déjà toute tracée. Il ne me restait plus longtemps avant de ne plus avoir besoin de contourner les interdictions de ma mère et d'obtenir enfin ma liberté. Désormais, je suis de retour à la case départ. J'ai goûté à la liberté, et voilà où cela m'a menée.

— Bien sûr que non, répond ma mère. Est-ce que vous avez l'intention de prendre à emporter et de revenir dîner ici ?

— Non, il fait encore bon dehors, donc je pense que nous allons nous asseoir sur un banc ou quelque chose du genre.

Tu ne lui as pas dit, n'est-ce pas ?

À la façon dont elle parle, il s'agit plutôt d'une affirmation que d'une question.

— Je le ferai. Quand je me sentirai prête.

Elle hoche la tête. *Ne dis plus rien, maman. Je t'en prie, ne dis plus rien.*

— Ne tarde pas trop, ajoute-t-elle. Tu te souviens de ce qu'ils ont dit…

— Au centre de désintoxication, oui. Je me souviens très bien de ce qu'ils ont dit. J'étais là, tu sais.

Ma mère pince les lèvres. Cette stupide publicité avec le chanteur d'opéra italien à la moustache entortillée passe à la télévision. En temps normal, elle aurait changé de chaîne à la seconde ou elle aurait commencé. Ce soir, elle se contente de la regarder d'un air absent.

Il y a déjà une longue file d'attente devant le *fish and chips*, mais je reste tout de même à l'écart, par peur d'arriver au comptoir avant que Josh ne soit là. Je m'assieds sur le muret bordant le jardin d'une maison pour l'attendre. C'est le prix à payer lorsqu'on habite à côté d'un restaurant. Accepter que des inconnus posent leurs fesses sur son muret. Ma mère ne le supporterait pas. Elle s'énerve déjà lorsque les parents qui reviennent d'avoir déposé leurs enfants à l'école s'attroupent sur le trottoir devant la maison pour discuter. Elle dit tout le temps : « Est-ce qu'ils ne pourraient pas tenir leur petite réunion ailleurs ? »

Alors que j'attends, je repense à la jeune femme que ma mère a surprise il y a quelques jours en train de regarder la maison. Celle qui soutient y avoir vécu lorsqu'elle était enfant.

Je me mordille l'intérieur de la joue, mal à l'aise à l'idée que cette femme se manifeste à nouveau un jour où ma mère se trouve seule à la maison. Et si elle mentait sur toute la ligne ?

S'il ne m'était pas arrivé toutes ces choses étranges dernièrement, je ne m'en inquiéterais probablement pas davantage. Je veux dire, il n'y a rien d'exceptionnel à ce que quelqu'un souhaite visiter la maison de son enfance. Pour ma part, je ne remettrais jamais les pieds à Peckham Rye, même si on me payait. Trop de mauvais souvenirs sont attachés à cet endroit. Mais si elle avait quelque chose à voir avec toute cette histoire ? Si cette femme, peu importe qui elle est, était celle qui m'a envoyé la photo ?

Josh se laisse tomber sur le muret à côté de moi et me soulève la main pour y déposer un baiser. Je ne l'ai même pas entendu arriver. Il me serre dans ses bras. Ses cheveux sentent bon le shampoing.

— Je t'ai vue avec ta mère tout à l'heure, dit-il alors que nous nous greffons à la file d'attente.

Je le dévisage. Comment est-ce possible ? Puis je comprends. Il a sûrement dû me voir sur la plage en compagnie d'Helen.

— J'ai hésité à venir vous saluer, mais vous aviez l'air tellement absorbées par votre conversation que je n'ai pas osé.

— Ce n'était pas ma mère, mais une de ses amies.

Qu'est-ce qui m'a pris de dire ça ? Pourquoi n'ai-je tout simplement pas répondu qu'il s'agissait d'une de *mes* amies ? Encore un mensonge. Il y a vraiment un truc qui cloche chez moi.

— Elle prenait des nouvelles de ma mère, j'ajoute. Elle ne souhaite voir personne en ce moment.

Je ne fais qu'empirer les choses, en enrobant mon histoire de cette façon. D'autant que ça n'était pas nécessaire. Josh n'aurait jamais cherché à connaître le sujet de notre conversation. Enfin, je ne pense pas…

— Fichue dépression, commente-t-il. Je n'en ai pas souffert moi-même, mais j'ai des proches qui en ont fait les frais.

J'acquiesce, essayant de visualiser le moment où il a pu nous apercevoir. Était-ce lorsque nous marchions sur la plage ou quand nous étions assises sur le banc ? Étais-je en train de pleurer à ce moment-là ? Impossible de m'en souvenir. J'étais tellement sous le coup de l'émotion que je n'avais conscience de rien d'autre, juste d'Helen et de moi.

La femme au début de la file d'attente met un temps fou à se décider et les gens devant nous roulent les yeux en râlant dans leur barbe. Josh et moi sommes toujours sur le trottoir, faute de place à l'intérieur du restaurant.

— Où étais-tu lorsque tu nous as vues ?

Il semble hésiter. Je rêve ou il n'a pas envie de répondre à ma question ?

— Dans l'eau, finit-il par dire. J'en sortais, tout du moins.

Bien sûr. C'est la raison pour laquelle je ne l'ai pas vu. Pour une fois, j'ai délaissé le spectacle de la mer pour me concentrer sur l'histoire que je racontais à Helen.

Je suis sur le point de lui faire remarquer qu'il m'a pourtant indiqué dans son SMS qu'il revenait tout juste de sa baignade, puis me ravise finalement. Peut-être est-il allé se baigner plus tôt aussi. Bien qu'il me semble qu'il ait mentionné qu'il devait assister son père dans ses travaux de ponçage de parquet. Oh, bon sang ! À quoi bon en faire tout un plat ? Josh a le droit de changer d'avis, et il est hors de question qu'il pense que je le surveille. Si ça se trouve, il le pense déjà, à cause de ma question stupide. Il faut bien avouer qu'il n'est pas facile de trouver le bon équilibre dans une nouvelle relation. Surtout quand on ne peut pas boire d'alcool pour arrondir les angles.

— Le truc…, dit-il en me prenant les mains et en plongeant son regard dans le mien, c'est que je connais dorénavant ton petit secret.

20

Le sang pulse dans mes oreilles. Comment ça, il connaît mon petit secret ? Comment a-t-il pu nous entendre ? Qu'a-t-il entendu au juste ? Je déglutis avec peine. Pendant une seconde, il me vient même à l'esprit que Josh pourrait être impliqué dans les récents événements qui ont bouleversé mon quotidien. Toutes ces fois où je l'ai croisé par hasard sur la plage… Et, sauf erreur de ma part, c'est bien lui qui m'a accostée en premier, non ?

Bien qu'il tienne toujours mes mains dans les siennes, je n'ose pas le regarder dans les yeux par peur de ce que je pourrais y voir.

Je vais devoir la jouer au culot. De toute façon, ce n'est pas comme si j'avais le choix.

— Lequel ? je lui demande en me forçant à le fixer.

Une question standard, posée sur le ton de la plaisanterie. Ainsi, il ne se doutera pas de l'importance que je lui accorde en réalité.

— La cigarette, répond-il en feignant la désapprobation.

Je manque d'éclater de rire. Je regarde mes pieds dans l'espoir de retrouver mon calme, ce que Josh prend bientôt pour de l'agacement ou de la gêne. Ou les deux.

Il m'attire à lui et me serre dans ses bras pour me réconforter.

— Je ne voulais pas te faire culpabiliser, dit-il. J'ai simplement été surpris, rien de plus.

— J'essaye d'arrêter.

— Tant mieux. Pour ma part, j'ai bien tenté de m'y mettre, mais je n'y suis jamais vraiment arrivé à cause de la natation.

Ses doigts effleurent ma robe.

— C'est joli, dit-il.

— Je peux te la prêter, si tu veux.

Les épaules de Josh se soulèvent au rythme de son rire et il ne s'écoule pas longtemps avant que je me joigne à lui. Nous nous retrouvons à glousser comme deux gamins. À quand remonte la dernière fois où j'ai autant ri ? Certainement pas la fois où j'ai retrouvé Simon au parc, et où je l'ai poussé à boire des bières jusqu'à atteindre le point de non-retour. Je ne me souviens pas avoir ri une seule fois après ça.

Les frites sont délicieuses. Croquantes à l'extérieur et moelleuses à l'intérieur. Josh les sale avec excès, et je jubile intérieurement de constater qu'il n'est pas totalement dépourvu de vices et qu'il ne fait pas partie de ces gens qui ne s'autorisent aucun écart. Nous savourons notre dîner assis sur un banc situé dans le petit espace vert faisant face à la mer. Les derniers rayons de soleil réchauffent notre visage et le ciel est magnifique, avec ses teintes rouge-orangé. Les mouettes volent en cercle au-dessus de nous, à l'affût de la première occasion de venir nous chiper une frite.

— J'ai acheté mon matériel de peinture aujourd'hui, je dis. Le vendeur s'est montré de très bon conseil.

— Charlie ?

— Je ne sais pas comment il s'appelle.

— La soixantaine ? Chauve avec des lunettes ?

— C'est lui.

— C'est bien Charlie, alors. Mon père et lui sont allés pêcher en mer quelques fois. Charlie a un bateau.

Je dévore mon dernier morceau de poisson frit et passe la langue sur mes lèvres. Décidément, je n'arriverai jamais à me faire à la vie dans une petite ville. Où tout le monde connaît tout le monde. Même si j'admets que ça a ses bons côtés, je ne peux m'empêcher de trouver ça un peu anxiogène. Ma mère parle à un bon paquet de personnes dans le coin. Dieu sait combien sont déjà au courant de mon secret, en plus de la fameuse Pam des quakers, qui ne sont pas du genre à répandre des rumeurs. Mais personne n'est parfait, n'est-ce pas ? C'est la nature humaine.

L'an dernier, une rumeur selon laquelle une tueuse d'enfants vivait à Flinstead sous une nouvelle identité a pris une telle ampleur qu'une pauvre gérante de magasin a été accusée à tort d'être cette femme. Ma mère m'a dit que le ragot s'était répandu comme une traînée de poudre. Alors, combien de temps s'écoulera-t-il avant qu'on ne fasse mention de la fille alcoolique de June Phelps ? Combien de temps avant que quelqu'un dise quelque chose à quelqu'un d'autre qui s'avère connaître la femme de Charlie ? Que celle-ci en parle à son mari et que Charlie en parle à son tour au père de Josh ?

Josh pioche les dernières frites qui lui restent et roule le papier journal en boule.

— Que dirais-tu d'aller boire un verre au Flinstead Arms ? me demande-t-il en tendant la main pour que je lui donne mes déchets.

Mon estomac se noue. Question classique et innocente. J'aurais dû l'anticiper, préparer une excuse. Mais j'ai été prise au dépourvu par cette invitation de dernière minute et je n'y ai pas pensé une seule seconde.

— Je préfère ne pas laisser ma mère seule trop longtemps.

Un voile de déception passe sur le visage de Josh. J'ai l'air de lui avoir mis un vent, j'en suis bien consciente. Mais que dire d'autre ? C'est bizarre de manger mon *fish and chips* et de m'en aller tout de suite après. Et je ne peux pas non plus lui proposer de venir chez ma mère. Cela virerait au cauchemar, nous trois, réunis dans ce minuscule salon. Et il n'est pas question de le faire monter dans ma chambre à coucher miteuse, avec son lit simple qui grince à chaque mouvement. Il y a aussi peu de chances pour qu'il m'invite chez lui à Mistden alors qu'il a pris la peine de se déplacer jusqu'ici pour me voir.

C'est de la folie. Je dois bien être en mesure d'entrer dans un pub sans forcément perdre tous mes moyens. Je pourrais prendre un Coca ou n'importe quel autre soda. Ce n'est pas comme si j'allais pouvoir éviter les endroits qui servent de l'alcool jusqu'à la fin de mes jours. Sinon, autant arrêter de sortir tout de suite.

— Mais je suis sûre qu'elle pourra se passer de moi encore un petit peu. Elle est sûrement en train de regarder une de ses émissions sur le jardinage à l'heure qu'il est.

Bordel de merde, qu'est-ce que tu fous ?

— Super, lance Josh. Je donnerais n'importe quoi pour une pinte de bière bien fraîche.

Le Flinstead Arms est bondé.

— Qu'est-ce que tu veux boire ? me crie Josh par-dessus le brouhaha ambiant.

Mes yeux parcourent le bar et les rangées de bouteilles éclairées par des projecteurs. Smirnoff, Gordon's, Jack Daniel's, Teacher's, Grant's, Martini, Baileys. Une véritable armada de spiritueux ne demandant qu'à être consommés. Mes genoux se mettent à trembler. J'ai la bouche sèche.

— Une eau gazeuse avec du citron, s'il te plaît.

Je parle d'une voix étouffée, presque enrouée, comme si j'avais attrapé un rhume. Je me raidis dans l'attente de sa réaction. Du commentaire déplacé. Du regard surpris signifiant : « T'es sérieuse ? »

— Glaçons ? me demande-t-il.

— Oui.

— Un espace s'est libéré près de la fenêtre. Va donc t'installer.

Josh joue des coudes pour se frayer un chemin jusqu'au bar et je me dirige vers le minuscule emplacement entre la porte d'entrée et le rebord de la fenêtre. Mon cœur bat si fort que j'en ai des douleurs dans la poitrine. Je n'aurais jamais dû me fourrer dans un tel pétrin. Le volume sonore est trop élevé et la lumière trop aveuglante, au point que ça semble presque irréel. J'ai l'impression de me noyer au beau milieu de tous ces visages et de tous ces verres remplis de liquides pétillants et colorés, tintant les uns contre les autres dans un joyeux tintamarre couvert par les éclats de rire enivrés. L'arôme amer du houblon envahit mes narines et je me mets à saliver. Mon estomac se soulève et se tord dans tous les sens. J'ai encore le temps de rejoindre Josh au bar et de lui dire que j'ai finalement changé d'avis. De lui dire que j'ai moi aussi envie d'une bière. Un demi suffira. Juste assez pour m'aider à tolérer le bruit et la luminosité.

Bordel, surtout pas ! C'est de la folie. Je n'aurais jamais dû mettre les pieds ici. Je ne peux pas rester une seconde de plus. Il faut que je sorte. Que j'emplisse mes poumons d'air frais.

Josh me retrouve à l'extérieur, non pas en compagnie des autres fumeurs mais le front appuyé contre la vitrine du magasin de souvenirs situé juste à côté du pub. Les gens me dévisagent comme si j'étais folle. Josh aussi, je le sais.

— J'ai cru que tu étais partie, me dit-il en me tendant mon verre.

Il scrute mon visage.

— Quelque chose ne va pas ?

— Je suis désolée, j'avais besoin de prendre l'air.

— Il y a une cour intérieure, si tu te sens d'attaque pour traverser le pub.

— Je ne supporte pas la foule. Ni de me sentir trop à l'étroit.

— Moi non plus. C'était une idée stupide de venir ici. L'Old Schooner aurait été bien mieux. Y es-tu déjà allée ?

— Je ne suis pas une grande adepte des pubs, pour être honnête.

Pour être honnête ? Alors là, c'est la meilleure, Astrid.

— Pourquoi ne l'as-tu pas dit ? Je t'aurais emmenée dans un bar à vin. Nous aurions été au calme. Il est encore temps, si tu veux.

— Non, merci, je ferais mieux de rentrer m'assurer que ma mère va bien. Je suis désolée, je n'aurais pas dû venir ce soir. Je suis de bien piètre compagnie.

Josh pose son verre de bière sur le trottoir à côté du magasin.

— C'est la deuxième fois que tu te défiles.

Il ôte mon verre de mes mains et le pose à côté du sien.

— Est-ce que ça a un rapport avec ma remarque sur la cigarette ?

— Bien sûr que non.

— Tu as dû croire que je t'espionnais.

— Ça n'a rien à voir, je t'assure. C'est moi… C'est un peu compliqué pour moi.

Josh détourne les yeux, tout à coup immobile.

— C'est parce que tu vois quelqu'un à Londres, n'est-ce pas ?

— Pardon ? Non, non. Plus maintenant.

— Tu n'as pas besoin d'en parler si tu n'en as pas envie. Je comprendrai.

S'avançant d'un pas, il passe ses bras autour de moi et dépose un baiser sur le haut de mon front. Nous restons une éternité sans bouger.

— L'autre jour, murmure-t-il si près de mon oreille que je peux sentir son souffle me réchauffer, nous sommes allés trop vite. Tu étais triste à cause de ton père, sans compter la dépression de ta mère avec laquelle tu dois vivre au quotidien.

Mon Dieu, ce qu'il peut être doux et attentionné. Si gentil. Si généreux. Et beau à se damner. Il n'est pas le genre d'homme à se lancer tête baissée dans une nouvelle relation. Il n'est pas comme les autres. S'il croit que la cigarette est mon secret le plus honteux, alors comment réagira-t-il lorsqu'il découvrira ce que je suis réellement ? Les atrocités que j'ai commises et les mensonges que j'ai racontés ? Je dois mettre un terme à tout ceci avant que les choses ne dégénèrent. Il suffirait de répondre qu'il a raison et que je ne me sens pas encore prête. Que je préfère que nous restions amis.

Alors pourquoi mes mains sont-elles toujours autour de son cou ? Pourquoi suis-je en train de l'embrasser, goûtant la bière sur ses lèvres et sur sa langue ? Le buvant tout entier.

21

Le soleil se couche à l'horizon, sphère orange peu à peu engloutie par la mer. Nous observons sa lente descente, étendus dans l'herbe au sommet de la falaise. À présent que nous nous trouvons loin du Flinstead Arms, les battements de mon cœur ont enfin retrouvé un rythme normal. Je suis entrée dans un pub et j'ai survécu. Je suis bien plus forte que je ne le pensais.

Il se pourrait bien que je m'en sorte, pour finir. À ma façon. Sans pour autant me voiler la face en me disant que le pire est derrière moi. C'est faux. Je vais devoir vivre avec ce fardeau pour le restant de mes jours, mais peut-être que son poids s'allégera avec le temps. Qui sait ? Il est même possible que je sois un jour à nouveau capable de boire de l'alcool de façon normale. De siroter un verre de vin blanc frais dans un bar en compagnie de Josh. Toutes ces choses qu'ils vous assènent aux Alcooliques anonymes, du genre que les gens comme moi sont *allergiques* à l'alcool. Que nous ne nous remettrons jamais de notre addiction à moins d'embrasser la voie de Dieu. Il doit bien exister une *autre* solution, non ?

Un jour, peut-être, je me souviendrai de cette soirée comme du tournant qui a fait basculer ma vie. Ce moment pourtant si anodin, allongée aux côtés de Josh à observer le ciel strié de pourpre et d'or. Une chose est sûre : je ne laisserai pas un pseudo-corbeau – si tant est que c'en soit un – me faire obstacle.

— Tu savais que les couchers de soleil ne sont qu'une illusion d'optique ? je demande.

Josh fait courir ses doigts sur ma nuque.

— Et moi qui pensais justement que c'était romantique.

— Je ne suis pas en train de dire que les couchers de soleil ne sont pas romantiques. Simplement qu'ils ne sont pas réels.

— C'est quelque chose que j'ai dû apprendre à l'école, dit Josh. La lumière émise par le soleil donne l'impression qu'il se couche à l'horizon alors qu'il a en fait disparu depuis bien longtemps.

— Incroyable, non ?

Josh sourit.

— J'espère que ton trompe-l'œil sera tout aussi réaliste. J'ai hâte de voir les amis de mon père se cogner la tête contre le mur en pensant qu'il s'agit d'une fenêtre ouverte sur l'extérieur.

Je lui donne un léger coup d'épaule en guise de réprobation. Il n'y a rien de plus naturel au monde que sa compagnie. Tout en lui n'est que gentillesse. J'ai tellement envie de lui qu'une sensation délicieuse irradie entre mes jambes. Il m'attire à lui et je finis par me retrouver assise sur ses genoux, les jambes enroulées autour de sa taille. Nous échangeons des baisers pendant si longtemps que nous ne voyons plus les minutes passer. Il fait nuit à présent. Le fond de l'air s'est considérablement rafraîchi.

— Devine ce que j'ai dans la poche ? me demande-t-il quand nous arrêtons enfin de nous embrasser.

Je lève un sourcil.

— Je pense savoir ce que c'est, à en juger par la dureté.

— Pas ça, espèce de petite coquine ! Regarde.

Il plonge sa main dans la poche de sa veste et en sort un trousseau auquel sont accrochées deux clés.

— Suis-moi, souffle-t-il en m'invitant à descendre de ses genoux.

— Ne me dis pas que ton père possède aussi un pied-à-terre sur le front de mer ?

— En quelque sorte. Je vais te montrer.

Il m'entraîne doucement le long de la petite route qui mène au pied de la falaise. Celle que j'ai remontée en courant sous le coup de la panique il n'y a pas si longtemps, convaincue d'être prise en chasse par le fantôme de Simon. Et même si je sais désormais que ce n'était pas lui et que rien de tout cela n'était réel, le simple fait de me remémorer cet homme adossé à la cabine de plage, sa cigarette rougeoyant dans la nuit, m'inspire toujours autant de frayeur. Car la personne qui m'a envoyé la photo et l'image de la main ensanglantée existe bien, elle. Si ça se trouve, elle m'espionne en ce moment même. J'essaye de retrouver mon calme en me disant qu'il est peu probable que cette personne soit du coin. À tous les coups, il s'agit d'un taré vivant à Londres et prenant son pied à me menacer à distance. C'est décidé, dès que je rentre à la maison, je pousse mon armoire et récupère l'enveloppe pour vérifier sa provenance grâce au cachet. Pourquoi n'y ai-je pas pensé plus tôt ? Je serre la main de Josh dans la mienne. Quand bien même on m'aurait suivie jusqu'ici, je suis certaine qu'il ne m'arrivera rien tant que Josh sera avec moi.

La cabine se situe dans la direction opposée à Mistden. Elle est juchée sur des pilotis ; la porte et la petite terrasse font face au terrain de golf et aux champs alentour, tandis que la large fenêtre domine la mer. À marée haute, les vagues viennent s'écraser sur les pilotis, isolant complètement la cabine et la privant de tout accès à la terre ferme. Josh ouvre la fenêtre et je m'agenouille sur le lit une place qui sert aussi de canapé afin d'admirer la mer qui s'étend à perte de vue. Çà et là, des reflets dorés animent les flots sombres. Ce n'est que lorsque Josh verrouille la porte derrière nous que je commence à me détendre.

— Qu'est-ce que ça doit être de passer une nuit ici ! je lance par-dessus mon épaule.

Mais Josh est occupé à ranger quelque chose à la hâte dans un placard, l'air soudain renfrogné, comme s'il trouvait que l'endroit n'était pas assez ordonné pour son invitée. Qui aurait cru que je fréquenterais un jour un homme si soucieux de ce genre de choses ?

— C'est interdit, répond-il de façon anormalement brusque.

Serais-je allée trop loin avec mon sous-entendu ? Il se redresse enfin et vient se placer à côté de moi près de la fenêtre.

— C'est une des conditions strictes imposées par le contrat de location.

Comment ai-je pu craquer pour quelqu'un d'aussi raisonnable et prudent ?

— Mais tu pourrais décider d'outrepasser le règlement si tu le voulais, n'est-ce pas ? Ce n'est pas comme si ton crime allait être découvert.

Il hausse les épaules.

— Je suppose que non.

Quelque chose ne va pas. Son humeur a changé.

— Tu n'en as jamais eu envie ?

Je me souviens de tous ces lieux improbables où j'ai pu passer la nuit, par pur défi ou romantisme. Le plus souvent par dépit, à défaut de trouver un meilleur endroit où dormir : plages, voitures, immeubles abandonnés, un cottage en Écosse, voire des tentes et des Abribus… Que des sols durs et froids.

— Ça a dû me traverser l'esprit une fois ou deux.

J'ai l'étrange impression qu'il ne fait que répondre ce que j'ai envie d'entendre.

— Je ne sais pas, reprend-il. J'ai peut-être peur que les pilotis ne cèdent pendant que je suis en train de dormir et de me réveiller en pleine mer.

Nos épaules se frôlent tandis que nous nous tenons côte à côte, les avant-bras posés sur le rebord de la fenêtre. La marée continue de progresser et nous restons plusieurs minutes à l'observer, à la fois fascinés et terrifiés par sa force immuable.

— Ce risque existe-t-il vraiment ?

— Peu probable. À moins qu'il y ait une très grosse tempête.

— Je te croyais intrépide, à voir la façon dont tu t'éloignes lorsque tu nages.

Il fronce les sourcils.

— Il faudrait être inconscient pour ne pas avoir peur de la mer, Astrid. Elle peut se retourner contre toi à tout instant.

Je lui raconte la fois où je serais morte noyée si je n'avais pas réussi à nager jusqu'à un épi en béton. Je ne serais pas là pour raconter cette histoire.

— À coup sûr, c'est le fait même d'avoir nagé trop près de l'épi qui t'a mise en difficulté. Les courants dévient énormément chaque fois qu'ils rencontrent un obstacle comme ça. Tu as eu de la chance de t'en sortir.

— Je me suis écorché les jambes jusqu'au sang à force d'essayer de me hisser sur cet épi.

— Puisqu'on parle de tes jambes…, dit-il en faisant glisser son index depuis mon genou jusqu'à ma cuisse avec la légèreté d'une plume. C'est un sacré tatouage que tu as là.

Je souris de toutes mes dents. Le trouble qui s'est emparé de lui un peu plus tôt semble avoir disparu.

— Est-ce que tu as été choqué quand tu l'as vu pour la première fois ?

— Surpris, plus que choqué. Avec tes tresses et tes Doc Martens, je me doutais bien que tu serais tatouée.

— Mais tu t'attendais à ce que ce soit un dauphin ou un papillon sur la hanche ou sur l'épaule, pas vrai ? je lui demande sur un air de défi.

J'imagine à quel point je dois être aux antipodes des petites amies chics et coincées qu'il a dû avoir par le passé.

Un début de sourire se dessine au coin de ses lèvres.

— J'aurais dû me douter que tu oserais quelque chose de plus subversif. Ça correspond parfaitement aux personnes qui n'ont pas peur de changer de nom.

Il ne faut pas longtemps avant que nos vêtements se retrouvent éparpillés sur le sol. Le lit grince lorsque Josh se hisse au-dessus de moi. Sa bouche se referme sur mon téton gauche tandis que j'enroule mes jambes autour de sa taille, sentant la chaleur qui se dégage de son dos. Par-dessus son épaule droite, je regarde le ciel s'assombrir par la fenêtre ouverte de la cabine. Au loin, une petite tache circulaire et rougeoyante est encore visible, ultime vestige d'une illusion de coucher de soleil. Tel un œil injecté de sang braqué sur moi.

Josh me raccompagne jusque chez moi et je ne peux m'empêcher de penser à quel point je me sens bien lorsque je suis avec lui. En sécurité aussi. La dernière fois que j'ai marché dans la rue à cette heure de la nuit, j'avais tellement peur que la perspective de rentrer chez ma mère m'a paru bien plus alléchante que d'habitude. Ce soir, j'aimerais au contraire que le temps se fige pour que cet instant avec lui ne s'arrête jamais.

Nous nous embrassons une dernière fois devant le jardin du voisin, au cas où ma mère aurait la curiosité de regarder par la fenêtre. Néanmoins, sitôt la porte ouverte, je constate que quelque chose ne va pas. Ma mère m'attend debout dans l'entrée, le visage défait.

— Pam m'a appelée tout à l'heure, dit-elle froidement.

Ses yeux ne sont plus que deux billes noires qui me transpercent.

— Elle t'a vue entrer au Flinstead Arms. Tu m'as menti, Astrid. Tu as dit que tu sortais prendre un *fish and chips*.

Je la dévisage, bouche bée. Comment ose-t-elle m'accuser de mensonge ? Et comment cette sale commère de Pam ose-t-elle m'espionner ainsi ?

— Est-ce que Pam a aussi fait mention du fait que je suis sortie du pub cinq minutes chrono après y être entrée ? Est-ce qu'elle t'a dit que j'ai bu une eau gazeuse avec du citron ? Eh bien ? Alors ?

J'avance d'un pas et colle mon visage au sien.

— Est-ce que je sens l'alcool ?

Ses narines frémissent de façon imperceptible. Elle se crispe, le corps tremblant de rage.

— Qu'est-ce qui t'a pris d'aller dans un pub ? As-tu perdu la raison ?

— J'ai fait une erreur, d'accord ? J'ai cru que j'arriverais à le supporter et je me suis trompée. Je suis sortie le plus vite possible. Je n'ai pas bu d'alcool, maman, je le jure. Tu dois me faire confiance.

— Comme toutes ces fois où je t'ai fait confiance et que tu ne m'as pas trahie, tu veux dire ?

— Ce n'est pas juste et tu le sais. C'est différent, cette fois.

— Vraiment, Astrid ? Vraiment ?

Abattue, ma mère se dirige vers le salon où elle s'écroule aussitôt dans son fauteuil.

— Comment pourrais-je en être sûre ?

— Parce que je t'ai fait une promesse, maman, et que je ne la briserai jamais.

— Ce n'est pas la première fois que tu me fais des promesses. Et tu ne les as jamais tenues. Pas une seule fois.

Je m'assieds sur le bord de la table basse et prends ses mains dans les miennes.

— C'est la vérité, maman. Pam a raison, je suis entrée dans ce pub. Mais avec la ferme intention de boire quelque chose de non alcoolisé. Une fois à l'intérieur, lorsque j'ai vu tous ces gens boire et rire, l'idée m'a traversé l'esprit de m'accorder un verre. Rien qu'un petit verre.

Ma mère ferme les yeux en secouant la tête.

— Mais je me suis reprise immédiatement et je suis sortie de là le plus vite possible. Je t'en prie, maman, tu dois me croire.

Elle ouvre les yeux, au bord des larmes.

— Oh, Astrid.

Je me penche pour la prendre dans mes bras et, l'espace d'un instant, j'ai l'impression qu'elle va me repousser. Son corps reste dur comme la pierre, raidi à outrance. Peu à peu, elle finit par se détendre et sanglote doucement contre mon épaule.

— Je suis désolée de t'avoir blessée, maman. Je suis désolée pour tout. Mais je te promets que je n'ai pas bu une goutte d'alcool ce soir.

Elle resserre son étreinte et nous restons sans bouger pendant une éternité. Moi, toujours assise au bord de la table basse, et ma mère, installée dans son fauteuil. C'est la première fois que nous sommes aussi intimes.

— Je te crois, ma chérie. Je te crois.

Nouvelle semaine, nouvelle réunion des Alcooliques anonymes. C'est fou comme elles semblent arriver plus vite que tout le reste. Car s'il y a bien un endroit où je n'ai aucune envie d'aller, c'est là-bas, dans la sacristie de l'église de Flinstead, assise sur une chaise inconfortable entourée d'une bande de losers. Mais après tout, je fais moi-même partie de cette bande de losers, alors… Je suis peut-être la pire d'entre eux, étant donné que j'ai failli tout foutre en l'air en entrant dans ce satané pub l'autre soir.

Le jeune homme plein d'acné livre un discours ennuyeux sur sa vie. J'ai arrêté d'écouter au bout de seulement quelques phrases. Je sais que je ferais mieux de me concentrer et de me joindre à la litanie d'encouragements prononcés par les autres – ces petits « mm » qu'ils émettent chaque fois qu'ils se retrouvent dans ce qui est raconté –, mais je n'en ai pas le courage. Au contraire, j'ai envie de lui dire de profiter de cette existence sans intérêt. D'apprécier le fait de ne pas être surveillé en permanence, ni de recevoir des lettres de menaces par la poste.

Cela fait plusieurs jours que je n'arrive pas à me calmer. Sursautant au moindre bruit, passant des nuits entières sans fermer l'œil. Tout ça depuis que j'ai poussé mon armoire pour récupérer l'enveloppe et en vérifier la provenance grâce au cachet. Je pense qu'une partie de moi espérait ne rien trouver derrière cette armoire, que toute cette histoire n'était que le pur fruit de mon imagination. Mais l'enveloppe était bien évidemment toujours là. Et bien que l'encre soit à peine visible, j'ai réussi à discerner les mots « Londres, EC2 ».

J'ai d'abord été soulagée à l'idée que l'enveloppe n'avait pas été postée dans la région, avant de me rendre compte que l'inscription sur le timbre ne voulait rien dire. Car n'importe qui souhaitant conserver l'anonymat – ce qui est clairement le cas de mon corbeau – aurait pu se déplacer ailleurs pour poster sa lettre. « EC2 » indique un quartier central de Londres.

Il aurait été facile de s'y rendre. D'où la lettre a été postée n'a aucune espèce d'importance. Ce qui est bien plus inquiétant, en revanche, c'est que la personne qui me l'a envoyée sait exactement où j'habite.

Je prie le Ciel pour qu'Helen ait raison et que l'individu derrière tout ça ne soit en réalité qu'un lâche. Quelqu'un qui prend son pied en faisant chanter les gens à distance. Pourquoi le monde est-il peuplé d'autant de personnes malintentionnées ?

Un tonnerre d'applaudissements me sort tout à coup de ma torpeur. Acné Man a terminé. Devrais-je prendre la parole et parler de mon aventure au pub ? À quoi bon me traîner jusqu'ici si c'est pour ne rien dire ? Qui sait, l'exprimer à haute voix me permettra peut-être de me sentir mieux ? J'en ai déjà fait l'expérience le jour où je me suis confiée à Helen au sujet de Simon et de mon corbeau. Cela n'en reste pas moins douloureux à porter, bien sûr, mais il y a du vrai dans ce que les gens disent : un problème partagé est un problème à moitié résolu. Bon, pas à moitié résolu dans mon cas, mais allégé, oui. La confession fait du bien à l'âme.

Enfin, les applaudissements s'arrêtent et le silence s'installe, aussi bienvenu qu'une légère brise par un jour de grande chaleur. Si je ne prends pas la parole maintenant, quelqu'un d'autre le fera à ma place et j'aurai perdu ma chance.

— Je suis allée au Flinstead Arms la semaine dernière, m'entends-je dire.

L'atmosphère se tend en une fraction de seconde.

— Je n'ai trouvé aucune excuse pour m'éviter d'y aller et j'ai cru que je m'en sortirais.

La femme aux yeux globuleux se penche en avant, comme si elle ne voulait pas rater une miette de mon récit. Comme si chaque mot qui sortait de ma bouche équivalait à une goutte de vodka.

— J'ai failli commander un demi.

Acné Man tape du pied droit sur le sol et garde les yeux rivés sur mes genoux. Dans sa tête, il se voit sûrement vider le verre d'une traite et en commander un autre – une pinte, cette fois. Helen me regarde d'un air compatissant, mais je l'aperçois qui se tord les doigts au point d'en faire craquer ses articulations.

Seuls Rosie et Jeremy ne semblent pas affectés. S'attendaient-ils à ce que je faute ? L'espéraient-ils, afin de pouvoir me mettre le Gros Livre sous le nez et me dire : *Nous t'avions pourtant mise en garde. Vas-tu prendre les choses au sérieux désormais, et jouer suivant les règles ?*

Pourtant, je ne regrette pas de m'être exprimée. D'avoir laissé la vérité éclater au grand jour, même si le grand jour signifie en réalité les quatre murs de la sacristie. J'aimerais simplement être capable de faire preuve de la même honnêteté envers Josh.

Elle n'est pas belle. Loin de là. Mais sa bouche a quelque chose de sensuel. Et puis il y a ses longues jambes graciles. Ses petits seins rebondis. Je vois exactement ce qu'il lui trouve.

Pourquoi endurer ce spectacle ? Pourquoi les imaginer sans cesse faisant l'amour ? C'est malsain. Masochiste.

Chaque jour qui passe, j'essaye de me convaincre d'arrêter. Mais voilà que je recommence. J'espionne. J'attends. Je guette le moment propice pour enfin passer à l'acte. Le moment idéal qui se présentera à moi.

La vengeance. Son anticipation. Son déroulement dans ma tête.

On dirait presque... une addiction.

22

— Où est-ce que tu veux l'installer ? me demande Josh. Dans le salon, j'imagine, puisque la luminosité y est meilleure.

Il est monté au grenier chercher le vieux chevalet ayant appartenu à sa mère.

— Je préfère peindre in situ afin de reproduire les couleurs le plus fidèlement possible.

L'élaboration des croquis et les promenades sur la plage avec Josh – se terminant bien souvent en partie de jambes en l'air dans la cabine de plage – ont été les seuls moteurs de ma motivation ces derniers jours. Et à présent que le projet de peinture se concrétise enfin, je suis au bord de la crise de nerfs. À quand remonte ma dernière œuvre ? Richard aurait-il voulu de mon travail s'il avait su que je n'ai rien produit depuis sept longues années au moins ?

Josh installe le chevalet dans la petite pièce centrale où la seule source de lumière provient des appliques murales et des vasistas au-dessus des deux portes. Il m'aide ensuite à soulever la toile pour la mettre en place.

Puis il s'absente quelques minutes avant de revenir avec un petit poste de radio.

— Au cas où tu aurais envie d'écouter un peu de musique pendant que tu travailles, dit-il.

Une fois seule dans la pièce, entourée de mes pinceaux, brosses et éponges, sans oublier mes tubes de peinture et mes palettes en plastique, je m'autorise pour la première fois à souffler. C'est le moment que j'attendais depuis des jours. Mais aussi celui que je craignais plus que tout.

J'essaye de visualiser l'œuvre terminée. Une fois que j'en aurai fini avec la toile – et *si* j'estime que celle-ci est à la hauteur de mes attentes –, je demanderai l'accord de Richard avant de poursuivre. Je prendrai alors la toile en photo, la ferai imprimer et dessinerai une grille dessus, puis une grille encore plus grande sur le mur afin que je puisse répliquer l'image au millimètre près. Il s'agit d'une simple reproduction. Qui plus est de mon œuvre. Aucune raison de paniquer.

Bien sûr, il existe une façon beaucoup plus facile de transférer une image sur une surface plus grande que l'original, à l'aide d'un rétroprojecteur. Mais cette méthode, en plus d'être coûteuse, n'est pas aussi efficace que le recours aux grilles qui oblige vos yeux à disséquer l'image en une multitude de petites formes imbriquées les unes dans les autres. En revanche, la grille sur le mur ne laisse aucun droit à l'erreur. Elle se doit d'être en tout point similaire à celle sur la toile. Chaque ligne et chaque espace formant des carrés parfaits. Sinon, le rendu final sera irrémédiablement disproportionné.

Le processus est long et compliqué, mais si les grands maîtres l'utilisaient, je pourrai faire de même, et Richard m'a déjà dit de prendre autant de temps que nécessaire. Il ne veut pas d'un travail bâclé, réalisé à la va-vite, et moi non plus. Cette maison est toute sa vie. Tout l'amour qu'il a pu porter à son épouse. Il est aussi sensible à son esthétique globale qu'au moindre détail qui la compose. Il en va de même pour Josh. Cela se voit rien qu'à la qualité de leurs travaux. Ce qui n'allège en rien le poids qui pèse sur mes épaules.

Je n'imagine même pas ce qu'ils pourraient faire avec une maison comme celle de ma mère, avec son papier peint gaufré passé de mode et son plafond au revêtement granuleux. Pour ma part, j'ai arrêté de supplier ma mère de donner un coup de frais à son intérieur, car elle ne manque jamais de me rappeler le temps où je squattais des appartements miteux et que je n'ai, par conséquent, rien à dire. Comme si je n'avais pas le droit de donner mon opinion en matière de décoration intérieure au seul prétexte que j'ai vécu dans des squats. J'imagine que le jour où cette maison me reviendra, je pourrai enfin en faire ce que je voudrai. À moins que ma mère ne la lègue à une quelconque association caritative. Ce dont elle serait parfaitement capable.

Un sentiment de honte m'envahit soudain. Ma mère est quelqu'un de bien. Quelqu'un de méritant. Elle a passé sa vie à enseigner à des enfants difficiles. Des enfants qui avaient été renvoyés de leurs écoles. Elle ne mérite pas la ratée que je suis. Elle voulait une fille du nom d'Hilary. Une fille qui l'aurait respectée et qui aurait suivi son exemple en devenant enseignante ou assistante sociale. Ou quoi que ce soit d'autre dans le secteur social. Une fille qui aurait fait sa fierté.

Je déglutis à grand-peine. Elle a été fière de moi par le passé. De moi et des œuvres que je réalisais. Peut-être n'est-il pas trop tard pour recommencer.

Je remballe mes pinceaux autour de quinze heures. Josh suggère que nous allions nous baigner. Il a aperçu mon maillot de bain dans mon sac lorsque je l'ai fouillé plus tôt à la recherche d'un baume à lèvres. Bien que fatiguée par ma première journée de travail, je me rends compte qu'il ne s'agit pas là de la mauvaise fatigue, mais de la bonne, celle qui survient lorsque vous faites quelque chose qui vous plaît. Car oui, j'aime peindre. Et, plus important encore, je sais toujours peindre.

J'avais beau m'attendre à ce que l'eau soit froide, je ne suis pas préparée au choc thermique lorsque je la goûte du bout du pied. L'étreinte glaciale se referme d'abord sur mes chevilles, avant de remonter le long de mes mollets tels des bas de glace. Je commence à regretter d'avoir accepté la proposition de Josh, même si je dois reconnaître que l'absence de brise et le soleil de fin d'après-midi me réchauffent la peau de façon agréable. De toute façon, il est trop tard pour faire marche arrière.

— Ne plonge surtout pas, m'avertit Josh. Immerge-toi progressivement afin que ton corps et ton esprit s'acclimatent à la température.

Dans l'eau jusqu'à la taille, il s'arrose les bras.

— C'est la première fois que je me baigne sans combinaison à cette période de l'année, dit-il.

J'étouffe un cri lorsqu'une vague me recouvre les cuisses. Josh éclate de rire.

— Je t'avais bien dit que j'arriverais à éteindre cette flamme.

Bien. C'est maintenant ou jamais. Je m'élance sous la surface de l'eau. Elle est encore plus froide que je ne l'avais imaginé, et la poussée d'adrénaline me coupe le souffle. Je commence à m'activer pour me réchauffer et il ne faut que quelques secondes à Josh pour nager à mes côtés. Je ne me serais jamais laissée aller à une telle folie seule – pas à cette saison – mais avec lui je me sens en sécurité. À aucun moment je ne l'imagine m'éclabousser ou plonger pour me tirer les pieds vers le bas. Pour lui, nager, c'est sacré.

Une image me traverse l'esprit. Josh apprenant à une petite fille à flotter sur le dos. Notre petite fille. Il lui parle doucement, l'œil alerte, une main protectrice derrière son dos pour empêcher tout accident. Bon Dieu, mais qu'est-ce qui me prend ? Je n'arrive déjà pas à prendre soin de moi-même, alors un enfant…

Je continue de nager, mais mon esprit conjure désormais l'image d'un autre enfant. Non, pas question d'y penser maintenant. Trop tard. J'entrevois déjà ses petits pieds battant furieusement contre le marchepied de sa poussette, le visage tordu par la peur. Voilà que j'entends son hurlement. Un hurlement de panique, strident à m'en percer les tympans.

Pitié, pas maintenant. Pas ici. Je fais demi-tour en direction du rivage, impatiente de pouvoir sortir de l'eau et me sécher.

— Je ne veux pas aller là où c'est trop profond, je m'entends dire entre deux respirations.

— Tu peux facilement l'éviter, répond Josh, si tu nages parallèlement au rivage.

Enfin, l'image s'atténue. Le hurlement se transforme en un cri de mouette tournoyant au loin, et je me sens à nouveau suffisamment vaillante pour rejoindre Josh.

— Comment tu te sens ? me demande-t-il.

Brisée. À la dérive. Soumise à des forces que je suis incapable de maîtriser. Tel ce souvenir exposé soudain à ma mémoire, m'emportant tout entière dans son sillage.

— Gelée.

Mais à chaque brasse la température de l'eau me paraît plus supportable, et sa morsure revigorante en devient même presque agréable, si tant est qu'on possède un léger penchant masochiste. L'eau glisse sur mes épaules et mes bras, aussi douce que de la soie. Par moments, je marque une pause afin de m'assurer que mes pieds touchent toujours le sable.

Josh plonge et réapparaît à quelques centimètres de moi, ses cheveux mouillés collés sur le visage. Il les repousse en arrière d'un geste de la main pour se dégager le front.

— Je devrais peut-être les raser sur les côtés comme les tiens, dit-il.

— Non, j'aime tes cheveux tels qu'ils sont.

Merde. Il est trop tôt pour balancer le mot « aimer », même s'il ne s'agit que de sa chevelure. *Vite, trouve un autre sujet.* J'inspire l'air de façon volontairement exagérée.

— J'adore l'odeur de l'eau salée. Elle me rappelle ces fois où mes parents m'emmenaient à la plage lorsque j'étais enfant.

Je parle d'une voix vive, le souffle rendu court à cause du froid et de la fatigue physique liée à la nage. Josh doit avoir l'impression d'entendre une petite fille.

— Sauf que ce n'est pas l'odeur de l'eau salée, me reprend-il, des gouttes d'eau piégées dans les cils. Ce que tu sens est le gaz émis par les algues et le plancton en décomposition. C'est pourquoi on y décèle aussi l'odeur du soufre. C'est ce qu'on appelle le sulfure de diméthyle.

— Comme tu es romantique !

Josh sourit et plonge à nouveau sous la surface de l'eau. Ses pieds sont la dernière chose que j'aperçois de lui, et je me prépare à ce qu'il réapparaisse quelques instants plus tard. Rien. Un nuage masque les rayons du soleil. Un frisson monte le long de mon dos, vertèbre après vertèbre. Comment peut-il tenir sous l'eau si longtemps ? J'avance d'un pas. C'est alors que mon pied dérape sur une grosse pierre enfoncée dans le sable, et, tandis que j'essaye de me redresser, je constate que mes doigts de pied ne touchent plus le fond. Je manque de perdre l'équilibre. De l'eau entre soudain dans mes narines et pénètre dans ma gorge avant même que j'aie le temps de la recracher.

Je nage sur place le temps de tousser et de recracher l'eau au goût âcre et saumâtre. Quelques mètres plus loin, je distingue enfin les épaules et les bras de Josh, puis la longue courbe gracile de son dos qui ressurgit à la surface. Par chance, il ne m'a pas vue hoqueter et cracher au beau milieu de la mer.

Je fais quelques brasses pour le rejoindre.

— Je rêverais de nager aussi bien que toi.

Il m'attire à lui et m'enserre de ses bras luisants et forts.

— Je t'apprendrai, souffle-t-il. C'est moi qui ai appris à ma mère à nager.

— Vraiment ?

— Oui. Elle nageait le crawl comme une championne.

— Je n'en serai jamais capable.

— Bien sûr que si. Allez, essaye.

Je me lance dans une piètre démonstration de mes talents de crawleuse, avant de m'arrêter au bout de quelques instants, à bout de souffle et malmenée par les vagues.

— Hum, dit-il en souriant. On va avoir du pain sur la planche. Surtout en ce qui concerne ta technique de respiration. Pour commencer, essaye de te pencher davantage sur le côté pour prendre de grandes inspirations. Et garde en tête que tes respirations doivent alterner de chaque côté. Pour cela, tu peux te baser sur le mouvement des vagues et respirer aussi vite que possible avant qu'elles n'arrivent. Tu expires bien une fois la tête sous l'eau, n'est-ce pas ?

— Non, je retiens mon souffle.

— C'est ce qui explique pourquoi tu n'as pas pu aller bien loin. Si tu n'expires pas sous l'eau, tu perdras rapidement ton souffle et tu finiras épuisée au bout de quelques secondes seulement. La chose la plus importante dont tu dois te souvenir lorsque tu nages dans la mer, c'est de ne jamais céder à la panique en cas de problème. La seule solution est de nager sur place ou de se laisser flotter. Plus tu seras détendue, moins tu auras besoin d'oxygène.

— Je ne suis pas sûre d'y arriver.

— Ne t'inquiète pas, dit-il. D'ici la fin de l'été, tu nageras comme un poisson.

La fin de l'été. Cela sonne comme un avertissement.

23

Je perçois son odeur à la seconde où je tourne la clé dans la serrure. *Joint* de Roccobarocco. Le parfum de l'after-shave de Simon. Et même si je sais que ce n'est pas le sien – mais seulement celui du facteur –, mon cœur ne peut s'empêcher de se serrer, tout à coup assailli par un flot de souvenirs.

Je laisse tomber mon sac sur le sol de l'entrée et me dirige vers le salon d'où me parvient le cliquètement des aiguilles à tricoter. La porte est ouverte et, tandis que j'approche, je vois ma mère installée dans son fauteuil habituel situé à côté de la cheminée, des pelotes de laine colorées nichées sur les genoux. Sur la table basse devant elle sont disposées deux tasses vides et deux soucoupes.

Oh non, ne me dites pas que Pam est ici ! L'informatrice de ma mère. La dernière personne au monde que j'ai envie de voir. Je ne l'ai croisée qu'à deux occasions et, chaque fois, elle m'a dévisagée comme si j'étais une bête de foire. La fille de Pam, cela va sans dire, est loin d'être une alcoolique notoire et sans le sou. Non, à elle, tout réussit. Professeure de mathématiques, mariée et mère de deux enfants, elle habite le nouveau quartier aux abords de Mistden. Le summum de la réussite, si vous en croyez Pam.

Et dire que j'aurais pu être comme elle…

Méfiante, j'entre dans le salon. Si le canapé porte encore les traces d'une visite récente, il n'y a désormais plus personne.

— Tu as invité quelqu'un ?

Ma mère plante ses aiguilles dans une pelote de laine et la laisse tomber dans le panier à ses pieds.

— Oui, la femme qui vivait ici lorsqu'elle était enfant. Elle est revenue. Une jeune femme, à vrai dire. Elle n'a pas arrêté de dire à quel point la maison a changé.

Je scanne la pièce du regard. Il y a quelque chose qui cloche.

— Elle a dit avoir vécu ici à quelle période ?

— Au début des années quatre-vingt-dix, il me semble.

— Tu ne trouves pas ça bizarre, toi ? Qu'elle dise que la maison a changé alors que je serais prête à parier que la décoration n'a pas bougé depuis au moins vingt ans ? Peut-être même plus.

Ma mère hausse les épaules.

— C'est possible, ma chérie. Mais je doute que les meubles et les rideaux soient restés les mêmes depuis tout ce temps. Je suppose qu'elle faisait référence à cela.

— Sauf erreur de ma part, tu m'avais dit que le précédent propriétaire était quelqu'un de très âgé. Un veuf.

Ma mère se lève et commence à rassembler les tasses de thé.

— Oui, c'est exact. Sa santé s'est dégradée et il a été contraint d'aller en maison de retraite.

— Dans ce cas, comment une enfant aurait-elle pu vivre ici dans les années quatre-vingt-dix ?

— Pour l'amour de Dieu, Astrid ! Je n'en sais rien. Il s'agissait peut-être de sa petite-fille ?

— Est-ce qu'elle est allée à l'étage ?

Ma mère sort du salon avec les tasses et les soucoupes.

— Bien sûr. Elle voulait voir son ancienne chambre. Elle n'y est pas restée plus de deux minutes.

Les petits cheveux sur le haut de ma nuque se hérissent. Je n'aime pas du tout l'idée qu'une inconnue soit entrée dans la maison alors que ma mère s'y trouvait seule. Elle a une fâcheuse tendance à trop faire confiance aux gens. Cette femme aurait pu être n'importe qui.

Je lui emboîte le pas.

— Elle est montée seule ?

— Oui.

— Bon sang, maman ! Tu as laissé une inconnue se balader dans la maison sans surveillance ?

Ma mère me toise d'un air agacé.

— Pourquoi faut-il toujours que tu voies le mal partout, Astrid ?

— C'est faux. C'est juste que…

— Elle n'est restée seule que quelques instants, puis elle est partie.

— Est-ce qu'elle t'a dit comment elle s'appelait ?

— Laura.

— Laura comment ?

— Je ne sais pas, ma puce. Elle ne m'a pas donné son nom.

— Et tu n'as pas pensé à le lui demander ?

Ma mère roule les yeux.

— J'aurais peut-être dû lui réclamer sa carte d'identité avant de la laisser entrer. Au fait, j'ai oublié de te dire que ton courrier des allocations est arrivé. Je l'ai posé sur l'escalier au-dessus d'une pile de prospectus à recycler.

Les muscles de mon estomac se contractent à la pensée de cette nouvelle enveloppe marron et de ce qu'elle pourrait contenir. Néanmoins, lorsque je l'aperçois, ma peur s'évanouit. Cela faisait tellement longtemps que je l'attendais. Je reconnais le logo officiel à côté du timbre. Je saisis l'enveloppe et l'ouvre d'un geste vif, parcourue d'une vague de soulagement. Ma mère me regarde avec impatience.

— Ils m'ont fixé un rendez-vous. Ce n'est pas trop tôt.

Je saisis la pile de prospectus et me dirige vers la poubelle du porche tout en prenant soin de les trier avant de les jeter. Parmi eux, une publicité pour un livreur de pizzas. Un magazine rempli de petites annonces de commerçants et de services locaux. Un dépliant sur l'église paroissiale de Flinstead contenant les horaires des offices ainsi que les rendez-vous des divers groupes et clubs – mais rien au sujet des Alcooliques anonymes – et… une autre enveloppe marron avec mon nom griffonné au stylo à bille de couleur verte. Un bourdonnement désagréable envahit mes oreilles. Mon estomac se retourne dans tous les sens.

Ma mère se tient toujours à côté de moi.

— Est-ce que j'ai raté quelque chose d'important ? J'étais pourtant sûre que tout devait aller à la poubelle.

Je m'efforce de trouver une réponse plausible à lui apporter.

— C’est une lettre d’une amie que j’ai rencontrée en cure de désintoxication. Je reconnais son écriture.

— Oh, je ne savais pas que tu avais gardé contact avec des gens de là-bas.

— Elle a dit qu’elle m’enverrait des nouvelles d’elle de temps à autre.

Je parle d’une voix si étouffée qu’on l’entend à peine.

— D’accord. Je ferais mieux d’aller préparer le dîner, dit ma mère en se dirigeant vers la cuisine. Pourras-tu fermer la fenêtre du salon s’il te plaît ? J’ignore quel parfum cette fille portait mais il était particulièrement entêtant.

Une pensée se forme dans mon esprit. Comme une graine qui germe peu à peu avant de prendre de l’importance. Quelque chose m’échappe toujours. Un détail non négligeable. Tout à coup, l’évidence me frappe.

— De quoi avait-elle l’air ? Peux-tu me la décrire ?

Ma mère s’immobilise et se retourne pour me faire face, non sans énervement.

— Pourquoi cette jeune femme t’obsède-t-elle autant ? Elle doit avoir à peu près ton âge. Pâle de peau. Cheveux bruns.

Un frisson me parcourt l’échine et ma poitrine se serre, soudain prise dans un étau.

— Comment était-elle habillée ?

— Peux-tu me dire de quoi il s’agit, Astrid ? Un interrogatoire ?

Ma mère soupire.

— Elle portait un jean. Gris, je crois. Oh, et aussi une sorte d’anorak matelassé. Je me souviens avoir pensé qu’il faisait beaucoup trop chaud pour porter ce genre de manteau, mais elle a refusé de le quitter.

L'étau se resserre sur ma poitrine.

— Tu veux dire un bombers ?

— Je n'ai aucune idée de ce à quoi peut ressembler un bombers, ma chérie. Il était de couleur grise et matelassé, c'est tout ce dont je me souviens. Pourquoi me poses-tu toutes ces questions ?

— Quelqu'un aux Alcooliques anonymes a parlé d'une série de cambriolages ayant eu lieu récemment et toutes les victimes ont assuré avoir reçu la visite d'un inconnu peu de temps auparavant.

Le mensonge est plutôt convaincant.

Ma mère émet un de ses petits bruits offusqués et s'en retourne vers la cuisine.

— Je ne suis pas encore complètement gâteuse, tu sais. Je suis encore tout à fait capable de m'en remettre à mon jugement.

Je pose à nouveau les yeux sur l'écriture de l'enveloppe. Pourquoi n'ai-je pas fait le lien plus tôt ? La première fois que j'ai senti le parfum, j'ai cru que le fantôme de Simon me poursuivait. Mais quelqu'un d'autre était présent à ce moment-là. Une fille qui renouait ses lacets. Une fille qui portait un bombers gris. J'ai même failli trébucher sur elle.

Je grimpe les marches deux par deux et m'enferme dans les toilettes, l'écriture sur l'enveloppe me narguant avec ses pleins et ses déliés exagérés. Sa couleur verte délirante. Cette fois-ci, aucun cachet apposé.

Ce n'est pas la seule fois que je l'ai vue. Non, je l'ai vue sortir de l'agence immobilière la bouche pleine de chocolat alors que j'attendais Josh au Fisherman's Shack. Je l'ai aussi vue sur la plage. Toutes ces fois où j'ai senti le parfum flottant dans les airs… l'odeur qui s'est chaque fois immiscée dans mes pensées, me donnant l'impression d'halluciner. Pendant tout ce temps, c'était elle qui me suivait. Pas Simon. Pas le facteur. Elle. Et elle est entrée dans ma maison ! Elle a dû glisser l'enveloppe dans la pile de prospectus tandis qu'elle montait l'escalier, quand ma mère ne pouvait pas la voir.

Comme la fois précédente, l'enveloppe ne contient qu'un seul morceau de papier que j'extirpe avec précaution. Lentement, je le déplie. C'est une page arrachée d'un journal local dont le nom a été rayé de noir. Plus précisément, la page consacrée aux annonces personnelles. Là, dans la rubrique nécrologique, quelqu'un a barré le nom d'une personne décédée et a écrit au-dessus, en toutes petites lettres dessinées avec soin.

Je plisse les yeux pour mieux voir. « Hilary Phelps ».

Le ciel me tombe sur la tête. Un voile noir passe devant mes yeux. Quelqu'un veut ma mort.

La page du journal glisse sur le sol. C'est alors que j'aperçois les grandes lettres vertes tracées au dos :

Ne te mets pas trop à l'aise dans la petite ville endormie de Flinstead. À compter d'aujourd'hui, tu as intérêt à rester sur tes gardes. Tout finit par se payer. Et il est grand temps pour toi de payer pour ce que tu as fait. Car tu n'as pas seulement la mort de Simon sur la conscience, n'est-ce pas ?

24

J'ouvre les yeux. Recroquevillée sur le sol des toilettes, j'ai le visage écrasé contre les dalles en liège caoutchouteux. Bon sang, que m'est-il arrivé ? J'ai certainement perdu connaissance.

Puis ça me revient, et mon cœur s'emballe à nouveau. Dans ma tête, un festival de pensées qui fusent et s'entrechoquent, incapables de se focaliser.

Tu as besoin d'un remontant. C'est la seule façon de te calmer.

Non, je ne dois pas me laisser convaincre par cette petite voix. Mais elle est si insistante. Si persuasive.

Allez, ça te fera du bien. Juste un petit verre. Rien de bien méchant.

Je ne peux pas. Je ne peux vraiment pas.

Bien sûr que si, tu peux. Tu sauras t'arrêter à temps, cette fois.

Non ! Je ne dois pas céder à la pression. Je dois résister. J'en ai la force. Celui qui est à l'origine de tout ça n'attend qu'*une* chose : que je craque. Que je fasse une rechute. Mais ça n'arrivera pas. Pas cette fois. J'ai trop à perdre.

Trop à perdre ? Arrête, tu me fais rire. Tu as déjà tout perdu. Tu n'es tout de même pas assez naïve pour croire que Josh en pince pour toi ? Votre relation est vouée à l'échec, et tu le sais. Il prendra ses jambes à son cou à la minute où il verra qui tu es réellement.

C'est la vérité. Je ne peux pas le nier.

Faire croire que ta mère est atteinte de dépression et que tu dois prendre soin d'elle ? Est-il possible de tomber encore plus bas ? Ah ! Question idiote. Nous savons toutes les deux que tu en es parfaitement capable. Que tu peux tomber beaucoup, beaucoup plus bas. Tu fais honte au genre humain, petit être misérable et pathétique. Tu es nulle.

Je ramasse le papier et m'empresse de le déchirer en morceaux jusqu'à ce qu'il n'en reste plus rien. Qu'il me soit impossible de les recoller, même si j'y mettais toute ma bonne volonté. Après avoir formé un petit tas, je rassemble les morceaux dans le creux de ma main et jette le tout dans la cuvette des toilettes. Je tire la chasse d'eau d'un geste vif. Bon débarras.

Les mots ne s'effacent pas, eux. Bien sûr. Comment pourrais-je les oublier ?

Car tu n'as pas seulement la mort de Simon sur la conscience, n'est-ce pas ?

La jeune femme de mon cauchemar se matérialise devant mes yeux, se redressant afin de pointer sur moi un doigt accusateur. Je secoue la tête pour la faire disparaître. Simon n'en aurait jamais parlé à qui que ce soit. Nous avions passé un pacte lorsque nous étions en sevrage. Il s'en voulait autant que moi. Je m'en veux toujours. Cette haine de soi. Cette culpabilité. Deux choses qui ne s'atténuent pas avec le temps. Bien au contraire. Elles se répandent comme un poison ou une tumeur cancéreuse. Nous avions promis de ne plus jamais en parler. Jamais.

Tout finit par se payer. Et il est grand temps pour toi de payer pour ce que tu as fait.

Comme si je ne payais pas déjà tous les jours. Comme si le souvenir ne planait pas au-dessus de moi, prêt à ressurgir à tout instant.

Je prends une profonde inspiration. Le flot de pensées ne s'arrêtera plus. Il fera ce qu'il fait chaque fois et me renverra à l'horreur de cette nuit – du moins aux bribes qu'il me reste. Les images se succèdent et se mélangent. Sa bouche tordue en un rictus ignoble. Ses articulations rendues blanches à force de serrer la bandoulière en cuir de son sac. L'enfant dans la poussette qui hurle en battant des pieds.

À présent que les fragments de souvenirs me reviennent, je commence tant bien que mal à les assembler. Pour la énième fois, je tente en vain de les remettre dans l'ordre et de trouver du sens au chaos qui se trame dans mon esprit. Les corps qui se débattent. Ce craquement sinistre. La terreur de l'enfant en pleurs.

Mon cœur bat à tout rompre. La suite se brouille, comme un film qu'on passerait en accéléré. Simon qui me tire en arrière. La douleur dans ma poitrine à force de courir. Les néons de l'enseigne du Spar illuminant la nuit noire. Encore plus de vin de mauvaise qualité. Plus de bière. Et puis… plus rien. J'ai dû tomber dans les vapes à ce moment-là. À mon réveil, la manche de ma veste était maculée de sang. *Le sang de quelqu'un d'autre*. Mon Dieu, qu'ai-je fait à cette pauvre femme ?

Je m'efforce de reprendre une respiration normale. De revenir à la réalité. Je me penche au-dessus de la cuvette, soudain prise de haut-le-cœur. C'est le fait de ne pas réussir à me souvenir de toute la scène qui me pèse le plus. De ne pas savoir la vérité. Cela s'est passé quelque part au bord de la Tamise. J'entrevois un grillage de couleur bleue, mais rien d'autre. Elle a sûrement dû essayer de se défendre, ce qui a fini par entraîner sa chute. Pourquoi donc a-t-il fallu qu'elle se défende ? Elle avait un enfant avec elle, bon sang !

Sa tête a-t-elle heurté les pavés ? Elle aurait pu se tuer ! Et qu'en est-il de l'enfant ? Combien de temps est-il resté seul à pleurer avant que quelqu'un le trouve et lui porte secours ? Une fois sobres, nous avons parcouru tous les journaux dans l'espoir d'y trouver des nouvelles de l'enfant et de sa mère, sans succès. Il n'y a jamais eu aucune référence à cette affaire, pas même un tout petit paragraphe dans la presse locale.

Je déverrouille la porte des toilettes et fonce dans ma chambre. Je parcours lentement la pièce du regard. À première vue, rien n'a bougé. Sans pouvoir me l'expliquer, je pressens pourtant un léger changement. Une altération si infime qu'elle pourrait faire partie d'un jeu des sept erreurs.

J'enlève la couverture de mon lit et examine les draps, sans réellement savoir ce que je vais bien pouvoir y trouver et *si* je vais y trouver quoi que ce soit. Et bien que je sois mentalement préparée à faire une macabre découverte – un rat mort ou une tête de cheval –, il s'avère finalement que le lit est vide. Il n'y a rien, si ce n'est mon T-shirt de pyjama plié sous l'oreiller.

Je me tourne vers la table de chevet afin de l'examiner elle aussi. Là encore, rien d'anormal : réveil de poche, baume à lèvres, boîte de mouchoirs et… Je rêve ou il y a bel et bien quelque chose qui cloche ?

C'est là que je l'aperçois. Le Gros Livre avec le signet qui dépasse. C'est le déclic. Bien sûr ! Je saisis le livre et fais défiler les pages d'une main tremblante jusqu'à atteindre le passage recherché. Que dit-il exactement ?

Le voilà. Étape 5 : *Confier à Dieu, à soi-même et à une autre personne la nature précise de nos péchés.*

Je ferme les yeux et prends une profonde inspiration. Oh, Simon. Mon beau Simon. Ce n'était pas une blague pour toi, hein ? Tu suivais ce programme à la lettre. Étape après étape. Avec tout le sérieux qui te caractérisait.

Désormais, la question qui se pose est : à qui l'as-tu révélé ?

TROISIÈME PARTIE

25

Ma mère tambourine contre la porte de la salle de bains, me faisant sursauter.

— Astrid, cela fait une éternité que tu es enfermée là-dedans ! Tout va bien ?

Je me sèche à l'aide d'une de ses vieilles serviettes rêches qui me donnent l'impression de m'arracher la peau tant mon corps est rendu douloureux de n'avoir bénéficié que de quelques heures de sommeil.

— Je sors dans deux minutes.

J'observe les marques noires qui se creusent sous mes yeux. Mon teint grisâtre. Je devrais envoyer un SMS à Josh et lui dire que je ne pourrai pas venir peindre aujourd'hui. Lui dire que je suis malade. Mais j'ai bien trop peur de rester seule avec mes pensées toute la journée. J'ai bien trop peur de perdre définitivement la boule. Plus que jamais, j'ai besoin de m'occuper. De plus, je ne peux décemment pas leur faire faux bond si peu de temps après avoir accepté le job.

C'est une fois dans ma chambre, occupée à attacher mon soutien-gorge, que ça me saute aux yeux. La balle de jonglage dorée a disparu de ma table de chevet.

Je savais que quelque chose clochait. Elle l'a volée. Elle est entrée dans ma chambre et elle est repartie avec la balle de jonglage de Simon. La dernière chose qu'il me restait de lui. Mon cœur se brise. Je m'accroupis pour regarder sous mon lit au cas où elle serait tombée, mais je n'y trouve rien. Je vide mon tiroir tout en sachant qu'elle n'y sera pas non plus. Je vais même jusqu'à ouvrir mon armoire et fouille dans toutes les poches.

Rien à faire. Elle n'est plus là.

Cette fille s'est introduite chez moi en mon absence, a eu l'audace de s'asseoir sur le canapé de ma mère et de boire un thé tout en la berçant de ses mensonges. Elle a ensuite déposé son enveloppe piégée sur l'escalier et mis son nez dans ma chambre. L'air lui-même semble contaminé. Le danger me paraît tout à coup si proche. Que peut-elle bien me vouloir ?

Dans la cuisine, je sens une colère amère monter en moi pendant que je surveille la bouilloire. Bien sûr, je ne peux pas en vouloir à Simon d'avoir suivi les Douze Étapes. J'essaye moi-même de le faire tant bien que mal. Mais pourquoi a-t-il fallu qu'il parle de moi à cette fille ? Pourquoi a-t-il fallu qu'il lui donne mon nom ? Mon vrai nom ? Autrement, elle n'aurait jamais été capable de me retrouver. Je serre les poings. C'était notre secret. Le fardeau qui ne nous quittait plus et nous liait à tout jamais. Nous nous étions juré de l'emporter dans la tombe. Bon sang, Simon, qu'est-ce qui t'a pris d'être aussi stupide et inconscient ?

Ma mère débarque les bras pleins de linge sale. Je fais semblant de lire les inscriptions sur la boîte de thé. Je ne peux rien lui dire – surtout pas que quelqu'un me harcèle et me menace de mort – car je sais exactement ce qu'elle répondra. Elle me suppliera de me rendre au poste de police et je devrai alors lui raconter ce qui est arrivé cette nuit-là. Elle ne me pardonnerait jamais. Jamais. Je n'en suis pas capable moi-même.

Je ne peux rien dire à Josh non plus, lui qui ne supporte déjà pas l'idée de passer une nuit dans la cabine de plage au prétexte que c'est dangereux et contraire au règlement. Il ne voudrait plus me voir à tous les coups.

Si seulement j'avais eu le courage de lui dire la vérité au tout début de notre relation. Alors peut-être – et je dis bien peut-être – qu'il aurait accepté de tirer un trait dessus. Si ça se trouve, il aurait même éprouvé de l'empathie à mon égard et m'aurait soutenue dans mon combat quotidien. Si je lui disais maintenant, il se sentirait trahi. La passion pour mon travail, le dévouement porté à ma mère « malade » : tout ce qu'il admire à mon sujet ne serait plus qu'une vaste blague à ses yeux. Il me mépriserait. Je les perdrais tous les deux. Ma mère et Josh.

— Promets-moi de ne pas laisser entrer cette fille si elle revient.

Ma mère plisse le front.

— Ça en devient maladif, tu sais.

Son visage s'adoucit.

— Écoute, si jamais elle était effectivement en repérage pour des cambrioleurs, je suis sûre qu'elle leur a conseillé de passer leur tour sur ce coup-là. Il n'y a rien de valeur à voler ici.

Je ris jaune.

— Tu as raison sur ce point.

Absolument pas. Car quelque chose a déjà été dérobé. La balle de jonglage de Simon. Et ma tranquillité d'esprit – tout du moins le peu qui m'en restait.

Josh vient me chercher avec la voiture de son père. S'il remarque ma mine déconfite – à ce stade, je ne vois pas comment cela pourrait lui échapper –, il ne s'autorise aucun commentaire et ne laisse rien transparaître non plus. Quant à moi, je suis soulagée de ne pas avoir à marcher seule jusqu'à Mistden. Ce qui ne m'empêche pas pour autant de regarder furtivement autour de moi avant de monter dans la voiture. Car elle pourrait très bien être en train de m'espionner en ce moment même. Je m'installe côté passager et regarde les mains de Josh posées sur le volant. L'idée de faire un tour dans cette voiture – une belle Mercedes sentant le cuir neuf – devrait me procurer un sentiment de satisfaction, mais je suis bien incapable de ressentir autre chose que de l'angoisse pure. Quelle idée de ne pas m'être décommandée pour la journée ! Je ne vois pas par quel miracle je vais pouvoir me concentrer sur mon travail.

— J'ai jeté un coup d'œil à ta peinture hier soir, dit Josh sans détacher les yeux de la route. J'imagine sans mal le rendu final. Ça va être magnifique.

Sa main gauche lâche le volant quelques secondes pour presser le haut de ma cuisse.

— Est-ce que ça va ?

— Oui, tout va bien. Je suis un peu fatiguée, rien de plus.

— Ne te fais pas de souci, poursuit-il, tu seras remise d'aplomb une fois que tu auras bu un bon coup.

Mon estomac se noue. Un bon coup ? Que diable entend-il par là ?

— Un bon coup de café. Je t'ai pris du colombien pour te maintenir en pleine forme.

J'éclaterais de rire si je n'étais pas aussi nerveuse.

— Merci, c'est une excellente idée.

Je regarde les maisons et les promeneurs défiler par la fenêtre de la voiture. Que se passera-t-il si je la vois ? La fille en bombers. Ça ne peut être qu'elle. Qui d'autre, sinon ?

Mes doigts me font mal à force de les serrer. Le moment que je redoutais le plus au monde est arrivé. Mon secret a été découvert. Mais pourquoi me tourmenter ainsi ?

Lorsque Josh engage la voiture dans l'allée de la maison de son père, j'ai pris ma décision. Il n'y a qu'une seule façon de me sortir de ce merdier. Il me faut prendre le contrôle de la situation et trouver cette fille avant qu'elle ne se manifeste à nouveau. Il me faut la trouver pour lui faire cracher le morceau.

26

Debout devant le chevalet, je fixe la toile blanche. Je doute sérieusement d'être capable de tenir le pinceau sans trembler, et encore moins de trouver un quelconque souffle de créativité.

Josh pose ses mains sur mes épaules et se penche pour embrasser la naissance de mon cou. Je me laisse aller contre lui, rassurée par la chaleur et la robustesse de son corps contre le mien. Ici au moins, je me sens en sécurité.

— Mon père sort tout à l'heure, souffle-t-il. Nous pourrons prendre une de nos longues pauses-café.

Sa langue vient frôler le lobe de mon oreille, déclenchant une vague de frissons le long de ma colonne vertébrale.

— Sans la partie café.

Je me retourne et passe mes bras autour de son cou, joignant mes lèvres aux siennes en un baiser langoureux. Quel que soit le petit jeu pervers auquel elle semble s'adonner, je ne la laisserai pas me gâcher ces instants. Je ne la laisserai pas gagner. Hors de question. Pas au moment où j'arrive enfin à rétablir une forme de communication saine avec ma mère, que je tombe amoureuse une nouvelle fois et que je reprends la peinture. Quoi que j'aie pu commettre dans le passé, cette partie-là de ma vie est derrière moi. Je ne suis plus la même personne.

Les heures se succèdent. Par chance, je parviens à me concentrer suffisamment longtemps pour faire progresser le tableau, jouer avec la composition, définir les zones d'ombre en bleu-gris. En revanche, je ne suis toujours pas en mesure de me lancer dans quoi que ce soit qui demanderait davantage d'attention. Et pourtant, à mesure que je peins, le résultat final commence à se dessiner dans mon esprit. Même en l'absence de couleurs ou de détails, l'œuvre est là, prête à émerger.

Petit à petit, de nouvelles images viennent s'ajouter sur la toile. Un montage cauchemardesque qui se déroule devant mes yeux alors même que je les ferme. Un corps recroquevillé sur le sol froid et dur. Le visage d'un enfant déformé par la peur. La manche de ma veste maculée de sang.

Je recule d'un pas, manquant de trébucher sur un faux pli dans le drap de protection étendu par Richard dans toute la pièce. La main posée contre le mur pour assurer mon équilibre, je sors et dévale l'escalier pour aller me réfugier dans les toilettes. Là, accroupie sur l'abattant refermé de la cuvette, je me balance doucement d'avant en arrière en me tenant les genoux avec les mains. Mon esprit va toujours d'une image à l'autre, sans pour autant en tirer un quelconque sens. Et chaque fois qu'il semble parvenir à s'accrocher à une bribe de souvenir ou d'explication, il ne s'écoule que quelques millisecondes avant que tout lui échappe à nouveau.

J'emplis mes poumons d'air et expire le plus lentement possible par les narines afin de retrouver un rythme cardiaque normal, ne m'arrêtant qu'une fois le plus gros de la crise de panique passé. Je me lève, le corps encore secoué de tremblements, et fais couler de l'eau froide du robinet pour m'en asperger le visage. Je lève les yeux, reconnaissant à peine le visage qui se dessine dans le miroir. Le teint pâle et les traits tirés. Les yeux gonflés de fatigue.

Des bruits de pas se font entendre au-dessus de moi. Les toilettes ayant été installées dans le petit espace sous l'escalier, j'entends les vibrations se répercuter sur chaque marche. Je n'ai aucune idée du temps que j'ai pu passer enfermée là-dedans. Dix minutes ? Vingt ? Peut-être même plus. Je tire la chasse d'eau et patiente encore quelques instants avant de faire tourner le loquet et d'ouvrir la porte.

Richard a enfilé sa veste et est en train de passer une paire de baskets laissée à côté de la porte d'entrée. Ses cheveux blonds grisonnants sont constellés de petites taches de peinture blanche. Ses vêtements aussi. Il affiche un large sourire aussitôt qu'il m'aperçoit et lève la main pour me saluer.

— On se voit dans une ou deux heures, Astrid. Je vais voir un type au sujet d'un bateau.

Lorsque Josh apparaît dans l'encadrement de la porte de la chambre des secrets environ cinq minutes après le départ de son père, je suis occupée à trier mes pinceaux tout en espérant retrouver le courage de me tenir à nouveau devant la toile.

— Prête pour notre pause-café ? me demande-t-il alors que nous savons tous deux pertinemment ce qu'il a réellement en tête.

Au moins ne semble-t-il pas remarquer le peu de progrès réalisés sur la toile.

— Et si ton père rentrait plus tôt ?

— Aucun risque pour ça.

— Comment peux-tu en être sûr ?

— Parce que je pense qu'il est sorti pour nous laisser un peu d'intimité. Et non, ce n'est pas moi qui le lui ai demandé, si c'est ce que tu imagines.

Je m'efforce de parler d'une voix aussi normale que possible, de répondre sur le ton de l'humour.

— Peut-être qu'il se rend lui aussi à un rendez-vous galant. C'est le genre d'homme qui plaît beaucoup aux femmes.

Quelle erreur ! Josh me dévisage comme si je venais de lui coller une énorme gifle.

— Pas à ma connaissance, coupe-t-il.

La froideur de sa réponse me prend de court.

Il soupire.

— Écoute, tu vas sûrement croire que je suis trop susceptible, mais il m'a fallu énormément de temps avant d'accepter la disparition de ma mère. À mon père aussi. Je ne peux pas imaginer qu'il puisse retomber amoureux d'une autre femme. Ma mère était… quelqu'un d'exceptionnel.

Il s'avance pour me prendre les pinceaux des mains et les poser sur la table.

— Toi aussi tu es quelqu'un d'exceptionnel, chuchote-t-il.

Je sens les battements de son cœur tandis qu'il me serre dans ses bras, et nous restons sans bouger pendant de longues minutes, le visage enfoui dans le cou de l'autre. Suis-je suffisamment exceptionnelle pour qu'il m'aime toujours une fois qu'il aura découvert mon tissu de mensonges ? Qu'il me pardonne les atrocités que j'ai pu commettre par le passé ? Cette atrocité en particulier, quelle qu'elle soit ?

Sa voix est désormais réduite à un murmure.

— Allons en haut, Hilary Phelps.

Mon corps se raidit. Je me libère de son étreinte. Comment diable connaît-il… ?

Il recule d'un pas.

— Eh bien, le moins que l'on puisse dire, c'est que tu n'aimes vraiment pas ce prénom !

Idiote. Je lui en ai parlé sur la plage. Il a simplement lancé ça pour m'embêter. Quand bien même, entendre ce prénom si peu de temps après l'avoir vu écrit sur cette page de journal me fait l'effet d'une décharge électrique. J'essaye de sourire et Josh me regarde d'un air satisfait. Je suis bien évidemment la seule à entendre mon cœur cogner furieusement contre ma poitrine.

Alors qu'il tend les bras vers moi, je me défile une nouvelle fois, encore sous le choc.

— Il faut d'abord que je lave mes pinceaux.

Josh fait semblant d'être vexé.

— Je me sens plus désirable que jamais avec ce que tu viens de me dire.

— La peinture acrylique sèche très vite et je ne peux pas me permettre d'abîmer des pinceaux aussi chers. Il faut faire attention à son matériel.

— Est-ce que je peux t'aider ?

— Si tu veux. Il faut que tu frottes les pinceaux avec ce savon, virole comprise…

Me prenant la barre de savon des mains, il me regarde en se mordant les lèvres.

— J'adore quand tu me dis des choses cochonnes.

J'esquisse un début de sourire. Un vrai, cette fois-ci. La tension de ces dernières minutes commence déjà à retomber.

— Et ensuite rince-les à l'eau tiède.

— À vos ordres, madame.

Je le suis des yeux tandis qu'il s'éloigne avec les pinceaux et le savon. Il n'y a rien que je n'aime pas chez cet homme : sa démarche, sa voix, son regard qui passe de bienveillant à sexy en un clin d'œil. La façon dont ses cheveux bouclent au-dessus de ses oreilles. Son odeur.

Puis je repense à ces mots inscrits au dos de la page de journal : *Tout finit par se payer. Et il est grand temps pour toi de payer pour ce que tu as fait.* C'est ce qu'on appelle le karma. Tout acte a des conséquences. Je ne mériterai jamais d'être heureuse. Voilà ce que ça signifie.

Lorsque le crissement des pneus de la voiture de Richard se fait entendre sur le gravier de l'allée, je suis déjà de retour devant mon chevalet, appliquée à reproduire les reflets du soleil sur la surface de la mer au-delà de la jetée. J'aurais aimé pouvoir rester dans le lit de Josh pour toujours, recroquevillée tout contre son corps musclé et chaud, comme s'il s'agissait de la chose la plus normale au monde. Mais c'est loin d'être le cas, et plus j'essaye de me convaincre du contraire, plus je sens la menace lourde planer au-dessus de moi. Lourde et glaçante. Qui peut être capable de faire une telle chose ? Et pourquoi ?

J'entends la voix de Richard depuis la fenêtre que j'ai ouverte un peu plus tôt. Il a dû faire le tour de la maison pour répondre à un coup de fil à côté du garage. Il parle tout bas, sur un ton bien plus grave qu'à l'accoutumée. Je suspends mon pinceau en l'air.

— Non, je ne lui ai encore rien dit.

Longue pause.

— Oui, elle est ici en ce moment même.

Ma poitrine se resserre. Il n'y a aucune raison de croire qu'il ait appris quoi que ce soit à mon sujet. Autant que je sache, il pourrait être en train de discuter de tout autre chose. Et pourtant… C'est bel et bien la première pensée qui m'est venue à l'esprit. Je tends l'oreille en retenant mon souffle. Je prends le risque de me pencher à la fenêtre, mais le voilà qui s'éloigne au fond du jardin. C'est alors que nos regards se croisent. Il fronce les sourcils et je me recule précipitamment, saisie d'un sentiment de culpabilité comme si je venais d'être prise la main dans le sac. Un instant plus tard, la porte d'entrée s'ouvre et Richard s'engage dans l'escalier. Il dit quelque chose à Josh que je ne parviens pas à entendre. D'ici, leurs voix sont étouffées et indiscernables.

Le pinceau me glisse des mains et tombe sur le sol. C'est absurde. Il faut que je me ressaisisse. C'est à cause d'elle si je me mets dans tous mes états. Cette saleté de femme et son petit jeu pervers. Qui est-elle ?

Je n'arrête pas de l'imaginer en train de découvrir le contenu de l'enveloppe. Le sentiment de terreur qui s'empare d'elle lorsqu'elle comprend que je connais son plus grand secret. Jouer avec ses nerfs est la seule distraction que j'aie pu avoir ces derniers temps. Une distraction qui deviendrait presque plus drôle que de la tuer pour de vrai.

Presque.

Mais il arrive un moment où imaginer quelque chose ne suffit plus. Car la satisfaction que cela provoque finit immanquablement par s'amenuiser. Jusqu'à disparaître totalement si on ne fait pas attention. Comme une drogue pour laquelle on a développé une forme de tolérance.

Le temps est venu d'augmenter la dose.

27

Je rentre au cottage à reculons, pétrifiée à l'idée qu'une autre de ces enveloppes marron puisse m'y attendre.

Le soulagement quand je constate qu'il n'y en a pas est de courte durée, pour la simple et bonne raison qu'elle est toujours là, dehors, à préméditer son prochain coup. Et puis, durant les deux jours à venir, je n'aurai pas la possibilité d'échapper au confinement à la maison en me rendant à Mistden car Josh et son père seront absents, partis à une réunion familiale prévue de longue date dans le Berkshire.

Je n'arrive pas à oublier l'expression sur le visage de Richard lorsque nous nous sommes salués un peu plus tôt. C'est à peine s'il pouvait soutenir mon regard. Cette fille lui a-t-elle dit quelque chose ? Était-ce elle qu'il avait au téléphone ? Si c'est le cas, il ne manquera pas de tout raconter à Josh pendant leur escapade. C'est une évidence. Bon sang, pourquoi ne lui ai-je pas tout raconté plus tôt ? Pourquoi faut-il que je sois lâche à ce point ?

Ma mère s'apprête à aller passer la soirée chez Pam. Il y a encore quelques semaines, j'aurais été ravie d'avoir la maison rien que pour moi afin de pouvoir regarder ce que je veux à la télévision ou écouter de la musique sans qu'elle vienne se plaindre du niveau sonore. Mais ce soir, je n'ai aucune envie d'être seule. Ce soir, j'ai besoin de compagnie. C'est une fois dans ma chambre que je pense au numéro de téléphone d'Helen. Je pourrais peut-être lui proposer de venir une fois ma mère partie.

— Il y a de la quiche et de la salade au réfrigérateur, me dit ma mère.

Elle me pince la joue.

— Tu as l'air épuisée, ma chérie.

— Je le suis. J'ai perdu l'habitude de rester debout toute la journée.

— Dans ce cas tu ferais mieux de te coucher tôt, répond-elle.

Pour une fois, je partage son avis. J'apprécie aussi qu'elle n'ait pas sauté sur l'occasion pour me sermonner en prétendant le faire pour mon bien. Non pas que j'aie particulièrement sommeil…

Quelque chose a changé dans la façon dont Helen s'exprime. Pensant d'abord qu'il s'agit du réseau, je me ravise lorsqu'elle éclate de rire alors que je n'ai rien dit de particulièrement drôle. Et puis ça m'apparaît, aussi clair que de l'eau de roche. Elle est ivre. Ça ne fait plus aucun doute. Le timbre de sa voix a changé, et le réseau n'y est pour rien. Plus le temps passe et moins son discours est intelligible.

— Quelque chose ne va pas, Helen ?

— Absolument pas. Pourquoi est-ce que ça n'irait pas ?

Le voilà. Ce ton défensif, prêt à exploser. Tout à fait le genre de réponse que j'aurais pu sortir à l'époque, quand ma mère ne cessait de m'appeler pour s'assurer que je n'avais pas bu à en perdre conscience.

Mon esprit s'emballe. Bien que ça me tue de le reconnaître, j'aurais peut-être dû écouter Rosie qui me mettait en garde contre les amitiés avec d'autres alcooliques. Car c'est bien la dernière chose dont j'ai besoin en ce moment. Au contraire, je dois m'éloigner de tout ce qui touche à l'alcool au plus vite. L'instinct de conservation, c'est tout ce qui compte à partir de maintenant. Outre le fait que je ne connais Helen que depuis quelques semaines. Je ne lui dois rien et elle non plus.

Pourtant, je continue de lui parler, essayant de la dissuader de boire. C'est la moindre des choses après qu'elle a gentiment accepté de m'écouter déballer *mon* sac.

Je change rapidement d'approche et lui parle de ma journée passée à peindre pour le père de Josh. Je lui parle aussi de la maison et de sa vue donnant sur la baie. Tout est bon à prendre pour la garder à l'autre bout du fil. Détourner son attention encore un peu.

— La vie te sourit enfin, remarque-t-elle.

Le ton est acerbe, triste, mélancolique.

Je suis encore en train de réfléchir à une réponse lorsqu'elle reprend la parole.

J'ai tout perdu, Astrid.

Sa voix se brise.

— Oh, Helen. Ce n'est pas vrai. Tu vas de mieux en mieux.

— J'allais de mieux en mieux. Mais plus maintenant. J'ai… J'ai été faible aujourd'hui.

Elle admet. Enfin.

— Allons, il n'est pas trop tard pour arrêter. Ce n'est qu'un petit revers. Promets-moi de ne plus boire, Helen. Je t'en supplie.

— Tout va bien pour toi. Tu as ta mère et Josh. Tu es si jeune. Ta vie est encore devant toi. Moi, je ne suis plus qu'une épave.

Si seulement je pouvais lui faire part des derniers événements. Mais c'est impossible. Pas tant qu'elle continuera à boire. Et me voilà qui lui propose de venir lui rendre visite. Elle en est arrivée au stade dangereux de l'apitoiement, et il est de mon devoir de l'aider avant qu'elle ne perde définitivement le contrôle. Après tout, j'aurais très bien pu craquer moi aussi. Quand je repense à toutes ces fois où j'ai été au bord de l'implosion dernièrement…

Mes mains tremblent tellement que je mets deux fois plus de temps que d'habitude à enfiler et lacer mes chaussures. En partie parce que je m'apprête à sortir seule pour la première fois depuis la découverte de la dernière enveloppe. Et aussi parce que aller dans l'appartement d'Helen alors qu'elle est ivre et probablement entourée de cadavres de bouteilles vides constitue une véritable épreuve pour moi. Je suis déjà suffisamment à fleur de peau. Mais si je ne lui viens pas en aide, Dieu sait ce qui pourrait lui arriver.

À la seconde où je mets un pied en dehors du cottage, tous mes sens sont en alerte. Je marche aussi rapidement que possible, à la limite de la course. Moins de cinq minutes plus tard, je sonne à l'Interphone, pantelante, les yeux levés en direction de sa fenêtre. Ses rideaux s'ouvrent enfin. Quelques instants plus tard, la sonnerie signalant l'ouverture de la lourde porte en verre retentit et je la pousse pour m'engouffrer à l'intérieur de l'immeuble. La porte de son appartement est grande ouverte et le bruit de la télévision parvient jusque dans le couloir.

J'entre et la trouve dans sa cuisine en train de vider une bouteille de vin dans l'évier. La tension dans mes épaules retombe.

— Est-ce que tu veux du café ? je demande en essayant de détourner le regard du liquide bordeaux s'écoulant sur l'acier inoxydable.

Sur le comptoir, un des verres à pied aperçus il n'y a pas si longtemps sur l'égouttoir, désormais rempli aux trois quarts. La tentation est partout.

Helen me tend la bouteille vide et part s'affaler dans un fauteuil. Je m'empresse de la jeter dans la poubelle prévue à cet effet avant que l'odeur de l'alcool ne vienne titiller mes narines. Inutile de jouer avec le feu plus que nécessaire. En tombant, la bouteille émet un bruit lourd et je parie que si je jetais un œil à l'intérieur de la poubelle, j'en trouverais une autre, au moins. À n'en pas douter, elle a attendu que j'arrive avant de vider le liquide dans l'évier. Une ruse pour masquer la quantité d'alcool réellement consommée. Je le sais, je suis passée par là.

Tandis que je prépare le café, Helen reste immobile, paupières mi-closes, regard perdu dans le vague. J'ai vu juste. Elle a descendu bien plus d'une demi-bouteille pour être dans cet état

Je profite de ce que le café soit en train de couler pour prendre le verre à pied et le passer sous l'eau du robinet, faisant ainsi disparaître les dernières gouttes de vin qui s'y trouvaient.

— Allez, bois donc, ça va te faire du bien.

Je pose les tasses de café sur la table basse et m'installe sur le canapé en face d'elle.

— C'est gentil d'être venue me voir, dit-elle en pointant sa télécommande en direction de la télévision.

Elle appuie sur les boutons quasi frénétiquement, comme tout à coup agacée par le bruit de fond continu. Au bout de quelques instants, elle parvient enfin à éteindre l'appareil.

Je m'exprime aussi calmement que possible, encore incertaine de la catégorie d'alcooliques à laquelle elle appartient. Est-elle du genre à virer odieuse et agressive, ou bien se contente-t-elle de somnoler en s'apitoyant sur son sort ?

— Ce n'est pas une bonne idée de te laisser seule en ce moment, Helen. Et je sais que tu ferais la même chose pour moi.

Pour toute réponse, elle gonfle les joues et souffle. À la lumière crue du plafonnier, son visage porte déjà les marques de la vieillesse. Ça me brise le cœur de la voir ainsi, les cheveux en bataille, la poitrine dépassant presque de son chemisier.

J'ai envie de lui dire qu'elle se trompe et que tout ne va pas pour le mieux dans ma vie. Qu'elle a beau être rose de son point de vue, elle n'en reste pas moins à un cheveu de basculer si cette Laura décide de passer à l'offensive. Laura. Il y a peu de chances pour qu'il s'agisse de son véritable prénom. Elle n'aurait tout de même pas pris le risque de le dévoiler à ma mère.

Helen ferme les yeux et, en un rien de temps, le rythme de sa respiration change. Elle s'est endormie. Peu importe ce que j'ai pu lui dire, elle aura tout oublié d'ici à demain matin. J'ôte la tasse de ses mains en faisant attention à ne pas la réveiller. Ses yeux s'ouvrent un bref instant, puis elle s'abandonne de nouveau au sommeil.

Je m'attarde quelque temps pour m'assurer qu'elle ne revient pas à elle, estimant le risque réduit à son minimum lorsqu'elle se met à ronfler bruyamment. Je me lève pour aller vider le contenu de sa tasse dans l'évier et remplir un grand verre d'eau que je pose sur la table basse à côté d'elle. Par précaution, je vide également sa poubelle à papier et la place à côté de son fauteuil.

Ce n'est qu'en refermant la porte d'entrée que je me rends compte que je n'ai pas ressenti une seule fois le besoin de boire depuis que j'ai mis les pieds dans l'appartement. En dépit de tout ce qui m'arrive, aider Helen m'a rendu plus forte. Il y a peut-être du vrai dans le discours des Alcooliques anonymes. Peut-être que les Douze Étapes sont effectivement la solution.

À peine descendue dans la rue, cependant, la panique me reprend. Il a beau faire encore jour, la sensation de raideur dans mon cou et mes épaules ne disparaît pas. Encore moins celle d'être épiée à chacun de mes pas. Je suis de retour au cottage en un rien de temps, mais loin de me sentir soulagée, je décide d'inspecter toutes les pièces avant de m'autoriser à regarder la télévision. Non pas que je sois capable de me concentrer sur un quelconque programme, mais le bruit de fond m'apporte un léger réconfort.

Plus j'y pense et plus je suis convaincue que le coupable a côtoyé Simon aux Alcooliques anonymes. Et ce, même s'il s'obstinait à assister aux réunions de différents groupes de Londres, persuadé que fréquenter les mêmes personnes n'apportait rien de bon. « Je préfère répandre ma misère », avait-il plaisanté un jour.

On peut dire que tu y es parvenu, Simon. Oh, ça oui.

28

Le lendemain matin, je me réveille avec un désagréable pressentiment. Il n'est que sept heures et demie mais je ressens le besoin de sortir m'aérer l'esprit. C'est un miracle que j'aie pu m'endormir, mais j'étais si épuisée que mon corps a fini par lâcher. Fut un temps, seul l'alcool parvenait à imposer le silence dans le maelström de mes pensées.

Ce qui ne les empêchait pas de revenir au galop au réveil, comme cela est le cas aujourd'hui. Car ils ne sont jamais bien loin, les inquiétudes, les peurs, les regrets. En enfilant mon jean, je pense à Helen, seule dans son appartement, qui se réveillera la tête lourde, nauséeuse et rongée par la culpabilité. Je devrais l'appeler pour prendre des nouvelles, du moins tout à l'heure, en espérant qu'elle aura pu dormir plus longtemps que moi.

Sur la plage, la marée est basse et je suis seule à l'exception de quelques mouettes. Le fond de l'air est déjà chaud et les rayons du soleil étincellent sur la mer azur aux reflets lumineux.

Je marche longtemps au bord de l'eau tout en m'encourageant à ne pas céder à la psychose. C'est peut-être une bonne chose que Josh et Richard soient partis dans le Berkshire. Cela me laisse le temps d'ordonner mes pensées et de décider quoi faire, s'il existe quoi que ce soit que je puisse faire.

Qui peut bien être cette personne qui semble tout savoir de mon passé ? Était-ce une connaissance de Simon ? Quelqu'un qui s'est rapproché de lui peu de temps avant qu'il ne se donne la mort ? Forcément. Sinon Simon ne l'aurait jamais autorisé à prendre cette photo et lui aurait encore moins dévoilé ses secrets les plus honteux. *Nos* secrets les plus honteux.

Un peu plus loin, le cadavre d'une anguille rejeté par la marée brille d'un éclat argenté. Une mouette l'a repéré et fond dessus, attirée par cette proie luisant à la lumière du soleil. D'un vif coup de bec, elle lui arrache un œil. Je porte la main à ma bouche. Oui, la nature est ainsi, et oui, l'anguille était de toute façon déjà morte. Quand bien même, je suis abasourdie par un tel acte de sauvagerie. J'observe la mouette tandis qu'elle rince l'œil dans l'eau de mer avant de l'engloutir.

Je presse le pas, tout à coup effrayée à l'idée de me trouver seule sur cette plage. Seule face à l'immensité de la mer. Je sais que ce ne sont que des mots griffonnés sur un extrait de journal, ils n'en constituent pas moins une réelle menace. *Ne te mets pas trop à l'aise dans la petite ville endormie de Flinstead. À compter d'aujourd'hui, tu as intérêt à rester sur tes gardes.* Sans compter mon nom délibérément ajouté à la rubrique nécrologique…

J'ai bientôt atteint les cabines de plage qui tournent le dos à la mer d'un air de défi, et décide de m'engager sur les planches de bois qui les bordent, bien trop consciente de ma vulnérabilité en cet instant même. Le souvenir de cette nuit affreuse refait alors surface, tout comme le sentiment de terreur pure que j'ai éprouvé alors.

Je plisse les yeux, aveuglée par la lumière matinale. À quelques mètres, des morceaux de ce qui semble être de la vaisselle sont éparpillés dans le sable. Curieuse, je m'approche. Il s'agit bel et bien de vaisselle. Un service à thé en piteux état gît au milieu des galets et des coquillages abandonnés par la marée. Je lève les yeux et remarque que la fenêtre d'une des cabines de plage est grande ouverte. Quelqu'un a sans doute jeté la vaisselle depuis cet endroit.

À mesure que je progresse sur les planches, je comprends enfin. La plupart des cabines ont été cambriolées, cadenas sciés, portes enfoncées. Leur contenu est désormais disséminé sur les terrasses attenantes ainsi que plus bas. Coussins, serviettes, assiettes. Un seau en plastique et une pelle. Des éclats de bouteille de couleur verte sur la tache sombre laissée par le liquide évaporé.

Je cherche la cabine des Carter. Elle n'a pas été épargnée. La porte pend dangereusement, retirée de ses gonds. Certes, ce n'est qu'une cabine de plage – rien de plus qu'un petit abri peint –, personne n'a été blessé, mais le choc me fait l'effet d'une gifle. Je devrais donner l'alerte. Appeler la police. Mon cœur cogne contre ma poitrine.

Je regarde autour de moi. Un promeneur finira bien par s'aventurer par ici. Quelqu'un à qui je pourrais faire part du drame et qui s'empressera d'appeler la police. Mais il n'y a personne en vue. Je monte la petite échelle menant à la terrasse et passe le seuil de la cabine. Contrairement aux autres cabines, elle n'est pas sens dessus dessous. Seul le lit simple est défait, ses coussins jetés sur le sol. Peut-être le cambrioleur a-t-il été surpris et s'est-il enfui avant de faire davantage de dégâts. À moins que…

Sur un coup de tête, j'ouvre le placard où j'ai surpris Josh en train de ranger quelque chose à la hâte. Je ne prends le temps de m'arrêter pour réfléchir qu'une fois le placard ouvert. Vide, à l'exception d'une boîte contenant des verres sur l'étagère du bas et d'un Bikini à pois bleu et blanc sur celle du haut. À n'en pas douter, c'est le Bikini qu'il a rangé là-dedans. Dans le cas contraire, j'aurais entendu les verres tinter les uns contre les autres dans leur boîte s'il l'avait soulevée.

Je prends le Bikini dans mes mains. Il ne laisse pas beaucoup de place à l'imagination. Des grains de sable sont encore piégés dans le soutien-gorge. Allons, cela ne signifie rien. Autant que je sache, ce Bikini pourrait très bien appartenir à une parente ou à une amie. Ou peut-être même à une de ses ex.

Je repense à la fois où Richard a fait exprès de sortir pour nous laisser seuls tous les deux. D'après Josh, il s'agissait simplement d'une sorte d'accord tacite entre un père et son fils. Si ça se trouve, j'aurais pu finir par lui livrer les détails les plus sordides de mon passé alors que tout ce qu'il voulait, c'était prendre un peu de bon temps pendant l'été. Il y a encore quelques semaines, c'était ce que je désirais aussi, avant que je ne me transforme en cette pénitente rongée par le remords.

Je m'apprête à faire demi-tour vers la porte dégondée afin de jeter un œil à l'extérieur et de m'assurer qu'il n’y a toujours personne en vue lorsque je remarque quelque chose qui n’était pas là auparavant. Une bouteille de cognac à moitié vide et deux verres sont posés sur la petite tablette servant de comptoir à la kitchenette.

Ma gorge se serre. Dans un des verres, j’aperçois un fond de liquide ambré ainsi qu’une tache de rouge à lèvres sur le rebord. Josh a affirmé que son père ne se rendait jamais dans cette cabine. Tout du moins qu’il n’y avait pas mis les pieds depuis des années. Cela laisse donc deux options. Soit les cambrioleurs se sont accordé une pause en se servant un verre de cognac, soit Josh fréquente une autre femme que moi.

Je saisis le verre et laisse les vapeurs d’alcool et de caramel emplir mes narines. Mon estomac se retourne aussitôt, et l’envie me saisit au point de me donner un haut-le-cœur. À quoi bon me soucier des petits mensonges de Josh alors que quelqu’un souhaite ma mort ? Cela n’a rien de comparable. Loin de là.

Je repose le verre et j’enroule mes doigts autour du goulot de la bouteille, la soupesant un instant. Je me vois déjà en ôter le bouchon et la porter à mes lèvres, savourant la sensation de chaleur intense provoquée par le liquide qui s’écoule dans ma gorge. Quelques gorgées suffiront à me faire aller mieux. Quelques gorgées suffiront à me délester de ce poids qui m’accable sans arrêt ces derniers temps. Josh. Simon. La fille au bombers. Les bribes de souvenirs de cette fameuse nuit. Quelques gorgées et plus rien de tout cela n’aura d’importance.

Dehors, les aboiements d’un chien m’extirpent de ma rêverie. Je m’empresse de sortir et de dévaler les marches de la cabine, me retrouvant bientôt nez à nez avec deux femmes âgées accompagnées d’un bichon frisé tremblant sous le coup de l'excitation. Elles me dévisagent comme si j'étais à l'origine de ce chaos et qu'elles m'avaient prise la main dans le sac. La plus corpulente des deux femmes lève sa canne et la pointe directement sur moi.

— Cette cabine est celle de Richard Carter, dit-elle.

Son ton est accusateur et teinté d'indignation. Il faut dire que je n'arrange pas les choses, la bouteille de cognac encore à la main…

— Je sais. Je suis une amie de la famille.

La femme plisse les yeux derrière ses lunettes à double foyer, son caniche aboyant et tirant frénétiquement sur sa laisse. D'autres promeneurs avec leur chien arrivent désormais, poussant des exclamations horrifiées à la vue du spectacle des cabines saccagées. L'un d'entre eux – un homme d'une quarantaine d'années accompagné d'un labrador noir – sort son téléphone portable pour prendre des photos.

— Bande de salopards ! s'écrie-t-il. Si seulement je pouvais mettre la main sur eux !

La comparse de la vieille à la canne lève le menton en direction de la cabine de Richard.

— Nous devrions appeler la police, suggère-t-elle en dardant sur moi un regard lourd de reproches.

Elle me pense coupable.

Je retourne poser la bouteille dans la cabine et ressors aussitôt. Il faut que je me mêle à l'indignation collective.

— Ils ont enfoncé la porte mais n'ont pas pu aller plus loin. Regardez, dis-je en montrant les débris éparpillés sur le sable, il y a de la vaisselle brisée partout.

La vieille femme pince les lèvres.

— C'est une honte. Le fait de jeunes voyous désœuvrés, à coup sûr.

Je sors mon portable à mon tour. Je n'ai jamais appelé Josh auparavant. Il me répond, quelque peu surpris.

— La cabine de plage de ton père a été cambriolée. Les autres cabines aussi. Je m'y trouve en ce moment même.

— Merde ! je l'entends dire avant qu'il ne relaye l'information à son père.

— Papa me demande si tu peux prévenir Charlie du magasin de fournitures d'art. Il habite l'appartement juste au-dessus de sa boutique et pourra venir fixer une planche en bois sur la porte d'ici à notre retour. Papa l'appellerait bien lui-même mais il a oublié son portable avant de partir.

— Aucun problème.

Les deux femmes sont occupées à discuter avec quelqu'un d'autre. Il semblerait que je sois tirée d'affaire.

— Vous avez eu de la chance, je poursuis. Dans certaines cabines, des bouteilles de vin et de la vaisselle ont été brisées en mille morceaux.

Je prends une profonde inspiration. Une partie de moi meurt d'envie de faire mention du cognac et du lit défait, mais une autre m'en dissuade. Principalement parce qu'un esprit dérangé en a après moi et que je préférerais avoir Josh à mes côtés au cas où la situation viendrait à dégénérer. Aussi parce que je saurais à sa réaction si l'autre femme qu'il fréquente compte à ses yeux, et je ne suis pas sûre de le vouloir. Pas tout de suite.

29

Il pleut. La sacristie empeste encore plus l'humidité et le renfermé que d'habitude. Il est presque vingt heures et Helen n'est toujours pas arrivée. J'aurais dû l'appeler tout à l'heure – j'en avais d'ailleurs l'intention –, mais ça m'est complètement passé au-dessus de la tête avec cette histoire de cambriolages. Et puis Charlie m'a demandé de surveiller son magasin le temps qu'il aille clouer une planche de bois à la porte de la cabine de plage de Richard. J'ai encore du mal à croire qu'il m'ait demandé une telle chose. Confier son bien le plus précieux à une inconnue, sans un regard en arrière pour son matériel ou sa caisse remplie d'argent liquide…

Quand bien même, j'ai failli à mon rôle d'amie envers Helen au moment où elle avait le plus besoin de moi. Et si elle s'était réveillée et avait immédiatement recommencé à boire ? La vision de Simon m'apparaît soudain, tremblant et tressaillant à côté de moi, un filet de bave coulant le long de son menton. Mais ce n'est pas tout. À présent, je me souviens aussi que son téléphone portable sonnait et vibrait dans la poche de sa chemise tel un oiseau en cage. Pourquoi ce souvenir ressurgit-il maintenant ?

Je m'efforce de revenir à l'instant présent. L'atmosphère est différente, ce soir. Acné Man n'est pas venu, lui non plus, mais il y a une flopée de nouvelles têtes. Nouvelles pour moi, en tout cas. Un homme corpulent d'une quarantaine d'années au teint cireux, vêtu d'un jogging et de baskets blanches usées jusqu'à la corde. Il est assis à trois sièges de moi, mais je peux sentir d'ici l'odeur nauséabonde qu'il dégage. Jeremy, qui est assis juste à côté de lui, n'arrête pas de porter sa main à son nez, comme si celui-ci le démangeait. Est également présent un homme de vingt ou trente ans. J'ai senti son regard se poser sur moi par deux fois déjà. Le reste du temps, il se penche en avant – coudes posés sur les genoux – et se contente de fixer le sol.

C'est Rosie qui préside ce soir. Sur ses ongles a été maladroitement appliqué un vernis rose à paillettes qu'une gamine de sept ans n'aurait pas renié pour son déguisement. Elle parle d'une voix monocorde et mes paupières s'affaissent au bout de quelques minutes seulement. Je n'ai pas fait de nuit complète depuis deux jours maintenant et les effets commencent à peser sur mon corps, bien que mon esprit tourne toujours à mille à l'heure, lui.

Réduite à un murmure, la voix de Rosie me berce de la même manière que la radio de ma mère lorsqu'elle l'écoute à la nuit tombée. Je sombre dans un sommeil semi-conscient, mon attention de temps à autre retenue par une phrase qui me ramène à la surface.

— Cela ne suffit pas de s'excuser… Il te faut aussi agir…

J'ouvre les yeux. Pourquoi ai-je toujours la désagréable impression que chacune de ses phrases m'est en réalité destinée ? Comme si j'étais la seule personne présente dans la pièce. Même si le choix d'évoquer l'Étape 9 – celle qui consiste à se faire pardonner des gens que nous avons blessés – n'est probablement qu'une coïncidence. Mais après la deuxième enveloppe, je ne peux m'empêcher d'y voir autre chose. Et si Rosie en savait plus sur moi qu'elle ne le laisse paraître ? C'est de la parano, je le sais.

J'aurais préféré ne pas venir ce soir. Après tout, je pourrais me lever et sortir. Personne n'essaiera de m'arrêter et je n'aurai pas à justifier ma décision. Mais une force invisible me maintient clouée sur ma chaise. La même force qui m'a poussée à assister à ces réunions en premier lieu, et cela n'a rien à voir avec le calendrier que ma mère tient rigoureusement à jour, ni avec le regard dont elle me gratifie chaque fois qu'elle me soupçonne de ne pas m'être rendue à l'une d'entre elles.

Rosie me tombe dessus à la fin. Non pas que ça me surprenne. Nous sommes les deux seules femmes présentes ce soir. Peut-être est-ce la raison pour laquelle je ne prends pas mes jambes à mon cou. Parce que mon alliée habituelle n'est pas là pour me prêter main-forte, probablement occupée à se biturer chez elle.

— Pas d'Helen ce soir ?

— Non.

Elle se rapproche de moi pour me parler sur le ton de la confidence.

— Ce n'est pas mon genre de commérer mais…

Elle jette un regard en direction de Jeremy pour s'assurer qu'il n'entend pas notre conversation. Ce qui n'est pas vraiment nécessaire car Jeremy fait ce qu'il a toujours fait à la fin des réunions : servir le thé et le café aux participants, comme si nous sortions d'un entretien d'affaires et qu'il se devait de remercier chacun d'entre nous pour sa contribution.

— Je l'ai surprise en train d'acheter du vin, souffle-t-elle.

Mes narines frémissent. Son haleine sent le vieux cendrier.

— Elle en achetait très certainement pour un invité, je réponds.

Il n'est pas question que je lui parle des événements de la nuit passée. Ce ne sont pas ses oignons et ce serait trahir la confiance d'Helen qui n'est pas là pour se défendre.

Rosie émet un bruit à mi-chemin entre le rire et le soupir.

— Je comprends que vous vous entendiez à merveille, toutes les deux. Mais si tu espères vaincre ton addiction un jour, Astrid, je ne peux que te conseiller de te rapprocher de quelqu'un d'abstinent depuis plusieurs années. Quelqu'un qui a déjà fait l'expérience des Douze Étapes et qui pourra t'aider à les réaliser.

— Tu veux dire quelqu'un comme toi.

Rosie bat lentement des cils comme elle en a l'habitude. Entre ça et son teint grisâtre, elle me fait penser à un lézard.

Elle pose la main sur mon bras, réduisant sa voix à un murmure.

— Cette chose peut te tuer, Astrid. En as-tu bien conscience ? Laisse-moi t'aider.

Je me dégage de son emprise. C'en est trop. Elle se fait désormais intrusive. Et pourquoi une telle obsession vis-à-vis de moi ? Pourquoi s'est-elle mis en tête de m'aider moi et pas les autres ? Si elle soupçonne Helen d'avoir recommencé à boire, c'est elle qu'elle devrait plutôt chercher à aider.

Je sens son regard planté dans mon dos tandis que je quitte la sacristie. Peu importe le nombre de personnes qu'elle a pu soutenir par le passé. Je ne serai jamais un autre de ses foutus cobayes.

30

La voix qui résonne dans l'Interphone est pleine de méfiance.

— D'accord, tu peux monter.

Helen m'attend à l'entrée de son appartement. Si elle a le teint pâle et les traits tirés, elle a au moins l'air d'être sobre.

— Je m'inquiétais pour toi, dis-je. Surtout quand j'ai vu que tu étais absente ce soir.

Elle ouvre de grands yeux, une expression de surprise sur le visage. Elle se frappe le front avec la paume de la main.

— Merde ! J'avais complètement oublié la réunion !

— Tu n'as pas raté grand-chose, pour être honnête. Rosie a radoté toute la soirée au sujet du pardon.

Je lui emboîte le pas jusqu'au salon.

— Je vais nous préparer du thé, dit Helen.

Sa voix est plus enrouée que d'habitude. Elle évite aussi de croiser mon regard.

— Ça arrive à tout le monde de faire une rechute, Helen. Je suis sûre que tu t'en remettras.

Elle ne répond pas. Après ce qui me semble être une éternité, elle se décide enfin à parler.

— Je m'en veux tellement. Je n'arrive plus à me regarder dans la glace. Mais une chose est sûre, je ne fauterai plus jamais après ça. J'ai lu le Gros Livre toute la journée.

— Si tu es ressortie plus forte de cette épreuve, c'est qu'elle devait peut-être arriver.

Un sourire illumine son visage, comme si je venais de lui ôter un poids des épaules. Elle s'absente dans la cuisine pour mettre la bouilloire à chauffer.

— Je te suis infiniment reconnaissante d'être venue hier soir. Pourtant, j'aurais préféré que tu n'aies jamais à me voir dans cet état…

— Ce n'était pas si terrible. Tu t'es endormie quasiment à la minute où je suis arrivée.

Elle baisse la tête, encore honteuse.

Quelques instants plus tard, elle revient avec le thé.

— Et toi, comment vas-tu ?

— Oh, Helen, je ne vais pas t'infliger mes problèmes à nouveau. Tu en as déjà assez bavé comme ça.

— Peut-être qu'en nous intéressant aux problèmes de l'autre, nos propres problèmes nous paraîtront moins graves que nous ne le pensions.

Elle sourit, avant d'ajouter non sans ironie :

— Nous aurions mieux fait d'écouter les sermons de Rosie plus attentivement. Elle détient peut-être les clés de notre rémission, après tout.

— Peut-être.

— Alors, raconte. Qu'est-ce qui s'est passé ?

La nausée me prend au moment où je m'apprête à porter la tasse de thé à mes lèvres. Je me ravise.

Helen se penche en avant.

— Ne me dis pas que tu as reçu une autre photo de Simon ?

— Quelqu'un a réussi à duper ma mère pour se faire inviter dans la maison. Une fille qui me suit depuis plusieurs semaines. Elle en a profité pour laisser une deuxième enveloppe. Pas de photo cette fois, mais un extrait de journal. Une rubrique nécrologique avec mon nom inscrit dessus.

Helen porte une main à sa gorge.

— Il y avait aussi un message. Un horrible, horrible message.

Helen me dévisage, perplexe.

— C'est qui cette fille ?

— Aucune idée. Mais c'est elle qui est à l'origine de tout ça.

Helen fronce les sourcils.

— Comment peux-tu en être sûre ?

— Parce qu'elle a volé la balle de jonglage de Simon et m'a laissé ce message.

Les mots restent coincés au fond de ma gorge.

— Il y a un secret dont je pensais que seul Simon était au courant. Un secret que je n'ai jamais confié à personne d'autre. Pas même aux psys du centre de désintoxication. Il est trop… honteux.

— As-tu envie de me le confier ?

— J'en ai envie, oui… mais je ne suis pas sûre d'en avoir la force.

— Attends une minute, dit-elle. Il faut faire ça dans les règles.

— Qu'est-ce que tu veux dire ?

Elle se lève et se dirige vers son bureau. Elle ouvre un tiroir et reprend :

— C'est un truc auquel je n'arrête pas de penser depuis le réveil.

Elle revient avec une page photocopiée du Gros Livre et la pose sur la table basse entre nous.

— Regarde, je sais qu'on est censé suivre les étapes dans l'ordre chronologique, mais puisque nous avons toutes les deux du mal avec tout ce qui concerne Dieu, je me disais qu'on pouvait se concentrer sur les étapes plus terre à terre.

Sa rechute semble lui avoir fait l'effet d'une décharge électrique. La voilà plus déterminée que jamais à prendre le chemin de la rémission. Et elle a effectivement l'air bien plus en forme qu'hier soir. Et si moi aussi je dois passer par ces fichues Douze Étapes, alors je préfère cent fois que ce soit avec l'aide d'Helen plutôt qu'avec celle de Rosie.

Elle attire mon attention sur les passages soulignés. Je remarque qu'une bonne partie du texte a été rayée, notamment toutes les références à Dieu, et que la photocopie est criblée d'annotations et de flèches en tous sens.

— L'Étape 4, par exemple : *Procéder sans crainte à un inventaire moral minutieux de nous-mêmes.* On pourrait faire celle-ci et la combiner à l'Étape 8 en ajoutant la liste de toutes les fautes que nous avons commises au fil des années.

J'essaye de ne rien laisser paraître. J'ai entendu dire qu'il fallait des mois pour parvenir au bout de l'Étape 4, mais je ne veux pas lui saper le moral. Même si je doute que Rosie et Jeremy approuveraient que nous écartions un certain nombre d'étapes, tout ça parce que nous ne les jugeons pas légitimes. Encore moins que nous les mélangions en prenant bien soin de laisser de côté toute considération sur Dieu. D'ailleurs, je doute qu'aucun des fanatiques des Douze Étapes que j'ai croisés en cure de désintoxication approuverait cette méthode.

— Et ensuite on pourrait faire l'Étape 5, poursuit-elle. Ou plutôt une version améliorée. Et enfin s'échanger nos listes pour les lire. De cette façon, on pourra…

Elle se penche sur la feuille pour trouver la formulation précise.

— *Avouer à nous-mêmes et à un autre être humain la nature exacte de nos torts.*

Je déglutis avec peine, car c'est exactement ce que Simon et moi avons fait. C'est la raison pour laquelle je suis dans le pétrin aujourd'hui. Et pourtant il y a du vrai dans ce qu'elle raconte. Faire les étapes à notre propre sauce est toujours mieux que de ne pas les faire du tout.

— Réfléchis-y, Astrid. Si tu parviens à combattre tes vieux démons et à faire face à tes actes passés, tu seras enfin libérée du fardeau de la peur.

— Eh bien, dit comme ça…

Helen retourne à son bureau et revient armée de feuilles de papier vierges et de stylos.

— Rien ne vaut l'instant présent.

Pendant les quinze ou vingt minutes qui suivent, nous restons assises en silence, occupées à dresser la liste des maux que nous avons pu causer. Est-ce là la seule solution ? Suis-je véritablement obligée de passer par là pour aller mieux ? En faisant face à chacune de mes tristes vérités en les posant face visible sur la table comme les cartes d'un jeu de tarot ? Il y a pourtant des secrets qui feraient mieux de le rester. Mais j'ai déjà versé dans la confidence auprès d'Helen, alors autant aller jusqu'au bout.

— D'accord, dis-je enfin. Je crois que j'ai atteint le point de saturation.

— Moi aussi, répond Helen en posant son stylo pour se frotter les yeux.

— À toi l'honneur, je lance.

Elle s'éclaircit la gorge, les yeux baissés sur ses notes.

— Il n'y a pas d'ordre particulier dans ce que j'ai écrit.

Je hoche la tête en signe d'encouragement.

— Donc, numéro un : j'ai fait honte à mes collègues devant un client très important et fait perdre une grosse somme d'argent à mon entreprise.

Elle ferme les yeux et pousse un soupir.

— Je suis mortifiée rien que d'y penser.

Elle se racle de nouveau la gorge.

— Numéro deux : j'ai dit à ma meilleure amie d'aller se faire foutre en souhaitant sa mort alors qu'elle essayait seulement de m'aider. Numéro trois : j'ai vomi dans les rayons de la librairie Waterstones. Il y en avait partout sur la pile des livres à moitié prix. Ce qui ne m'a pas empêchée d'être odieuse quand la direction m'a demandé de les rembourser.

Un sourire se dessine sur mes lèvres. C'est plus fort que moi. Je m'efforce de me contenir en relisant ma propre liste de faits plus sordides les uns que les autres. Cet exercice n'est pas censé être pris à la légère.

— Numéro quatre : sous l'emprise de l'alcool, j'ai révélé à mes neveux et nièces un secret sur leur mère que j'avais juré de ne révéler à personne. Ma sœur refuse catégoriquement de m'adresser la parole depuis.

Tout comme Simon m'avait promis, je pense, et une fois encore, les souvenirs de cette nuit me reviennent par bribes.

Helen lève les yeux vers le plafond quelques instants avant de reprendre.

— Numéro cinq, commence-t-elle avant de marquer une pause pour prendre une profonde inspiration.

Elle a gardé le pire pour la fin. J'ai eu exactement le même réflexe.

— J'ai foutu en l'air l'amour de ma vie. Il était prêt à me donner une seconde chance et je l'ai repoussé quand même.

Ses yeux s'emplissent de larmes et elle ramène les bras contre sa poitrine en se balançant d'avant en arrière sur son fauteuil. Ma gorge se noue. Rien, absolument rien ne prête à rire dans cette liste.

Cela n'a pas d'importance que je lui réponde ou non. Le but était qu'elle énonce ces faits à haute voix et qu'elle puisse vider son sac en présence d'une oreille attentive.

— As-tu commencé à réfléchir à la façon dont tu pourrais te faire pardonner auprès de toutes ces personnes ?

Je sais que je vais trop vite en besogne, mais je ne me sens pas encore d'attaque à lire ma propre liste.

Helen regarde ses notes.

— Je suppose que je pourrais envoyer une lettre d'excuse à mes anciens collègues. Je pourrais aussi leur proposer de travailler pour eux bénévolement pendant quelque temps. Il est peu probable qu'ils acceptent, mais j'aurais au moins proposé.

— Ça me semble être une excellente idée.

Pendant les dix minutes qui suivent, nous élaborons des stratagèmes afin qu'Helen puisse demander pardon à tous ceux qu'elle a blessés. Pour certains, ce sera évidemment loin d'être aisé. Elle a du mal à voir comment son mari, sa meilleure amie et sa sœur accepteraient un jour de lui pardonner. Mais la moindre des choses est d'essayer.

À présent, mon tour de lire est venu. Je suis persuadée au fond de moi que mes méfaits sont cent fois pires que ceux d'Helen, mais nous vivons chacune une expérience différente, avec notre propre notion du pire.

En lisant, je me remémore le cauchemar que j'ai fait il y a peu, dans lequel Richard Carter énonçait les fautes qu'il avait lui-même commises tout au long de sa vie, debout au milieu du centre communautaire de Flinstead. Curieusement, j'emploie le même ton monocorde que lui. Aussi, je transforme en une sorte de chant liturgique des informations telles que : « J'ai couché avec le mec d'une amie à l'arrière de sa voiture alors qu'elle était partie rendre visite à ses parents. » Cependant, au moment d'évoquer la fois où j'ai « supplié mon père de m'avancer de l'argent pour payer le loyer de ma nouvelle coloc que j'ai finalement dilapidé en intégralité dans une beuverie de trois jours à Bruges », ma voix commence à se briser.

— Tu connais le fait suivant parce que je t'en ai déjà parlé. J'ai encouragé Simon à reprendre la boisson.

Helen m'adresse un sourire timide.

Ça y est. Le moment fatidique est arrivé.

— Allez, m'encourage Helen. Tu verras, ça n'aura pas l'air aussi terrible une fois que tu l'auras dit à haute voix.

— Oh que si.

— Ce n'est pas grave. Lance-toi quand même.

Alors je me lance. Je lui raconte tout ce dont j'arrive à me souvenir, essayant par la même occasion de recoller les bribes de souvenirs ensemble.

— J'aimerais enfin réussir à démêler le vrai du faux mais c'est impossible. Le seul fait dont je suis absolument certaine, c'est que quelque chose de terrible est arrivé cette nuit-là. Nous avons fait du mal à une jeune mère innocente sous les yeux de son enfant. Et pour quoi ? Pour une poignée de pièces de monnaie ou un truc minable du genre.

Je n'arrive pas à croire ce que je suis en train de faire. J'ai gardé ce secret enfoui pendant si longtemps que j'ai fini par me convaincre que rien de tout cela n'était réellement arrivé. Qu'il ne s'agissait que d'un mauvais rêve. J'ai l'impression de trahir Simon en me livrant ainsi. Et pourtant, il a été le premier à le faire. Il a été le premier à *trahir* notre secret.

Helen a raison, cependant. Même si en parler ne l'a pas rendu moins choquant ou honteux, j'ai tout de même la sensation de m'être libérée d'un poids et qu'il m'est désormais possible de respirer plus librement.

Les larmes me montent aux yeux.

— Elle a peut-être été grièvement blessée.

Je joins les mains pour les serrer.

— Et même si elle ne l'a pas été, qui sait quel traumatisme nous avons dû lui infliger, à elle et son pauvre petit ?

Je me retiens de partager avec Helen l'idée qui me traverse l'esprit chaque fois que je repense à cette nuit, à savoir que cette femme a peut-être perdu la vie. Mon estomac se noue. La nouvelle aurait certainement fait le tour des journaux si cela avait été le cas. Mais je ne peux m'empêcher de douter.

J'entends la voix de Rosie tourner en boucle dans ma tête, comme un disque rayé. *Cela ne suffit pas de s'excuser... Il te faut aussi agir.*

Si Simon essayait véritablement de suivre les Douze Étapes avant que je ne réapparaisse dans sa vie, avait-il été capable d'atteindre l'Étape 9 ? Avait-il cherché à retrouver cette jeune femme pour lui demander pardon ? Peut-être a-t-elle exprimé son désir de vengeance dès lors qu'elle a appris qui j'étais.

Sauf que rien de tout cela n'a de sens. Comment aurait-elle réussi à se procurer la photo ? Simon ne se serait jamais laissé photographier ainsi par une quasi-inconnue. Non, il devait connaître la personne. Plus encore, il devait l'apprécier car elle était certainement liée à sa rémission.

Mais à présent que l'idée commence à germer dans mon esprit, je n'arrive plus à l'écarter. Et si Simon l'avait *effectivement* retrouvée et qu'elle lui avait pardonné ? Dieu sait comme il pouvait se montrer convaincant quand il le voulait. D'autant plus quand il était sobre. Elle aurait très bien pu tomber amoureuse de lui et m'en vouloir à mort en apprenant que j'étais la raison qui l'avait poussé au suicide.

Tout finit par se payer. Et il est grand temps pour toi de payer pour ce que tu as fait.

Helen se penche vers moi. Ses lèvres bougent, mais je n'entends pas ce qu'elle dit.

Enfin, je reviens à moi.

— Parle-moi, Astrid. Parle-moi. À quoi penses-tu ?

Je pense à ma mère seule dans son cottage, ignorant tout du danger qui me guette. Ignorant le danger qui pourrait la guetter elle aussi. Tout ça à cause de moi et de mes actes inconsidérés. J'aurais mieux fait de rentrer directement à la maison après la réunion. J'aurais pu attendre demain pour tout raconter à Helen.

— Je suis désolée, Helen, mais je dois m'en aller.

31

Ma mère est occupée à se brosser les cheveux lorsque je passe la tête par la porte de sa chambre, la poitrine encore douloureuse d'avoir couru jusqu'ici. Elle lève vers moi des yeux surpris, l'air soudain inquiète. C'est à cet instant précis que la vérité me saute aux yeux, même si je la savais enfouie en moi depuis toujours. Il n'existe rien de plus fort au monde que l'amour que me porte ma mère. Un amour absolu, protecteur, que seule une femme qui a enfanté est capable de donner. Et moi aussi je l'aime.

Le vieux cardigan de mon père est étendu sur son lit, juste à côté de son oreiller. Mon regard s'attarde dessus, puis se reporte sur ma mère. L'idée qu'elle s'y accroche toutes les nuits le visage baigné de larmes m'est insupportable.

— Pourquoi es-tu essoufflée ? me demande-t-elle.

Je me creuse la tête à la recherche d'une réponse qui tienne la route.

— Je suis allée faire un footing. Je préfère le faire le soir quand il n'y a plus personne dans les rues.

Ma mère plisse les yeux.

— Est-ce que tu vas bien, Astrid ? T'est-il arrivé quelque chose ? Tu n'as pas l'air…

Elle ravale ses mots et se dirige vers sa coiffeuse pour prendre son pot de crème Nivea. Elle en applique sur sa peau, l'air songeuse.

— Tout va bien. Je ne suis pas une grande sportive, c'est tout. As-tu verrouillé la porte de derrière ?

Elle me dévisage, à la fois amusée et étonnée de ma question.

— Oui, bien sûr. Veux-tu me dire pourquoi tu es si nerveuse depuis plusieurs jours ? Je te rappelle que nous habitons à Flinstead. Une des villes avec le plus faible taux de criminalité de tout le pays.

Elle referme le pot de crème.

— Et depuis quand te soucies-tu de savoir si j'ai bien verrouillé la porte de derrière ?

— Depuis que tu laisses des inconnus entrer chez nous.

— Encore cette histoire…

La lumière artificielle lui donne un teint cireux et blafard. Sous ses yeux, les cernes paraissent encore plus creusés qu'à l'accoutumée.

— Bonne nuit, maman.

— Bonne nuit, ma chérie, répond-elle.

Une fois en bas, je ne peux résister à la tentation de tourner la poignée de la porte de derrière. Lorsqu'elle s'ouvre sur la nuit glaciale, un frisson remonte le long de ma colonne vertébrale. N'importe qui aurait pu s'introduire pendant que ma mère était en train de faire sa toilette à l'étage. Elle s'est toujours montrée laxiste en matière de sécurité. Et moi aussi. Seul mon père veillait à ce que toutes les portes soient verrouillées avant d'aller se coucher. Seul mon père veillait sur nous.

Je lève la poignée et tourne le loquet le plus rapidement et silencieusement possible. C'est ridicule. Nous vivons dans une maison mitoyenne. La seule façon pour quelqu'un de s'y introduire serait de passer par le jardin non sans avoir d'abord escaladé les barrières qui le délimitent. Il n'y a aucune chance que qui que ce soit prenne de tels risques. Pas quand il existe des moyens plus faciles – et plus insidieux – de m'atteindre.

Peu importe, je décide tout de même de faire une dernière ronde, vérifiant également la porte d'entrée et testant la résistance de chacune des fenêtres. Puis je vais dans la cuisine me préparer un café. Je sais que c'est une mauvaise idée alors que la soirée est déjà bien avancée, mais ce n'est pas non plus comme si j'allais parvenir à trouver le sommeil. Alors quelle différence un peu de caféine pourrait-elle bien faire ?

Je sursaute lorsque mon portable se met à vibrer dans ma poche. Un SMS de Josh.

« Papa rentre demain pour s'occuper de la cabine de plage mais je vais rester un jour de plus pour passer du temps avec mes cousins. Tu peux rendre visite à mon père demain après-midi si tu veux avancer sur ta peinture. Bises. »

Je lui réponds un message plein d'enthousiasme, tout en m'en voulant d'être affectée par son retour différé. Mais il faut bien dire que la vie paraît beaucoup plus simple quand je suis avec lui.

Ma tasse de café à la main, je m'installe dans le salon, prenant bien soin de n'allumer la lumière qu'une fois les rideaux tirés. Encore une chose que ma mère ne fait jamais. J'ai beau lui avoir dit qu'on pouvait tout voir depuis la rue, elle n'a jamais eu l'air de s'en soucier. Peut-être que si elle savait que quelqu'un espionnait sa fille, elle ferait plus attention. D'autant qu'elle-même est peut-être espionnée aussi.

Cette fille a franchi une limite en se faisant inviter ici sous un faux prétexte. En envahissant notre sphère privée. En touchant nos affaires. Il faut avoir du cran, je lui reconnais bien ça. Ce qui m'inquiète d'autant plus sur ce dont elle serait capable.

Le jour suivant s'annonce gris et froid. J'ai passé la nuit à me tourner et me retourner dans mon lit, essayant vainement de faire le tri dans le chaos de mes pensées. Faute de dormir, j'ai somnolé par intermittence. Parmi toutes mes préoccupations, je me suis souvenue que je n'étais jamais allée parler au bénévole d'Oxfam. Celui qui, selon Rosie, a vendu le T-shirt des Cranberries. Depuis le temps, il est peu probable qu'il se souvienne de la personne qui a fait don du T-shirt, et même si c'était toujours le cas, il refuserait certainement de me donner son nom. Quand bien même, cela vaudrait la peine d'essayer. Et peu importe qu'il travaille aujourd'hui ou non, j'ai désespérément besoin de me changer les idées.

Je ne suis pas à l'aise à l'idée de laisser ma mère seule, mais j'ai encore moins envie de passer la journée enfermée avec elle dans ce triste petit cottage. Par ailleurs, je lui ai fait promettre d'être plus prudente. Il semblerait que mon histoire de cambrioleurs qui se font d'abord inviter dans les maisons ait porté ses fruits. En effet, elle s'est enfin décidée à verrouiller les portes.

C'est la première fois que j'enfile mon manteau depuis une éternité, et après le temps magnifique dont nous avons été gratifiés ces dernières semaines, la grisaille semble annoncer un mauvais présage. Et si c'était cette fille qui avait fait don du T-shirt des Cranberries à Oxfam ? Après tout, elle avait bien en sa possession une photo de Simon.

Je regarde de part et d'autre de la rue avant de prendre la direction de la boutique. Qui sait combien de fois elle a attendu que je quitte la maison pour me suivre ? Terrée à quelques mètres seulement, à l'affût du moindre de mes mouvements. Je ne la laisserai plus m'épier comme si j'étais sa proie. Je ne la laisserai plus jouer avec ma santé mentale. Si c'est bien ce qu'elle essaye de faire depuis le début. À coups d'images lugubres, de menaces à peine voilées. Pire, en impliquant ma mère.

À présent que j'ai décidé de la retrouver, la peur a quelque peu fait place au courage. Au contrôle. Elle est devenue la proie, et moi, le chasseur.

Le calme règne sur Flinstead Road. Il est encore trop tôt pour sortir et même les quelques retraités habitués à faire leurs courses aux heures les plus matinales sont plus rares qu'à l'accoutumée. Sans doute à cause de la météo exécrable. La boutique Oxfam n'a pas encore ouvert ses portes et je pousse un peu plus loin pour tuer le temps. Je ne sais pas encore ce que je vais dire une fois à l'intérieur, mais les mots justes arriveront le moment venu. À condition que le volontaire dont m'a parlé Rosie travaille aujourd'hui.

Je traverse régulièrement la route afin de pouvoir regarder autour de moi sans avoir l'air trop louche.

Peine perdue, à mon avis, tant ma démarche est peu naturelle. Quelle personne saine d'esprit s'amuserait à changer de trottoir toutes les deux minutes à même pas neuf heures du matin ? J'aurais dû prendre un panier avec moi. J'aurais au moins donné l'impression de faire les courses.

Un peu plus haut, une fille vêtue d'un jean et d'un sweat-shirt à la capuche rabattue descend d'une voiture. Je me fige. Elle ne porte peut-être pas de bombers, mais elle a exactement la même morphologie. Ma mère me l'a décrite comme petite, fine et brune. Exactement comme la fille sur laquelle j'ai failli trébucher il y a quelques semaines. La fille que je n'arrête pas de voir depuis.

J'accélère le pas. Je ne me suis jamais suffisamment approchée pour voir son visage de près. À part la fois où elle était accroupie juste devant moi. Cela étant, j'étais tellement obsédée par l'idée que le fantôme de Simon puisse être revenu me hanter que je n'ai pas fait plus attention que cela à son apparence. Je ferais un bien piètre témoin. Peu importe, je dois en avoir le cœur net.

Elle regarde dans la vitrine du marchand de journaux et je ralentis le pas par peur de me faire repérer. Aussitôt qu'elle tourne les talons pour repartir, j'accélère de nouveau. Je suis tellement déterminée à ne pas la perdre de vue que je manque de me cogner contre un de ces fichus scooters en libre-service. Et alors que je détourne le regard un court instant afin d'éviter l'obstacle, la fille parvient à disparaître de mon champ de vision. Je cours vers le dernier endroit où je l'ai aperçue, à savoir juste devant l'entrée de la boulangerie. Je ne m'arrête pas devant l'étalage de viennoiseries et de gâteaux et continue de marcher sur le bord du trottoir pour avoir une meilleure vue sur l'intérieur de la boutique. Elle est là, dans la file d'attente.

Mon sang ne fait qu'un tour et je reste plantée là, incapable de faire autre chose que de la dévisager. Il pourrait bien s'agir d'elle. Si seulement je pouvais voir la couleur de ses cheveux. Lorsque son tour d'être servie arrive, elle retire enfin sa capuche, dévoilant une tignasse blonde coupée court. Je m'éloigne, déçue. Bon sang, qu'est-ce qui m'a pris de suivre une inconnue dont le seul méfait est d'être allée chercher son pain à la boulangerie ?

Je rebrousse chemin en direction de la boutique Oxfam qui affiche désormais ouvert. En entrant, j'ai la mauvaise surprise de n'y trouver personne d'autre à l'exception de Rosie. Par chance, elle est occupée à attraper une petite assiette en porcelaine de Chine que lui désigne une cliente. Je tourne les talons pour m'en aller avant qu'elle ne m'aperçoive mais c'est finalement la cliente qui me surprend.

— Bonjour, Astrid. Comment vas-tu ?

Je cligne des yeux, cherchant à savoir qui elle est et comment elle connaît mon prénom. Ça y est ! L'amie de ma mère, Pam. Celle qui s'est empressée de décrocher son téléphone pour dire à ma mère qu'elle m'avait vue sortir du pub. Soit la dernière personne au monde à qui j'ai envie d'adresser la parole, mais si je ne le fais pas, elle ne manquera pas de cafter auprès de ma mère en lui rapportant mon comportement étrange. Et l'inquisition de recommencer.

— Je vais bien, merci.

Certainement pas grâce à toi, je voudrais pouvoir ajouter.

— Puisque tu es là, puis-je te demander une faveur ? J'ai repéré une adorable veste qui ferait énormément plaisir à ma Christine. Étant donné que vous avez toutes les deux à peu près la même corpulence, je me demandais si tu pourrais l'essayer pour voir ce qu'elle rend ?

Elle me tend une veste en cuir souple qu'elle gardait sur son bras et tient mon manteau pendant que je l'enfile. Puis elle recule d'un pas pour mieux m'examiner. Je sens le regard de Rosie posé sur moi aussi, me parcourant de la tête aux pieds. Je me retourne afin que Pam puisse voir l'arrière de la veste, et elle estime enfin que cette dernière ravira sa fille.

Elle me ravirait moi aussi tant elle est agréable à porter. Par ailleurs, elle me va comme un gant. Mais elle coûte dix-huit livres et, bien que le prix soit ridiculement bas pour une veste en cuir, je suis loin d'avoir les moyens de me l'offrir.

Dehors, une brume froide venue de la mer s'est emparée de la rue, la plongeant dans un voile froid et gris. Il n'y a désormais plus âme qui vive et une atmosphère inquiétante s'est installée dans les environs. L'endroit a des airs de film d'épouvante.

Tout finit par se payer. Et il est grand temps pour toi de payer pour ce que tu as fait. Les mots résonnent dans ma tête, plus menaçants que jamais. Le problème étant que je ne me trouve pas dans un film mais bien dans la réalité. Remontant le col de mon manteau, je me hâte de rentrer.

32

Je suis les conseils de Josh et pars à Mistden pour reprendre mon travail de peinture, ou du moins essayer. En outre, ma mère commencerait à avoir de sérieux doutes sur ma santé mentale si je restais à la maison à surveiller le moindre recoin. Je regrette ma décision à la seconde où Richard Carter m'ouvre sa porte. Aucune trace du sourire aimable et détendu avec lequel il m'accueille chaque fois que nous nous croisons. Non, depuis ce mystérieux échange téléphonique, son comportement a changé.

Il fait un pas de côté pour me laisser entrer.

— Je te suis reconnaissant de m'être venue en aide au sujet de la cabine de plage, Astrid, dit-il.

Quel est ce ton étrangement formel que je ne lui connais pas ? Les mots qui sortent de sa bouche n'ont aucune saveur.

Il m'emboîte le pas jusqu'à l'emplacement du chevalet.

— Charlie m'a dit que tu avais accepté de surveiller sa boutique pour lui.

— Oui, c'était sympa. Je me suis beaucoup amusée à le faire.

Enfin, il cesse de fuir mon regard.

— Il me semble d'ailleurs qu'il est à la recherche d'un employé à temps partiel. Je m'entretiendrai avec lui si tu le souhaites. Bien que tu meures certainement d'envie de retrouver ta vie de Londonienne.

Ma vie de Londonienne. Dit comme ça, on croirait à un rêve. Le summum du cool. Et pourtant, j'hallucine ou bien la façon dont il a prononcé la fin de sa phrase laisse entendre qu'il sait que la vérité est loin d'être aussi glamour ?

Je repense à mon dernier squat. Le matelas crasseux. L'odeur répugnante de moisi. Les souris.

— Dès que la santé de ta mère se sera améliorée, bien sûr.

Là aussi, difficile d'interpréter le sourire qui se dessine sur son visage.

Je m'empresse de préparer ma palette de peinture tandis que le rouge me monte aux joues. Je n'ai pas besoin de lui répondre. J'en serais bien incapable. Ma gorge est si serrée qu'aucun mot n'en sortirait. D'autre part, s'il sait que j'ai menti à son fils et que je lui ai menti à lui aussi, ce n'est qu'une question de temps avant qu'il n'en fasse part à Josh. Si ce n'est pas déjà fait. Quelle idiote j'ai été en leur cachant la vérité ! Ce sont des types bien, ils ne m'en auraient pas voulu. Je suis persuadée qu'ils ne m'en auraient pas voulu. Mais après un mois de mensonges éhontés… comment pourraient-ils me pardonner ?

Je m'efforce de lever les yeux vers lui.

— J'étais entre deux jobs de toute façon.

— Tout comme Josh, répond Richard. Il me manquera une fois qu'il sera reparti à Londres pour son travail.

Je m'apprête à ajouter « Moi aussi » avant de me raviser. Car s'il s'avère que j'ai vu juste et que Richard a bel et bien appris la vérité sur mon passé, qui sait si Josh acceptera de garder contact avec moi ? J'ouvre l'étui à pinceaux, consciente de la présence de Richard dans l'encadrement de la porte.

— Josh peine à se remettre du décès de sa mère, vois-tu.

Il semble avoir pesé chacun de ses mots, comme s'il se retenait de me dire ce qu'il a réellement en tête.

— Cela n'a pas été facile pour nous de nous habituer à son absence et je… je ne voudrais pas qu'il souffre à nouveau.

Mon cœur s'arrête de battre. Il sait quelque chose. Pourquoi sinon me dire une chose pareille ? À qui parlait-il au téléphone l'autre jour ? Qui l'a averti à mon sujet ?

La sonnette de l'Interphone retentit soudain.

— Ce doit être Jez, dit Richard sans pour autant bouger d'un millimètre.

Il voudrait me dire autre chose. Je peux le lire sur son visage.

— Un de mes amis du club nautique, explique-t-il. Il vient me donner un coup de main sur quelques questions légales. On ne sait jamais quand on va avoir besoin d'un bon avocat, et Jez est honnête comme pas un.

Le mot « honnête » flotte quelques instants dans la pièce. S'agissait-il d'un message codé ?

Lorsqu'il se décide enfin à aller à la rencontre de son invité, la pression accumulée dans mes épaules et mon cou retombe d'un coup. Je suis à deux doigts d'éclater en sanglots. Je commençais à apprécier cette nouvelle version de moi-même. Une jeune femme responsable et serviable. Une fille modèle. Ce qui a débuté comme une simple couverture fait désormais partie intégrante de mon être. Et je donnerais n'importe quoi pour que le château de cartes ne s'effondre pas aussitôt après avoir été construit.

Après toutes ces années passées à croire que je ne vivais que pour l'excitation et le danger, j'ai enfin découvert ma nature profonde. Celle qui, à la vie trépidante des grandes villes, préfère une existence ordinaire en compagnie d'âmes douces et généreuses comme Josh et son père. Un quotidien simple ponctué par la peinture et les promenades sur la plage. Et voilà que j'ai tout foutu en l'air en cachant la vérité à des personnes qui méritaient de la connaître.

J'identifie immédiatement la voix dans le hall d'entrée et je me fige. Je n'ai pas le temps de foncer me planquer aux toilettes que Richard réapparaît déjà, suivi de son invité.

— Jez, je te présente Astrid, la nouvelle petite copine de mon fils. C'est une artiste très talentueuse, comme tu peux le voir. Elle est en train de réaliser un trompe-l'œil pour moi.

Jeremy des Alcooliques anonymes me regarde droit dans les yeux. L'air vient à me manquer. Ça ne peut être que lui. À coup sûr, il a parlé de moi à Richard, brisant ainsi le secret. Bafouant le code des Alcooliques anonymes. Comment a-t-il osé ?

Il me tend sa main parfaitement manucurée.

— Ravi de faire votre connaissance, Astrid.

— De… de même. Je veux dire, tout le plaisir est pour moi.

Jeremy me répond par ce qui semble être un clin d'œil. Peut-être essaye-t-il de me rassurer. Il se pourrait finalement que je fasse fausse route et qu'il n'ait rien dit à Richard. Que mon secret soit en sécurité avec lui. Il se pourrait même que Richard ignore que « Jez » est un alcoolique repenti et que son changement de comportement ne soit que le fruit de mon imagination. Auquel cas je n'ai rien à craindre.

Mais pour combien de temps encore ?

Jeremy s'approche de ma peinture pour l'examiner, les mains jointes derrière le dos.

— Ce sont les jeux d'ombres qui rendent les trompe-l'œil si réalistes, n'est-ce pas ? demande-t-il en se grattant le menton.

Mon cœur bat à toute allure lorsqu'il recule d'un pas et penche la tête de côté.

— C'est ce qu'on appelle l'art de la supercherie.

— Tu t'amuses bien avec ta famille ?

Silence à l'autre bout du fil. Mon Dieu, j'avais raison. Josh est au courant.

— Oui, j'ai rattrapé le temps perdu avec mes cousins. Tu auras bientôt l'occasion de les rencontrer, d'ailleurs.

Je pousse un soupir de soulagement, tout à coup libérée d'un poids. Il faut vraiment que j'arrête la parano. Tout va bien. Je peux encore arranger la situation. La voix de Josh me parvient par intermittence.

Je traverse la cuisine pour sortir dans le jardin où j'espère que le réseau sera meilleur.

— Ah bon ? je réponds en m'éloignant le plus possible de Richard et de Jeremy qui discutent dans le salon.

Installés près de la porte-fenêtre grande ouverte, ils ont tous les deux la tête baissée sur une pile de paperasse.

— Mon père a soixante ans la semaine prochaine, et il voudrait organiser une fête pour l'occasion. Une sorte de pendaison de crémaillère couplée avec son anniversaire. Il a évoqué l'idée sur la route du Berkshire. C'est une organisation de dernière minute mais il a toujours été comme ça. Il va envoyer les mails d'invitation d'ici ce soir.

L'image de convives arpentant cette magnifique demeure me vient à l'esprit. Leurs éclats de voix et de rire résonnant dans toutes les pièces. J'entends déjà sauter les bouchons des bouteilles de champagne et couler le liquide pétillant. Les verres tinter les uns contre les autres. Ce sera comme se trouver de nouveau au Flinstead Arms. Mes jambes vacillent rien que d'y penser.

— Super.

— Tu seras notre artiste en résidence, poursuit Josh. J'ai hâte de te présenter. Oh, et mon père dit que tu peux venir avec ta mère si le cœur lui en dit.

Je frémis à l'idée que ma mère prenne elle aussi part aux festivités, même si je doute que Richard ou Josh osent aborder avec elle le sujet de sa prétendue dépression. C'est une chose que les gens préfèrent généralement éviter, surtout dans des événements comme celui-ci. Mais si c'était le cas ? Ma mère serait furieuse d'apprendre que j'ai menti à son propos. Notre relation redeviendrait aussi chaotique que lorsque je suis sortie de ma cure de désintoxication. Et même si rien de tout cela ne devait arriver, elle pourrait toujours laisser échapper quelque chose sur mon passé ou répondre un peu trop sincèrement à une question. Elle a toujours été incapable de mentir. Toujours. C'est contraire aux valeurs des quakers.

— Je lui ferai la proposition ce soir, je réponds tout en sachant que je n'en ferai rien.

Les mots de Jeremy me reviennent à l'esprit. *L'art de la supercherie*. Peut-être ne parlait-il que du trompe-l'œil. Quand bien même, je ne vais pas pouvoir continuer à leur mentir indéfiniment.

33

Cela ne fait pas cinq minutes que j'ai dit au revoir à Richard et Jeremy qu'il se met à pleuvoir à torrents. Un véritable déluge s'abat sur moi et, en un rien de temps, je suis trempée de la tête aux pieds. Poussée par les rafales de vent, la pluie s'écrase violemment sur la chaussée et vient coller des mèches de cheveux mouillés en travers de mon visage. Le temps que j'atteigne le bout de l'allée et que je tourne à gauche sur la route principale, les nids-de-poule sont pleins à ras bord et les voitures qui roulent dedans projettent de grosses gerbes d'eau à plusieurs mètres à la ronde. Il n'y a nulle part où s'abriter à l'exception de l'Abribus tout au bout de la route. Je n'ai donc d'autre choix que d'avancer tant bien que mal sous la pluie battante.

Je ne remarque pas la voiture tout de suite. Garée le long du trottoir, elle attire mon attention lorsque la vitre côté passager s'ouvre. Je me mets à courir. À part Richard, je ne connais personne dans les environs qui possède une voiture et celle-ci n'est pas une Mercedes.

On crie mon nom – une voix d'homme – mais je ne m'arrête pas de courir. La deuxième fois que la voix m'appelle, j'ai l'impression de la reconnaître et je me force à ralentir pour me retourner. Je distingue le visage de Jeremy à travers le rideau de pluie et un sentiment de honte m'envahit soudain. Il me fait signe de monter dans sa voiture et, bien que je ne sois pas à l'aise à l'idée de me retrouver seule avec lui, je ne me vois pas décliner son offre alors que mes vêtements me font l'effet d'une enveloppe glacée tant ils sont imbibés d'eau. Sans compter qu'il me reste encore bien vingt minutes de marche avant d'arriver au cottage. En outre, moins je passe de temps dehors, mieux je me porte, étant donné le danger qui me guette.

À contrecœur, j'ouvre la portière et je m'installe à côté de Jeremy.

— Je ne pouvais pas te laisser rentrer à pied par ce temps, dit-il sur un ton affable.

Je distingue une pointe d'accent chic dans sa voix.

Il attend que j'attache ma ceinture avant de repartir, sauf que je n'arrive pas à la tirer vers moi. J'ai beau forcer, elle se bloque à chaque nouvelle tentative.

Une minute s'écoule avant que Jeremy ne se décide à briser le silence.

— Je peux ? demande-t-il en se penchant vers moi.

J'aurais préféré qu'il s'abstienne. S'ensuit un instant gênant où le haut de son corps passe au-dessus du mien et où sa tête vient frôler la base de mon cou. De loin, on pourrait croire à l'étreinte maladroite d'un jeune couple inexpérimenté. Enfin, il attrape la boucle de la ceinture et la tire vers lui.

— Elle n'aime pas se laisser faire, dit-il.

Son haleine empeste l'ail et je retiens mon souffle pour ne pas avoir à la subir.

— Il faut la dérouler lentement pour ne pas déclencher le mécanisme de sécurité.

Il termine d'attacher ma ceinture et se redresse, à mon plus grand soulagement.

Le bruit du clignotant retentit dans tout l'habitacle tandis qu'il attend de pouvoir s'insérer et je me demande s'il va parler de ce qu'il s'est passé plus tôt. De cette rencontre impromptue où nous avons dû faire semblant de ne pas nous connaître devant Richard. N'ayant aucune envie qu'il aborde le sujet, je croise les doigts pour qu'il reste silencieux. Tout ce que je veux pour le moment, c'est être chez moi et me débarrasser de mes vêtements trempés.

— Quelle est ton adresse ? me demande-t-il en s'engageant sur la route.

Les essuie-glaces ont beau balayer le pare-brise à toute allure, la visibilité reste quasi nulle sous cette pluie torrentielle.

— Tu peux me déposer en haut de Warwick Road, je lui réponds.

— Non, non, je préfère te déposer devant chez toi.

— C'est devant chez moi, je mens.

Tant pis, j'entrerai dans le jardin d'inconnus s'il le faut. Je prends peut-être plus de précautions que nécessaire, mais on n'est jamais trop prudent. Surtout lorsque quelqu'un vous traque. Mieux vaut se méfier de tout le monde.

Arrivés sur Warwick Road, je m'apprête à descendre de la voiture quand Jeremy pose sa main sur mon avant-bras. Un geste bref qui suffit cependant à m'arrêter en plein mouvement. Oh non, il a fallu qu'il se décide à parler.

— J'aimerais te faire part d'un proverbe bouddhiste avant que nous nous séparions, Astrid.

Bordel de merde. Il ne manquait plus que ça.

Ses yeux m'observent sous ses sourcils grisonnants et touffus. À croire qu'il se prend pour un proviseur en plein sermon face à un élève dissipé.

— « Trois choses ne peuvent pas être cachées bien longtemps : le soleil, la lune et la vérité. »

Mes doigts cherchent la boucle de ma ceinture pour la libérer tandis que le mot « vérité » me traverse le corps comme une onde électrique. C'est à peine si j'ai la force de le remercier de m'avoir déposée lorsque j'ouvre la portière pour m'extirper du véhicule. Il prend bien plus de temps que de raison pour redémarrer et je sais qu'il le fait exprès parce qu'il me soupçonne de ne pas habiter cette grande bâtisse de style georgien au parterre de fleurs immaculé et à la Mazda décapotable garée sur la voie privée. Cela ne m'empêche pas de marcher jusqu'au porche et de sortir mon portable de la poche arrière de mon jean, faisant semblant de prendre un appel.

Enfin, il s'éloigne. La pluie s'est calmée et je range le portable dans la poche de mon manteau et rebrousse chemin pour descendre Warwick Road en direction du cottage de ma mère. Je ne m'autorise à souffler qu'une fois arrivée devant la porte. Je fais une pause de quelques secondes dans l'entrée le temps que les battements de mon cœur retrouvent un rythme normal. Le seul message que Jeremy veut me faire passer, c'est d'être honnête envers Josh et Richard, voilà tout. Il ne sait rien de plus à mon sujet. Cela m'apparaît désormais comme une évidence.

Ma mère éclate de rire à la seconde où elle m'aperçoit.

— Je me demandais si tu allais rentrer sous ce déluge. Allez, retire vite ces vêtements trempés, que je les mette à sécher. Tu ressembles à un chien mouillé.

Elle s'éclipse dans la pièce du fond à la recherche de l'étendoir à linge. Parcourue de frissons, je secoue mon manteau sur le porche et le fouille à la recherche de mon téléphone portable. Mauvaise pioche. Mes doigts se referment sur un objet que je ne reconnais pas. Un objet qui ne devrait pas se trouver là. Je l'extrais, curieuse. C'est un petit paquet maintenu par un élastique. Aussitôt, mon cœur s'emballe. Je crois savoir ce qu'il contient. D'une main tremblante, je défais l'élastique et déplie l'emballage. La gorge nouée, je garde les yeux rivés sur ma découverte.

Une mignonnette de vodka.

Je cours me réfugier dans ma chambre, des bourdonnements plein les oreilles. Si jamais ma mère voyait la bouteille, elle ne voudrait plus rien savoir. Une fois à l'abri, je laisse tomber l'emballage sur le sol et j'observe à nouveau le poison niché au creux de ma main. La fiole est froide et douce au toucher. Absolut Vodka, 50 ml, 40 % Alc. Comment cette chose a-t-elle pu finir dans la poche de mon manteau ? Quelqu'un aura profité d'un moment d'inattention pour la glisser là, mais cela me paraît impossible. Je m'en serais forcément rendu compte, non ?

— Astrid, peux-tu m'apporter tes vêtements mouillés, s'il te plaît ?

La voix de ma mère me fait sursauter. Je peine à retrouver mon souffle.

— J'arrive tout de suite.

Je fourre la mignonnette dans une chaussette que je m'empresse de rouler en boule et de jeter au fond de mon tiroir. Je dois m'en débarrasser à la première occasion, car je sais que ma mère fouille régulièrement ma chambre. Elle m'assure chercher une tasse sale ou des vêtements à mettre à la machine à laver, mais je ne suis pas dupe.

J'essaye de me souvenir de toutes les personnes ayant eu accès à mon manteau au cours de la journée. Il a passé l'après-midi entier dans la maison du père de Josh, tout comme moi. Mais pourquoi diable Richard Carter voudrait-il me piéger avec une petite bouteille d'alcool ? Ça ne tient tout simplement pas debout.

À moins que le coupable ne soit Jeremy. Il aurait très bien pu commettre son méfait pendant tout le temps où je me trouvais avec lui dans sa voiture. Surtout lorsqu'il s'est penché au-dessus de moi pour débloquer ma ceinture. Mais pourquoi me piéger ainsi ? Pourquoi alors qu'il m'encourage justement à dire la vérité à Josh et Richard ? À leur avouer que je suis une alcoolique.

Plus tôt dans la journée, j'ai retiré mon manteau et je l'ai confié quelques instants à Pam pendant que j'essayais la veste en cuir. Mais il y a peu de chances qu'elle soit responsable. Et elle aurait certainement pris Rosie sur le fait si celle-ci avait essayé de glisser la mignonnette dans ma poche. Le manteau était plié sur son bras, cela n'aurait pas pu lui échapper. Et de toute façon, Rosie prend tellement les Douze Étapes à cœur qu'elle n'aurait jamais osé se comporter de la sorte. Elle qui désire tant me venir en aide.

Le fait est qu'il pourrait s'agir de n'importe lequel d'entre eux. J'ai déjà été victime d'un pickpocket une fois. C'est arrivé en pleine journée et je n'ai absolument rien vu venir. Sans compter qu'il doit être bien plus aisé de mettre quelque chose dans une poche que de l'en retirer.

Je jette un dernier regard au tiroir, m'imaginant déjà dévisser le bouchon de la mignonnette plus tard dans la soirée. Me délecter de ces 50 ml de vodka pure. Il n'en faut pas plus pour me mettre l'eau à la bouche. La personne qui a fait ça savait très bien ce qu'elle faisait.

Je me penche pour ramasser l'emballage sur le sol et le jeter à la poubelle. On dirait une brochure pour une entreprise locale.

Oh non ! Pas ça, je vous en prie. Je lis et relis les mots qui se brouillent et se mélangent devant mes yeux : « P. Hollingford & Fils, maison funéraire ». Puis le slogan écrit en grandes lettres noires : « IL N'EST JAMAIS TROP TÔT POUR PLANIFIER VOTRE ENTERREMENT ».

34

Pendant le dîner, je ne cesse de me répéter cette phrase, tout en faisant semblant de manger. Du moins, en essayant tant bien que mal de pousser la nourriture sous la purée de pommes de terre pour donner l'impression d'une assiette vide. Puis je repense à la mignonnette de vodka emprisonnée dans sa chaussette et je me demande quel mal il pourrait y avoir à en boire quelques gorgées. Dieu sait que j'aurais bien besoin d'un petit remontant.

Cela me rappelle la dernière fois où j'ai failli craquer, il n'y a pas si longtemps. Mais je me suis retenue. J'ai trouvé la force de faire demi-tour comme je trouverai la force de me débarrasser de la fiole à l'étage. C'est décidé, je le ferai après le dîner. Je n'aurai qu'à prétexter sortir acheter du chocolat.

C'est alors que me vient une pensée terrible. La seule, cependant, à avoir un semblant de crédibilité dans le chaos incessant de mon esprit. Et si la mignonnette était là depuis bien plus longtemps, nichée au fond de ma poche, attendant le moment d'être trouvée ? Je n'ai pas porté mon manteau depuis deux semaines au moins car la météo ne s'y prêtait pas. Ce qui signifie qu'il est resté accroché dans l'entrée pendant tout ce temps.

L'entrée. Oh, mon Dieu ! Cette fille aurait très bien pu y glisser la bouteille lorsqu'elle s'est introduite dans la maison. Je regarde ma mère occupée à écraser des petits pois avec le dos de sa fourchette, silencieuse et déterminée. En face de moi et pourtant à des années-lumière de se douter de ce qui se trame. Elle aurait pu la trouver à n'importe quel moment, elle aussi. C'est d'ailleurs un miracle que ça ne se soit pas produit.

Sortir en douce ne s'avère pas aussi simple que prévu. Ma mère se plaint d'avoir une migraine et, le temps que je débarrasse la table et lui apporte une tasse de thé fumante, il est quasiment vingt heures trente. Puis c'est au tour du téléphone de sonner et de ma grand-tante Dorothy de me tenir la jambe. J'ai beau lui dire que ma mère ne se sent pas très bien, elle radote pendant près de trois quarts d'heure. Seul avantage : je n'aurai pas besoin de justifier ma petite virée nocturne auprès de ma mère. Elle s'est enfilé deux comprimés de Sumatriptan et, en venant coller mon oreille à la porte de sa chambre, je devine au bruit de sa respiration qu'elle a déjà sombré dans un profond sommeil.

La pluie a cessé de tomber mais les rues sont encore détrempées et désormais plongées dans l'obscurité. La mignonnette est de nouveau dans la poche de mon manteau, toujours emballée dans sa chaussette. Je n'arrête pas de tourner et retourner le paquet dans ma main, c'est plus fort que moi. Je peux sentir les formes arrondies de la bouteille à chaque pression de mes doigts. C'est alors que je repense à la brochure restée dans ma chambre et les petits cheveux sur le haut de ma nuque se hérissent. « IL N'EST JAMAIS TROP TÔT POUR PLANIFIER VOTRE ENTERREMENT ».

La peur reprend aussitôt ses droits. Tout comme la voix dans ma tête. Celle qui me pousse à avaler d'une traite le contenu de la mignonnette et à la jeter dans la première poubelle venue. Ce faisant, je serai plus détendue, et de toute façon, quel mal quelques gorgées de vodka peuvent-elles causer ? C'est à peine si j'en ressentirai les effets.

Mais là n'est pas le problème. Le problème est que si je recommence à boire, je serai incapable d'en rester là.

La peur laisse bientôt place à la rage et enfin à la paranoïa. Partout, les ombres semblent dissimuler des formes menaçantes et je regarde autour de moi, en proie à une terreur sourde. Quelle idée de sortir à la nuit tombée ! J'aurais très bien pu vider le contenu de la bouteille dans le lavabo et me débarrasser de la preuve demain matin. La jeter dans une poubelle anonyme. S'il m'arrive quoi que ce soit, ma mère ne s'en rendra pas compte avant son réveil. D'autant que le Sumatriptan l'assomme toujours pour plusieurs heures.

Il faut que je me sépare de cette bouteille au plus vite. Si je décide de me débrouiller sans l'aide de la police, alors il est hors de question de perdre le contrôle à cause d'une simple mignonnette d'alcool. Il en faut plus pour m'atteindre.

Je marche en direction du petit carré de verdure près de la plage, à l'abri des regards indiscrets. Surtout de ceux qui connaissent ma mère et qui pourraient avoir envie de lui rapporter le moindre de mes faits et gestes. Pendant tout ce temps, je n'ai cessé de jouer avec le paquet. À tel point que la bouteille a fini par se libérer de sa prison de coton. La main refermée sur l'objet de toutes les tentations, je promène le pouce autour du bouchon. J'ai l'impression de tenir une grenade. Je suis d'ailleurs étonnée qu'elle n'explose pas tant je la serre fort. J'anticipe la myriade de petits éclats de verre entaillant ma paume et le liquide froid imbibant la doublure en tissu de mon manteau.

Je suis déjà passée à côté de trois poubelles. C'est quoi mon problème ? Pourquoi est-ce que je ne jette pas cette foutue mignonnette une bonne fois pour toutes ?

Tu sais pourquoi, Astrid. Parce que si tu la jettes, tu n'auras plus l'opportunité de la boire. Voilà pourquoi.

C'est vrai. Tant qu'elle reste dans ma poche, je peux m'imaginer la boire autant que me convaincre que j'ai la force de m'en débarrasser. Mais la partie rationnelle de mon cerveau sait que c'est faux. Je suis sur le point d'arriver à la hauteur d'une autre poubelle. Cette fois-ci, c'est la bonne.

Raté. Je dépasse la poubelle comme je l'ai fait avec toutes les autres. C'est de la folie. Comment une mignonnette aussi insignifiante peut-elle exercer autant de contrôle sur moi ? Mais il ne s'agit pas de la mignonnette. Il s'agit de mon addiction. Elle le sait, elle aussi. C'est la raison pour laquelle elle a glissé la bouteille dans la poche de mon manteau.

Je la jette enfin. J'entends le bruit qu'elle fait lorsqu'elle quitte ma main pour venir tomber au fond de la poubelle.

Je prends une profonde inspiration, emplissant mes poumons de l'air frais chargé d'humidité au goût salé dû à la proximité de la mer. J'ai pris la bonne décision, même s'il m'a fallu du temps pour réussir à m'en convaincre.

Sur le chemin du retour, je décide de ne plus jamais me laisser piéger de cette façon. Je ne suis plus la personne que j'étais lorsque je buvais et j'ai la ferme intention de ne plus jamais la laisser reprendre le dessus. Ce n'était pas moi. Finis les mensonges et les atermoiements. Si je veux avoir une chance de construire un avenir avec Josh, je dois lui dire la vérité. À ma mère aussi. Comme Helen me l'a dit l'autre jour, si je parviens à battre mes vieux démons et à faire face à mes actes passés, je serai enfin libérée du fardeau de la peur. En outre, si je ne leur dis pas la vérité, mon corbeau s'en chargera à ma place.

C'est peut-être même déjà le cas avec Richard. Ce qui expliquerait la raison de son comportement si étrange de ces derniers jours.

35

La pluie d'hier a laissé place à un ciel bleu dépouillé de la plupart de ses nuages. Non pas que j'aie eu l'occasion de mettre le nez dehors. J'ai passé une bonne partie de la journée à faire semblant de poursuivre mon travail sur le trompe-l'œil pendant que Josh et Richard s'attelaient à la décoration de l'étage. L'occasion pour moi de répéter mon discours encore et encore.

À présent, et à ma demande, nous voilà lancés sur les petites routes secondaires ramenant à Flinstead. Une tentative de plus de repousser l'échéance fatidique.

— Tu as eu une excellente idée, lance Josh, le coude posé sur le rebord de la vitre baissée. Le temps est idéal pour une escapade en voiture.

L'espace d'un instant, j'abandonne toute idée de lui dire la vérité. Et si je profitais plutôt de cette parenthèse de paradis, réchauffée par la brise de la fin d'après-midi ? Comme il serait plus agréable de me contenter de discuter, rire et flirter avec Josh, comme nous avons l'habitude de le faire !

Josh prend alors un virage à gauche et nous nous engageons sur un chemin de campagne tortueux bordé de haies aux fleurs blanches éclatantes. J'ignorais l'existence d'un tel endroit jusqu'ici. C'est magnifique.

— Et si on ouvrait le toit ? lance Josh avant d'appuyer sur un des boutons du tableau de bord.

Aussitôt, le délicieux parfum des aubépines envahit l'habitacle, amenant avec lui la promesse d'un été ensoleillé. D'un monde regorgeant de nouvelles possibilités. J'aimerais rester à jamais dans cette voiture, à l'abri de la dureté du monde extérieur, suspendue à ce moment avant que ma vie ne bascule à nouveau.

— C'était la saison préférée de ma mère, dit Josh. Le moment de la floraison.

Nous atteignons bientôt un accotement situé sur notre gauche, surplombé d'un énorme saule pleureur dont les branches caressent le sol. Josh ralentit et vient garer la voiture au plus près du tronc de façon que le véhicule – dissimulé sous le rideau végétal – soit presque invisible depuis la route.

Se libérant de sa ceinture, il se tourne pour me faire face.

— Je suis tellement heureux de t'avoir rencontrée, Astrid.

Je serre les poings sur mes genoux. Chaque seconde passée à lui mentir me donne l'impression de le trahir au plus profond de son être. Je devrais peut-être me lancer maintenant, avant qu'il n'en dise plus.

Mais il n'y a qu'un seul endroit où je pourrai lui dire la vérité, et c'est là où tout a commencé. Sur la plage. Et peu importe ce qu'il s'y passera, le sable et la mer seront toujours là. La marée continuera de monter et de descendre.

Josh se penche vers moi pour m'embrasser et je lui rends son baiser. Comment pourrais-je faire autrement ?

Après ce qui semble être une éternité, Josh rattache sa ceinture et regarde dans son rétroviseur avant de redémarrer la voiture.

— Que dirais-tu de faire un arrêt à l'Old Schooner avant que je te dépose ?

Je retiens mon souffle.

— C'est beaucoup plus sympa que le Flinstead Arms, ajoute-t-il. Et il y a un très joli jardin.

Je devrais répondre mais je n'en trouve pas la force. Et même si je disposais d'une excuse toute prête, je ne serais pas capable de prononcer un mot, tant j'ai la bouche sèche. Il n'en faut pas plus pour que j'aie l'esprit obnubilé par une seule image : celle d'une grande pinte de bière fraîche posée devant moi, prête à étancher ma soif. Du liquide ambré et pétillant déclenchant une explosion de sensations au contact de mes papilles.

— Eh bien… je… Après réflexion, je prendrais bien un Coca sur la plage. Qu'est-ce que tu en penses ?

— Avec plaisir.

Il marque un temps d'arrêt.

— De toute façon, je n'aurais pas pu boire plus d'un demi à cause de la voiture. Au cas où ce serait ce qui te tracassait.

— Non, pas du tout.

Comme je voudrais pouvoir lui prouver que je suis à l'opposé de ce qu'il s'imagine !

— Je prendrais simplement bien un bol d'air après avoir passé la journée enfermée.

— Ça te plaît de réaliser le trompe-l'œil ? J'espère que tu n'as pas accepté parce que tu t'es sentie contrainte.

Dieu sait que mon père peut se montrer insistant quand il le veut.

— Tu veux rire ? J'adore ce boulot.

Ses épaules se détendent. Nous sommes presque arrivés à la plage. Dans quelques minutes, nous ferons un arrêt à la supérette pour acheter des canettes de Coca et il me faudra enfin lui dire la vérité. En finir avec le mensonge une bonne fois pour toutes. Prête à en subir les conséquences s'il le faut.

— Il faut que je te dise quelque chose.

Nous sommes sur la plage, assis contre le mur de la digue. Josh me gratifie de son irrésistible petit sourire en coin et m'attire à lui.

— Rien de grave, j'espère ?

Son sourire s'évanouit face à l'absence de réponse de ma part.

— Astrid, qu'est-ce qui ne va pas ?

Un jack russell tirant sur sa laisse extensible nous interrompt en venant poser ses petites pattes sur mes genoux. Je lui caresse les oreilles, perdue dans ses yeux bruns brillants d'excitation. Si sa propriétaire ne s'était pas empressée de le déloger, une expression désolée sur le visage, j'aurais très bien pu raconter mon histoire à ce petit chien tandis que Josh m'aurait écoutée en silence. À la place, nous voilà en train de discuter de la pluie et du beau temps avec la propriétaire.

Quand nous sommes à nouveau seuls, Josh me dévisage d'un air interrogateur.

— Je n'ai pas été complètement honnête avec toi, je commence.

Tu parles d'un euphémisme !

Un changement presque imperceptible s'opère dans le comportement de Josh. Même s'il reste immobile et silencieux, le courant n'est plus le même entre lui et moi.

— Tu as quelqu'un à Londres. J'en étais sûr.

— Il n'y a personne d'autre que toi, je t'assure.

— Comment s'appelait-il déjà ?

Je pousse un soupir.

— Cela n'a rien à voir avec lui.

— Comment s'appelait-il ?

— Simon. Il s'appelait Simon.

— Est-ce que tu le fréquentes toujours ?

— Puisque je te dis que cela n'a rien à voir avec lui !

— Tu n'as pas répondu à ma question, me coupe-t-il.

— Non, je ne le fréquente plus.

Je regarde l'horizon. La mer est beaucoup plus calme qu'à l'ordinaire. À tel point qu'elle dégage cette atmosphère inquiétante qu'on retrouve dans certains tableaux.

— Simon est mort. Il… il s'est suicidé.

— Merde.

Josh passe la main dans ses cheveux.

— Je suis désolé.

— Simon et moi nous… nous buvions beaucoup. Énormément, même.

Le silence se fait encore plus lourd.

— J'ai commencé à boire à l'âge de quinze ans.

J'enfonce le pouce gauche dans la paume de ma main droite.

— Je voudrais pouvoir te dire qu'il y avait une raison à cela, un élément déclencheur qui aurait pu le justifier, mais ce n'était pas le cas. J'étais une adolescente difficile et ça m'est venu… naturellement.

Je m'attends à ce que Josh réagisse ou à ce qu'il me pose une question, mais il n'en fait rien. Il ne s'agit pas d'une conversation comme les autres et, quoi qu'il se passe, je suis seule face à mes vieux démons.

— J'étais stupide et égoïste et j'ai trahi tous ceux que j'aimais. Mes parents, mes amis. Moi-même. Encore et encore.

Le hurlement d'une sirène retentit dans le lointain.

— Simon a essayé d'arrêter. Il est allé à des réunions des Alcooliques anonymes.

C'est étrange, plus j'avance et plus j'ai l'impression de prendre de la distance avec ce que je raconte. Comme si je relatais l'histoire de quelqu'un d'autre. Ce qui est le cas, en quelque sorte.

— Il faut que tu saches que je ne suis plus cette personne. Je n'ai pas touché à un seul verre d'alcool depuis plus de six mois.

— Que s'est-il passé ? Entre toi et Simon ?

Une lueur d'espoir s'allume en moi. Il ne semble pas me reprocher de lui avoir menti. Et puis il est toujours là, assis à mes côtés.

— Simon a tout fait pour me convaincre d'arrêter aussi, et j'ai suivi ses conseils pendant un temps. Mais j'ai recommencé à boire derrière son dos et il a fini par le découvrir. Ensuite il m'a quittée.

Pourquoi est-ce si douloureux de l'admettre ? Après tout ce que j'ai fait et toutes les personnes que j'ai blessées, pourquoi me sentir aussi humiliée d'avoir été quittée par Simon ?

Je lui raconte tout. De mes retrouvailles avec Simon à la biture dans le squat, en passant par l'épisode des bières dans le sac. Je lui raconte aussi comment ça s'est terminé.

— Et ce n'est pas tout. Oh, Josh, j'ai fait quelque chose d'horrible... J'ai... blessé quelqu'un en essayant de lui voler son sac.

J'ai le corps qui tremble, secoué de nausées.

— Je donnerais n'importe quoi pour me souvenir de ce qui s'est passé mais rien n'y fait. Ma seule certitude, c'est que j'ai fait quelque chose de mal cette nuit-là.

Jusque-là immobile et silencieux, Josh bouge légèrement pour passer les bras autour de ses genoux.

— J'aurais voulu pouvoir te dire tout ça quand nous nous sommes rencontrés. J'en mourais d'envie, même. Je ne savais simplement pas comment aborder le sujet. Et plus le temps passait, plus cela me paraissait impensable.

Josh a le visage fermé. Il est impossible d'y déceler la moindre émotion.

— J'ai failli t'en parler, le jour où nous avons déjeuné ensemble. Puis tu as commencé à parler de ta mère et...

Je retiens un sanglot.

— Je n'ai pas eu la force...

Je tends le bras pour prendre sa main dans la mienne.

— Et si je t'en parle aujourd'hui, c'est parce que j'avais besoin que tu saches la vérité. Je ne veux pas qu'il y ait de secrets entre nous.

Il retire sa main. Doucement et calmement. Une séparation délibérée qui me blesse cent fois plus que s'il avait repoussé mon geste sous le coup de la colère.

— Je t'en prie, dis quelque chose. Ton silence me tue.

Mais il refuse de parler.

— Ce n'est pas comme si tu avais été totalement honnête avec moi non plus.

Sur le visage de Josh, la surprise et l'incrédulité.

— Pardon ?

— Je sais que tu couches avec quelqu'un d'autre. Dans la cabine de plage. Et je sais aussi que tu y es retourné après que nous avons fait l'amour là-bas.

Je n'arrive pas à croire ce que je suis en train de dire. Pourtant, je dois connaître la vérité, c'est plus fort que moi.

— Bon sang, mais qu'est-ce que tu racontes ?

— La trace du rouge à lèvres sur le verre. Le Bikini. J'ai tout vu, Josh. Le jour où la cabine a été cambriolée.

Josh se raidit, les muscles de sa mâchoire saillant à force de serrer les dents.

— Mais cela n'a aucune importance du moment que nous pouvons reprendre de zéro. Dis-moi que c'est possible, Josh.

Je voudrais le toucher mais le silence se dresse entre nous comme un véritable mur. Une frontière impénétrable que je n'ose traverser. L'instinct me dicte qu'il ne servirait à rien d'essayer de briser ce champ de force, et que seul Josh a le pouvoir de le faire s'il le souhaite. Ou pas. Je ne sais pas réellement à quoi je m'attendais mais ce silence glacial est peut-être la pire réponse de toutes.

— Je t'aime, Josh.

Ça y est. Je l'ai dit. Je l'ai dit à voix haute.

— C'est la raison pour laquelle je te parle de tout ça. Te rencontrer, toi, ton père, sans oublier la peinture et les séances de baignade… J'ai l'impression de revivre depuis que je suis avec toi. Et surtout, je me suis rendu compte que c'était le genre de vie que je voulais. Je suis désolée de t'avoir caché la vérité jusqu'ici, mais j'avais tellement peur que tu me détestes.

Josh se redresse et souffle bruyamment. Enfin, il tourne la tête vers moi. Il a le regard froid, comme s'il avait déjà pris la décision de me quitter.

— Donc je suppose que tout ce que tu as raconté au sujet de ta mère dépressive était un mensonge également ?

Je me force à le regarder dans les yeux. Il est trop tard pour se débiner, à présent. Si je dois lui dire la vérité, il faut que ce soit toute la vérité. Rien ne doit passer à la trappe.

— Ma mère a payé ma cure de désintoxication. Je n'avais nulle part ailleurs où vivre.

— Ce que tu es en train de me dire, c'est qu'elle s'est occupée de ta santé.

Je ferme les yeux et acquiesce. Il a vu juste.

— J'assiste aussi à des réunions des Alcooliques anonymes. Cette femme avec qui tu m'as aperçue l'autre jour, ce n'est pas une amie de ma mère mais quelqu'un que j'ai rencontré là-bas. Nous nous retrouvons toutes les semaines et nous nous entraidons. Je fais en sorte que cela marche, je…

— Tu veux que je te dise pourquoi mon père et moi sommes allés dans le Berkshire ? Ce que j'ai fait avec mes cousins ?

Un voile étrange passe sur son visage, comme si ses traits s'étaient soudain changés en pierre. Comme si ses yeux avaient pris une couleur sombre.

— Nous sommes allés sur la tombe de ma mère. C'est une tradition que nous honorons chaque année à l'anniversaire de sa mort. Il est peut-être temps que je te dise comment elle est morte.

Il prend une profonde inspiration et plonge son regard dans le mien.

— Elle a été fauchée par un conducteur ivre.

Ma respiration se coupe comme si j'avais pris un coup violent à l'estomac.

— La voiture est montée sur le trottoir et l'a percutée de plein fouet. Elle n'avait aucune chance de s'en sortir.

Il serre les poings sur ses genoux. Sa lèvre supérieure se tord en un rictus affreux.

— Le responsable a été libéré de prison l'année dernière. Huit ans au lieu des douze requis.

— Oh, Josh. Je suis tellement…

— Ne dis rien. S'il te plaît, ne dis plus rien. Astrid, tu dois comprendre qu'il est trop difficile pour moi de prendre une décision maintenant. Je vais avoir besoin de temps pour réfléchir. Je t'appellerai.

Sur ce, il se lève et s'en va.

36

Les genoux repliés contre ma poitrine, je me balance d'avant en arrière jusqu'à ce que Josh disparaisse de mon champ de vision. Après quoi, le besoin de le rejoindre pour le retenir se fait encore plus pressant que celui de boire. Mais je ne céderai à aucun des deux. Sortant mon portable de la poche arrière de mon jean, je compose le numéro d'Helen.

Je parle avec des trémolos dans la voix.

— J'ai dit la vérité à Josh et maintenant il me déteste.

— Il a sûrement besoin de temps, Astrid. De temps pour réfléchir. C'est beaucoup à encaisser d'une traite.

— Sa mère a été tuée par un chauffard ivre.

Silence à l'autre bout du fil.

— Où es-tu ? demande-t-elle enfin.

Il m'est impossible de répondre, comme si j'avais soudain perdu l'usage de la parole.

— Où es-tu ? répète-t-elle.

— À la plage.

— Je viens te chercher près du petit parc.

Je pleure tellement que je ne m'aperçois pas tout de suite de sa présence.

— Oh, Astrid, souffle-t-elle en m'aidant à me relever pour me guider vers le trottoir. Je suis désolée qu'il ne l'ait pas pris comme tu l'aurais souhaité. Mais tu as fait ce qu'il fallait et tu le sais.

Je garde les yeux rivés sur mes pieds tandis que nous passons entre les voitures garées le long de la route. Nus dans mes tennis en toile, encore couverts du sable humide de la plage, ils me donnent l'impression d'être retombée en enfance. Oui, je ne suis plus qu'une petite fille accrochée au bras de sa mère pour traverser la rue.

— On va chez moi pour en parler ?

— Je ne crois pas en être capable. Pas pour le moment. Tout ce que je veux, c'est me rouler en boule dans mon lit et ne plus jamais me réveiller.

Helen s'arrête brusquement, une expression horrifiée sur le visage.

— Tu ne le penses pas vraiment, Astrid. Dis-moi que tu ne le penses pas.

— Je ne le pense pas, je réponds.

Mais c'est faux. Je le pense de tout mon être. À cet instant, l'idée de m'endormir pour ne plus jamais me réveiller semble être la solution idéale à tous mes problèmes. J'ai peut-être fait ce qu'il fallait, je ne me sens pas mieux pour autant.

— Tu iras mieux demain, me console Helen. J'en suis sûre. Et Josh aussi. Il t'appellera, tu verras. Il est simplement sous le choc.

Mais Josh n'appelle pas. Les minutes se transforment en heures et les heures en jours. Je passe le plus clair de mon temps au lit, me rendant à peine compte lorsque ma mère entre dans ma chambre pour déposer une tasse de thé ou des crackers au fromage. Ou encore un bouillon de poule qui refroidit dans son bol avant d'être débarrassé.

Je ne me souviens pas avoir touché à une seule de ces offrandes et je laisse ma vessie se remplir à tel point que la moindre pression sur mon ventre en devient douloureuse. Une forme de punition que je m'inflige jusqu'à ne plus pouvoir me retenir une seconde de plus. Lorsque je retourne dans ma chambre, mon oreiller et ma couverture ont été secoués et le drap tiré. Une tasse de thé fumante est posée sur la table de chevet, accompagnée de petits gâteaux au chocolat. La fenêtre a également été ouverte et un courant d'air frais gonfle les rideaux.

Je sais que ma mère voudrait que je me rétablisse au plus vite, mais je suis comme morte à l'intérieur. Je ne ressens même plus la peur tant les récents événements m'ont mis un coup. À quoi bon craindre qu'on s'en prenne à moi alors que j'ai déjà détruit tout ce qui m'était cher ?

Je regarde mon portable. Les messages d'Helen se succèdent : « Astrid, je m'inquiète pour toi. Appelle-moi, je t'en prie. » « Tu devrais me rejoindre, j'ai cuisiné un délicieux curry. »

Le téléphone retombe avec un bruit sourd. Il n'y a qu'un seul nom que je veux voir s'afficher sur l'écran, et c'est celui de Josh.

Quand le flot ininterrompu de mes pensées menace de me faire basculer dans la folie, je commence à peindre dans ma tête. Non pas le trompe-l'œil sur lequel je suis en train de travailler en ce moment, mais une œuvre sauvage et abstraite. Le pinceau virevolte au-dessus de la toile, faisant émerger toutes sortes de couleurs criardes qui se muent bientôt en un songe alcoolisé. Simon et moi enchaînons les shots de tequila jusqu'à perdre l'équilibre et ramper sur le sol, le corps couvert de sueur et le souffle rauque. Dans un coin de la pièce, Josh nous observe d'un air méprisant.

Toutes ces années de perdues. Toutes ces opportunités de gâchées. Je suis surprise de ne pas recevoir de messages de haine sur ma boîte mail. De la haine à mon égard, j'en éprouve moi aussi. J'ai blessé des gens. J'ai fait replonger Simon alors qu'il était sur le chemin de la rémission. J'ai agressé une jeune femme innocente en pleine rue. Une mère et son enfant. Je ne mérite pas de vivre. Peut-être que cette fille – peu importe qui elle est – a raison depuis le début. La mort est la seule issue pour moi.

Ma mère essaye en vain de me convaincre de prendre rendez-vous chez le médecin.

— Il ne faut pas que tu tombes dans la dépression, dit-elle.

Je me vois chanceler au bord d'un gouffre sans fond. Vais-je perdre l'équilibre et tomber, ou bien vais-je moi-même prendre la décision de sauter ? Quelle différence cela fera-t-il, au bout du compte ?

J'ouvre les yeux. La nuit est tombée depuis un certain temps déjà et mon corps est en alerte comme s'il n'était jamais passé par cette phase d'engourdissement qui précède le réveil. Je tends le bras pour ramasser mon portable, mais toujours aucune nouvelle de Josh. Cela fait plus d'une semaine, désormais.

En revanche, Helen m'a encore envoyé un SMS.

« J'en déduis qu'il ne t'a jamais rappelée. Il ne te mérite pas, Astrid. »

Elle a tort. C'est moi qui ne le mérite pas. Mais il pourrait au moins avoir la décence de m'appeler pour me le dire de vive voix plutôt que de m'ignorer pendant des jours et des jours.

Seule note positive : il devait vraiment être attaché à moi et accorder de l'importance à notre relation pour réagir de la sorte. Si je n'avais été qu'une autre de ses conquêtes estivales, il n'aurait certainement pas été touché à ce point. En revanche, il n'a pas nié avoir couché avec quelqu'un d'autre quand je lui ai parlé du Bikini trouvé dans la cabine de plage. Si cela avait été faux, il n'aurait pas laissé planer le mystère.

Mon Dieu, ça me rend folle ! Depuis quand suis-je devenue si dépendante ? Ironiquement, depuis que j'ai arrêté de boire. Merde, je n'aurais jamais dû jeter cette bouteille de vodka.

Je saute du lit et descends l'escalier aussi doucement que possible pour ne pas faire grincer les marches. Hors de question que ma mère me voie dans cet état. Arrivée en bas, je remarque un rayon de lumière dans l'entrebâillement de la porte du salon. Étrange, ma mère n'a pas l'habitude de veiller si tard.

Elle lève le nez du carnet dans lequel elle était en train d'écrire aussitôt qu'elle m'aperçoit.

— Qu'est-ce que tu fais ? je lui demande.

— Rien qu'une petite liste, ma chérie. Ça me détend quand je n'arrive pas à trouver le sommeil.

— Tu n'arrives pas à dormir ?

Elle me lance un regard incrédule. Parce qu'elle se fait du souci pour moi, voilà pourquoi. Je vais m'asseoir à côté d'elle et elle s'empresse de refermer son carnet. Trop tard, les derniers mots couchés sur le papier ne m'ont pas échappé : « Essaye de ne pas t'emporter chaque fois qu'elle dit quelque chose. »

Et pour la première fois, la vérité me saute aux yeux. À la colère et à la tristesse que provoque en elle mon comportement s'ajoute un sentiment de frustration vis-à-vis de ses propres agissements. La frustration d'avoir échoué dans son rôle de mère, de n'avoir pas su m'empêcher de sombrer dans l'alcoolisme ou tout du moins de n'avoir pas su me venir en aide plus efficacement.

— Tu as l'air différente, me dit-elle. Plus lumineuse.

— Oui. J'ai décidé de ne pas tomber.

L'incompréhension se lit sur son visage.

— Dans la dépression, j'ajoute.

— Je suis fière de toi, Astrid. Fière que tu aies dit la vérité à Josh et…

Elle serre les lèvres.

— Et que tu ne rechutes pas. Comme cela doit être difficile !

— C'est un combat de tous les instants.

— Je sais, répond-elle. Enfin non, je n'en sais rien. Je ne peux que l'imaginer. Je… je lis des choses. Des articles, des blogs.

Elle désigne l'exemplaire du Gros Livre posé sur la table basse.

— Et ça aussi, bien sûr. J'aurais dû le lire il y a bien longtemps.

Elle soupire.

— Quand tu as commencé à boire à outrance, j'étais convaincue que cela ne durerait pas. Que c'était juste une mauvaise passe. Alors je me suis contentée de chercher du réconfort auprès des quakers au lieu de te faire immédiatement prendre en charge.

— Je croyais que tu avais rejoint les quakers après le décès de papa…

Ma mère m'adresse un petit sourire triste.

— Non, Astrid. J'ai rejoint les quakers quand tu avais dix-sept ans. C'était la seule façon pour moi de supporter ce qui t'arrivait.

Une boule se forme au fond de ma gorge. Pendant toutes ces années, je ne me suis doutée de rien. Comment ai-je pu être aveugle au point de ne pas me rendre compte de la souffrance de ma mère ?

— Est-ce qu'il a donné des nouvelles ? demande-t-elle.

— Non.

— Eh bien, c'est qu'il n'en vaut pas la peine, dans ce cas.

Il n'y a jamais de demi-mesure avec elle. Jamais d'entre-deux. Et pourtant elle n'a pas tort. Si Josh ne trouve pas la force de me pardonner, s'il ne peut pas m'accepter pour ce que je suis vraiment, alors il n'est pas celui que j'imaginais.

— J'étais censée partir en week-end, poursuit ma mère. Pour une retraite quaker à Cambridge. Mais j'ai décidé de ne pas y aller.

— Pas à cause de moi, j'espère.

— Je ne peux pas te laisser seule.

— Aucun risque que je me remette à boire, maman. Tout ira bien, je vais mieux maintenant.

Tandis que les mots sortent de ma bouche, je sais au fond de moi que je ne veux pas qu'elle parte. Car je ne veux pas être seule. Plus jamais.

37

Mon rendez-vous à l'agence pour l'emploi est cet après-midi. Il m'aurait complètement échappé si ma mère n'avait pas été là pour me le rappeler. Pour m'y rendre, je dois prendre le bus pendant une demi-heure et c'est la première fois que je voyage au-delà de Flinstead et Mistden depuis que je suis sortie de cure de désintoxication. C'est aussi la première fois que je quitte la maison depuis mes révélations à Josh. La première fois que je suis seule depuis que j'ai jeté cette bouteille de vodka.

L'autre jour, j'ai composé le numéro qui se trouvait sur la brochure. Il s'avère que la maison funéraire P. Hollingford & Fils n'existe pas. Ce qui signifie que mon corbeau est allé jusqu'à créer une fausse brochure dans le seul et unique but de me faire peur. Étonnant, dans la mesure où je n'ai pas reçu de nouvelle enveloppe marron depuis. Finies, les menaces. Peut-être que cette fille a eu sa dose de divertissement. Ou qu'elle pense avoir réussi à me faire perdre la raison.

Quand bien même, à l'arrivée du bus, je prends soin de me diriger vers les places du fond, avec en tête l'histoire de la femme qui a manqué de se faire étrangler par quelqu'un assis juste derrière elle. Un inconnu qui a utilisé sa propre écharpe pour commettre son crime. Si ça se trouve, cette fille aussi est atteinte de troubles du comportement. À bien y réfléchir, c'est même plus que certain, et cela colle avec ma théorie selon laquelle il s'agit de quelqu'un que Simon a rencontré à une réunion des Alcooliques anonymes. Quelqu'un qui n'a rien à voir avec l'agression. Il aurait dû mieux choisir sa confidente, et s'il n'était pas déjà mort, je le tuerais pour avoir divulgué notre secret. Les larmes me montent aux yeux. Si seulement il était encore en vie, je pourrais partager ma peine avec lui.

Une demi-heure plus tard, me voilà arrivée dans une ville bien plus grande et animée que Flinstead, située un peu plus bas le long de la côte. Tout en fêtes foraines, salles de bingo et fast-foods. L'exact opposé de Flinstead. Je suis en avance, alors je décide de tuer le temps en me promenant dans la rue principale. Cela me fait du bien de changer d'environnement et d'être entourée d'anonymes uniquement préoccupés par leurs affaires. Je ne pouvais pas rester indéfiniment au fond de mon lit à me morfondre, ni laisser la peur gagner. Après avoir pris la décision de me remettre à lire, je me dirige vers WHSmith dans l'intention d'y dénicher un bon livre. Mais alors que je m'apprête à entrer dans la boutique, j'aperçois une silhouette familière s'engouffrer chez Marks & Spencer. Grande, chevelure en bataille, escarpins rouges. Helen.

Je regarde l'heure sur ma montre. L'agence pour l'emploi est à l'angle de la rue et j'ai encore un peu de temps devant moi. Suffisamment pour aller lui passer le bonjour et lui dire que je me porte mieux. Sans oublier de la remercier pour tous ses messages qui – bien que je les aie ignorés – m'ont apporté le soutien nécessaire au moment où j'en avais le plus besoin.

Je traverse la rue et entre chez Marks & Spencer à mon tour. J'espère la trouver au rayon vêtements pour femmes mais elle n'est nulle part en vue. La connaissant, elle doit être en train de refaire ses stocks de gâteaux et de chocolats. Son placard à douceurs m'a semblé bien vide la dernière fois que je me suis rendue chez elle.

Perdue dans les rayons, je pars à sa recherche en me laissant guider par le hasard. Elle est forcément là. Et puis je la trouve enfin. En pleine réflexion devant les bouteilles de vin rouge. Oh non ! Je me fige d'un coup, paralysée tandis qu'elle tend le bras pour saisir une bouteille et en examiner l'étiquette. Un court instant s'écoule avant qu'elle la fasse glisser dans son panier. Puis une autre, et encore une autre.

C'était bien la peine de l'écouter déblatérer sur l'importance de la sobriété. De plancher avec elle pendant des heures sur ces fichues Douze Étapes. Comment peut-elle faire ça ? J'aurais dû répondre à ses messages. J'ai été si égoïstement focalisée sur mes propres malheurs que je n'ai pas pensé une seule seconde qu'elle pouvait avoir besoin d'aide elle aussi. Et que ses messages étaient en réalité des appels à l'aide. Elle voulait parler. Pas seulement pour mon bien, mais pour le sien aussi. En lui répondant, je nous aurais rendu un service à toutes les deux.

Désemparée, je l'observe prendre une énième bouteille de vin avant de se diriger vers les caisses. Si j'avais eu plus de temps, je serais peut-être allée la voir pour essayer de la dissuader. Mais mon rendez-vous est dans moins de cinq minutes et je ne peux pas me permettre de le rater. C'est tout bonnement impossible. Arriver en retard peut vous faire perdre de l'argent, et je ne voudrais pas partir du mauvais pied. En outre, je commence à douter de l'honnêteté d'Helen et à me demander si elle a jamais arrêté l'alcool. Sans compter qu'elle m'en voudrait probablement à mort si je la prenais à partie dans un lieu public. En tout cas, c'est la réaction que j'aurais si je me trouvais à sa place.

Le fait est que je n'ai ni la force ni le courage d'aider quiconque à part moi-même. Rosie avait raison sur ce point. Je n'aurais jamais dû me rapprocher d'Helen.

38

Nous sommes vendredi, et ma mère s'apprête à partir pour le week-end. C'est la première fois depuis que j'ai emménagé ici qu'elle se résout à me laisser seule aussi longtemps, et bien que nous n'ayons pas échangé à ce propos, nous sommes toutes deux conscientes de l'importance du moment.

Elle me serre dans ses bras peut-être un peu plus longtemps qu'à son habitude, à moins que cela ne soit moi qui refuse de relâcher mon étreinte. Nous nous embrassons une dernière fois, puis je la regarde remonter la petite allée du jardin pour rejoindre la rue. Une silhouette frêle emmitouflée dans un imperméable bleu marine trop serré à la taille, traînant avec détermination sa petite valise à roulettes sur le béton irrégulier de l'allée du jardin.

Au moment où elle atteint la rue, j'ai une envie soudaine de courir après elle et de la retenir. Mais ma mère mérite cette parenthèse de repos. Loin de moi et de mes problèmes. Si seulement je pouvais m'offrir le même luxe qu'elle.

L'idée s'impose d'elle-même. Je vais aller à Mistden pour essayer de parler à Josh. Je veux l'entendre dire qu'il me quitte. Et je veux qu'il me le dise en face. C'est la moindre des choses.

La nuit commence déjà à tomber et les oiseaux se rassemblent dans les arbres pour entonner leur chant crépusculaire. Je verrouille la porte d'entrée et me mets en marche. C'est une de ces nuits de juin où le fond de l'air est particulièrement doux, et les promeneurs de sortie, touristes comme locaux, sont désireux d'en profiter. S'il y a bien un moment propice au pardon et au renouveau, c'est maintenant. Pourtant, après mon confinement auto-imposé, je n'arrive pas à me sentir à l'aise dans cette atmosphère. Encore à vif et plus vulnérable que jamais, je suis comme hermétique à la chaleur qui m'enveloppe.

Je me rejoue tous les scénarios en marchant. Si Josh n'est pas là, je parlerai à son père. Et si Richard refuse de me donner des nouvelles de Josh, j'arriverai bien à lui faire parler de la peinture. Après tout, c'est lui qui m'a engagée pour réaliser le trompe-l'œil, et il devra me payer pour le temps passé à y travailler. Si je m'attends à ce qu'il soit en colère contre moi de lui avoir menti, je sais aussi que c'est un homme juste. Une bonne personne.

Puis je pense à la peinture inachevée sur le mur de la chambre des secrets, aux tubes de peinture, aux pinceaux et à tout le reste du matériel attendant mon retour en vain. Une nature morte faite d'ustensiles d'art abandonnés. Pourtant, je ne vois pas pourquoi je ne pourrais pas aller au bout de mon œuvre. Il nous faudra bien sûr un certain temps d'adaptation au début, mais je passerai le plus clair de mon temps enfermée dans cette pièce, totalement absorbée par mon travail. Josh ne pourra que constater la force de mon engagement et, une fois qu'il aura posé les yeux sur le résultat final, s'empressera de me pardonner. Son père aussi. Tout redeviendra alors comme avant, sans aucun mensonge pour venir semer le trouble entre nous.

Lorsque j'arrive chez les Carter, l'obscurité s'est déjà installée. De nombreuses voitures sont garées dans l'allée menant à la maison d'ordinaire si tranquille. Ce n'est qu'à mi-chemin que j'en comprends la raison, tout en espérant au fond de moi que ces gens sont en réalité allés rendre visite à un voisin, et que Richard et Josh sont bel et bien seuls chez eux.

Un espoir qui s'évanouit dès que j'arrive à destination. Une lumière vive, de la musique et des éclats de rire jaillissent de toute part, perturbant la tranquillité de la nuit. La soirée d'anniversaire des soixante ans de Richard bat son plein, et je n'y ai pas été conviée. Elle m'était complètement sortie de l'esprit avec tout ce qui s'est passé, et le sentiment de solitude qui s'abat soudain sur mes épaules n'en est que plus accablant.

Je recule de quelques pas pour me dissimuler dans l'ombre des larges haies qui bordent la propriété. De là, j'observe les convives tandis qu'ils s'engouffrent dans l'immense demeure. Enhardie, je m'aventure un peu plus près. Aucune chance qu'ils me remarquent, les vitres sont comme des miroirs au beau milieu de la nuit. J'ai l'impression de voir des acteurs se déplacer sur une scène éclairée au milieu d'une salle plongée dans l'obscurité. Des fêtards en pleines réjouissances, oubliant momentanément le monde qui les entoure pour profiter de la légèreté de l'instant présent, rythmé par les éclats de voix et de rires.

Le gros du bruit provient du fond de la maison, ce qui laisse à penser que la porte-fenêtre a été ouverte afin que les festivités puissent se poursuivre dans le jardin. Je meurs d'envie de me fondre dans la foule afin de trouver Josh et Richard, bien que je sois consciente qu'il s'agit de la pire idée possible. Non, je devrais plutôt prendre mes jambes à mon cou et rentrer chez moi avant que l'un d'eux ne me surprenne et qu'il ne soit trop tard. Je ne supporterais pas d'être prise ainsi sur le fait et d'être témoin de l'embarras dans leur regard. Une invitée indésirable en train de les espionner depuis les buissons environnants.

Je contourne la maison jusqu'au garage aussi furtivement que possible. Si je reste à l'abri des haies et ne m'aventure pas trop loin, je devrais demeurer hors d'atteinte. Qu'est-ce qui me prend de faire une chose pareille ? C'est absurde. Et masochiste par-dessus le marché. Que puis-je bien espérer voir ? Un Josh solitaire et éploré, affalé dans une chaise longue à l'écart des convives, bière à la main ? En fait, il vaudrait peut-être mieux l'apercevoir en compagnie d'une jolie femme, le sourire aux lèvres, l'attirant au fond du jardin pour s'abriter des regards indiscrets. Au moins je saurais à quoi m'en tenir.

Le jardin est magnifique, presque féerique, comme s'il avait été aménagé pour accueillir une représentation du *Songe d'une nuit d'été*. Partout, des guirlandes lumineuses brillant de mille feux, et dans les arbres, des bougies suspendues dans des bocaux. Certains convives sont confortablement installés dans des fauteuils en osier équipés de coussins tandis que d'autres déambulent un verre à la main ou en fumant une cigarette. Des canapés ont même été déplacés à l'extérieur pour l'occasion. Une superbe femme se trouve allongée dans l'un d'entre eux et pianote sur son téléphone portable au son de « *My baby just cares for me* », de Nina Simone. Juste devant elle, un couple dans la quarantaine se balance doucement au rythme de la musique, yeux dans les yeux.

J'entends d'abord Richard avant de le repérer. Impossible de manquer cette voix de baryton dont l'écho se répercute dans le calme de la nuit. Il est exactement comme je l'avais imaginé en de pareilles circonstances, un hôte généreux et affable. Le cœur et l'âme de la soirée. Et puis je vois Josh.

J'expire lentement. Il est en grande conversation avec une femme à la beauté certaine qui n'est pas sans me rappeler les modèles préraphaélites, avec leurs chevelures flamboyantes et leurs lèvres teintées de rouge vif. C'est alors que je repense à la trace de rouge à lèvres sur le verre de cognac et me recroqueville sur moi-même. J'aurais voulu lire de la tristesse dans son regard. Voir à quel point je lui manque comme il me manque. Au lieu de ça, il affiche un large sourire. Il rit même. Et touche le bras de la femme.

De plus en plus de convives gagnent le jardin. Le volume sonore de la musique augmente. Je dois absolument partir avant de commettre l'irréparable. Avant de me précipiter dans les bras de Josh et de lui dire ses quatre vérités devant tout le monde. Mais alors que je suis sur le point de tourner les talons, Richard s'approche d'eux, leur présentant un plateau de petits-fours. Josh se sert avant d'être happé par un groupe de joyeux lurons. Ses cousins peut-être ? Ceux qu'il avait hâte de me présenter.

Richard pose le plateau sur une table puis murmure quelque chose à l'oreille de la belle rousse qui renverse aussitôt la tête en arrière en riant. Je remarque alors qu'elle est plus âgée que je ne le pensais. Quarante ans, voire cinquante. La main de Richard est discrètement posée sur la cambrure de son dos, avant de descendre un peu plus bas. Josh réapparaît soudain, et Richard récupère le plateau pour se fondre dans la masse des convives.

Depuis mon poste d'observation, j'assemble lentement les pièces du puzzle. La conversation téléphonique surprise entre Richard et un inconnu n'était qu'une vaste méprise. En proie à la parano, j'ai cru qu'il parlait de moi et qu'il attendait le moment opportun pour révéler la vérité sur mon passé à Josh. Alors qu'il était en réalité au téléphone avec sa compagne afin de lui annoncer qu'il révélerait bientôt l'existence de leur relation à son fils. Je ne suis pas une experte en matière de langage corporel, mais il est clair qu'ils sont bien plus que de simples amis.

La bouteille de cognac dans la cabine de plage. La trace de rouge à lèvres sur le verre, le Bikini oublié… Tout fait sens désormais. Richard rencontrait sa compagne en douce afin de garder sa relation secrète. Ce qui n'a rien de surprenant quand je repense à la réaction qu'a eue Josh lorsque j'ai eu le malheur de lui dire que son père devait beaucoup plaire aux femmes. Et moi qui croyais que Richard me visait quand il disait ne pas vouloir que son fils soit à nouveau blessé. À aucun moment il ne pensait à moi. Il devait seulement s'inquiéter du fait que j'avais aperçu la bouteille et le maillot de bain dans la cabine. Maintenant que j'y pense, il me semble bien l'avoir aperçu dans la rue en compagnie d'une femme rousse. Tout ce qu'il voulait, c'était que je garde le silence sur cet aspect-là de sa vie. Rien d'autre.

Quelle idiote j'ai été de douter de Josh ! Alors que les choses devenaient plus que sérieuses entre nous, il a fallu que je fiche tout en l'air. D'abord en lui cachant la vérité pendant bien trop longtemps, et ensuite en essayant de me défendre en l'accusant d'être allé voir ailleurs. Pas étonnant qu'il n'ait pas voulu de moi à la soirée d'anniversaire de son père.

C'est par miracle que j'arrive à rejoindre la route sans trébucher ou me cogner à quelque chose tant il fait sombre. Pas d'éclairage public sur ces petites routes de campagne et, chaque fois qu'un véhicule passe, ses phares donnent l'impression qu'il roule à toute vitesse. Je fais bien attention à longer les buissons au cas où l'un d'eux ne m'apercevrait pas à temps. La batterie de mon téléphone portable est à sec, aussi la lampe torche sommaire dont je disposais est-elle désormais hors d'usage. Le seul point positif à devoir progresser à l'aveugle est que tous mes sens sont en alerte et travaillent de concert à me maintenir éloignée de la chaussée où le moindre événement pourrait m'être fatal.

Il ne s'écoule cependant pas longtemps avant que la fatigue prenne le pas sur la concentration. Et dire que j'ai voulu me convaincre que ma rupture avec Josh ne m'affectait pas et que je me porterais bien mieux sans lui de toute façon. À présent que je l'ai vu dans le jardin, je sais que tout ça n'était qu'une illusion et que je le désire toujours du plus profond de mon être.

Quand l'odeur d'after-shave vient me caresser les narines, il est déjà trop tard. Des bruits de pas se font entendre juste derrière moi et mon cœur bondit. J'étais tellement occupée à m'apitoyer sur mon sort que j'ai totalement oublié de m'assurer que je n'étais pas suivie. J'ai baissé ma garde au pire moment et au pire endroit possible. Qui peut m'entendre crier, seule dans la nuit au beau milieu de nulle part ?

Je me prépare mentalement à une agression physique, comme un coup de couteau là où mon corps est le plus vulnérable. J'arrive à distinguer une ombre à la périphérie de mon regard, mais celle-ci disparaît dès que je tourne la tête. Je plonge la main dans ma poche à la recherche de mon trousseau de clés que je tiens ensuite fermement, prête à le dégainer comme une arme. Bien orienté, il pourrait faire autant de dégâts qu'une petite lame. Il suffirait de viser le visage ou les yeux.

Ma mâchoire se serre. Mon corps se raidit. C'est allé trop loin cette fois. Il est hors de question de me laisser faire. D'autant que je n'ai plus rien à perdre. Je ne laisserai plus personne m'effrayer de la sorte. M'envoyer des menaces de mort par courrier, entrer chez moi et me voler des choses. Je ne laisserai plus personne me terroriser la nuit.

Je fais volte-face en brandissant le trousseau de clés.

— Qu'est-ce que tu me veux ?

Mon éclat de rage perfore le silence de la nuit. C'est elle, la fille au bombers. Elle se fige comme une biche prise dans les phares d'une voiture. Son visage est aussi pâle que la lune et ses yeux sont réduits à deux billes sombres. Elle n'en mène pas large sous mon regard furieux. Elle n'a pas d'arme dans les mains. Je reprends enfin mon souffle.

J'avance d'un pas, profitant de ma position de force, mais la surprise sur son visage laisse déjà place à tout autre chose. Une sorte de haine contenue qui menace d'exploser à tout moment. Je resserre mon emprise sur le trousseau de clés.

— Astrid Phelps, crache-t-elle soudain comme s'il s'agissait d'une insulte.

Je ne cille pas.

— *Qui* es-tu ? Et pourquoi me suis-tu ?

Elle me lance un regard mauvais.

— Parce que j'ai quelque chose à te dire.

39

Elle est plus petite que ce à quoi je m'attendais, mais derrière cette apparence de petite fille frêle se cache un mental d'acier.

— Parle, dans ce cas.

J'ai pris un ton franc, me faisant paraître beaucoup plus assurée que je ne le suis réellement.

— Je sais tout sur toi, dit-elle. Tout ce que tu as fait.

Je recule. Ça y est, j'affronte enfin la personne qui me tourmente depuis de si longues semaines. Celle qui sait des choses sur moi que personne d'autre ne devrait connaître.

— Qui es-tu, bon sang ? Pourquoi as-tu convaincu ma mère de te laisser entrer chez moi ?

Ses yeux se rétrécissent.

— Nous avions prévu de nous marier, Simon et moi. Tu le savais, ça ? Nous nous aimions depuis l'enfance.

Je la dévisage, essayant de comprendre ce qu'elle vient de dire. C'est sûrement cette ancienne petite amie qui refusait de laisser Simon tranquille même après leur rupture. Celle qu'il a plaquée quand il m'a rencontrée. Elle ment. Je suis sûre qu'elle ment

Un petit rire narquois s'échappe du fond de ma gorge.

— Vous marier ? Je n'y crois pas une seule seconde. Vous n'êtes sortis ensemble que quelques semaines. Tu mens.

Elle sourit, mais il n'y a rien d'amical dans le plissement de sa bouche.

— C'est là que tu te trompes. Il est revenu vers moi quand il a arrêté de boire. Quand *tu* étais trop occupée à continuer à te biturer jour et nuit. Nous nous sommes remis ensemble, lui et moi.

— Remis ensemble ?

— Il ne t'a jamais parlé de moi ?

Elle part d'un rire amer.

— Bien sûr que non. Tu ne l'as connu que lorsqu'il était sous l'emprise de l'alcool. Rien à voir avec qui il était quand il était sobre. C'est d'ailleurs à ce moment-là qu'il a décidé de me recontacter. C'était du sérieux, entre nous, avant que tu ne redébarques.

Une voiture passe, nous interrompant un court instant, et nous reculons dans l'ombre des buissons.

— Suis-moi, dit-elle.

Je m'exécute avant même d'avoir eu le temps de réfléchir à la suite des événements, et me voilà qui marche à ses côtés. Comment diable ai-je pu en arriver là ? Par quel coup du sort a-t-elle réussi à reprendre contenance et à inverser le rapport de force aussi vite ?

— Il allait vraiment mieux, poursuit-elle. Et puis il a fallu qu'il retombe sur toi.

Elle parle d'un ton glacial. Implacable.

— Tu n'étais qu'une garce ivre et égoïste.

Je ne dis rien pour me défendre, car il n'y a rien que je puisse dire. Elle a raison sur toute la ligne.

— J'ai su que c'était toi à la seconde où tu as répondu sur son téléphone.

Je me fige en la dévisageant d'un air interrogateur.

— De quoi parles-tu ? Je n'ai aucun souvenir de ça.

Au moment où je lui parle, je me rappelle pourtant avoir eu un flash de cette scène. Le portable de Simon sonnant et vibrant dans la poche de sa chemise. Se pourrait-il que j'aie répondu à sa place ?

Elle émet à nouveau un rire amer.

— Comment aurais-tu été capable de t'en souvenir ? Tu étais dans un état pitoyable. Et qui a appelé l'ambulance, à ton avis ? Il t'a fallu une éternité avant de me donner une adresse qui tenait la route.

Elle marque un temps d'arrêt.

— Ce n'est pas comme si ça avait fait une grande différence, pour finir.

Les larmes me montent aux yeux. Appeler cette ambulance était la seule bonne action que je croyais avoir faite au cours de cette nuit chaotique, et il s'avère que ce n'est même pas le cas.

— Qu'est-ce que tu me veux ?

J'ai parlé d'un ton bien plus agressif que je ne l'aurais voulu. La mettre encore plus en rogne qu'elle ne l'est déjà est bien la dernière chose dont j'ai envie. À ce stade, il est encore impossible de savoir si elle est véritablement dangereuse ou non.

— Si ça ne tenait qu'à moi, je resterais aussi loin de toi que possible. Mais je fais ça pour lui. Pour Simon.

— Faire quoi ? Simon est mort

Elle s'arrête pour faire glisser son sac à dos sur son bras. Puis elle le pose sur le sol devant elle et s'accroupit pour en défaire la fermeture. Quelques secondes s'écoulent avant qu'elle n'en extirpe une autre de ces enveloppes marron.

Mes genoux se mettent à trembler de manière incontrôlable. Quel nouveau plan machiavélique a-t-elle encore bien pu fomenter ?

Elle se redresse et me regarde droit dans les yeux, l'enveloppe toujours à la main. Son visage affiche une étrange expression mélancolique.

— Je n'arrive pas à croire que je te la donne enfin. J'ai été tentée de la déchirer tellement de fois, sans jamais m'y résoudre. L'idée qu'il me voie depuis là-haut et qu'il m'en veuille m'a peut-être empêchée d'aller jusqu'au bout de mon acte.

Je la regarde sans être certaine de bien comprendre son soudain changement de ton et de comportement. Il s'agit peut-être d'un piège pour me faire croire à tort que je ne suis pas en danger. Peut-être que cette enveloppe qu'elle serre si fort dans sa main contient quelque chose de si horrible que ma mémoire l'a complètement oblitéré.

— Au fond de moi, je savais qu'il ne m'aimait pas comme il t'aimait.

Elle parle désormais si bas que je dois tendre l'oreille pour l'entendre.

— Mais j'espérais secrètement qu'il se remettrait de votre séparation et que… je ne sais pas, tout irait pour le mieux entre lui et moi.

Elle rit. Un rire différent de la dernière fois.

— On peut clairement dire que je me voilais la face.

— Je ne comprends pas.

Elle referme son sac et se relève. Puis elle finit par me tendre l'enveloppe où est inscrit mon nom et je reconnais immédiatement l'écriture de Simon.

— Dans ce cas tu ferais mieux de lire ça.

Pendant un court instant, nous tenons chacune une extrémité de l'enveloppe. Comme si je n'étais pas sûre de vouloir la prendre et qu'elle ne souhaitait pas vraiment s'en séparer. Enfin, ses doigts la libèrent et la voilà en ma possession. S'agit-il réellement d'une lettre de Simon ? D'une lettre qui m'est adressée ?

— C'est ce qu'on pourrait qualifier de lettre d'adieu, ajoute-t-elle en détournant le regard. Je sais, je n'avais aucun droit de l'ouvrir, mais je n'ai pas pu m'en empêcher. Si ça peut te rassurer, j'ai dû m'arrêter au bout du deuxième paragraphe. C'était trop douloureux.

Elle renverse la tête en arrière et renifle.

— Ça fait des lustres que j'essaye de te la donner, mais chaque fois que je m'approchais de toi, je finissais toujours par changer d'avis. Je ne voulais pas que tu aies la chance de lire ses petits mots d'amour. J'étais jalouse de toi, tu vois ? Jalouse que Simon ne m'ait jamais aimée comme il t'aimait.

Elle renifle une nouvelle fois.

— De nous deux, c'est à toi qu'il a pensé jusqu'à la fin.

Je la dévisage bouche bée, essayant tant bien que mal de digérer la nouvelle. Tout ça pour ça ? Des semaines de harcèlement et de menaces à peine voilées… Un sentiment d'insécurité permanent pour moi et pour ma mère… Pour ça ? J'ai une soudaine envie d'attraper cette fille par le col et de lui en mettre une.

— C'est pour cette raison que tu as essayé de me coller la frousse pendant tout ce temps ? Parce que tu étais jalouse ?

Elle fait la moue, et une ride contrariée se dessine sur son front.

— Je n'étais pas seulement jalouse. Je t'en voulais aussi. À vrai dire, j'étais furieuse contre toi. Et je le suis toujours, si tu veux tout savoir.

Elle se détourne et commence à se diriger vers la route principale. Elle avance vite, mais il n'est pas question que je la laisse s'en tirer aussi facilement. Pas après tout ce qu'elle m'a fait subir. S'il y en a bien une qui a le droit d'être furieuse, c'est moi.

— Laura, reviens !

Elle s'arrête et tourne la tête, le visage baigné de larmes qu'elle essuie d'un rapide revers de main. Ses joues sont maculées de noir car son mascara a coulé. Mais même ainsi, les yeux bouffis par les pleurs, je vois qu'elle a un beau visage. Avec ses pommettes saillantes et son teint pâle, presque translucide, elle me fait penser à une petite poupée de porcelaine. Comment ai-je pu avoir peur d'elle un seul instant ?

— Tu as au moins eu la décence de donner ton véritable nom à ma mère.

Elle regarde ses pieds d'un air penaud.

— Je ne sais pas ce qui m'a pris d'aller chez toi. Je pensais peut-être y trouver quelque chose pour me persuader que tu ne méritais pas de lire la lettre de Simon. Mais quand j'ai vu ta chambre, si petite et si triste… J'ai remarqué que tu lisais le Gros Livre et j'ai aussi…

Elle me jette un regard en coin.

— J'ai aussi trouvé la balle de jonglage et c'est là que j'ai compris. J'ai compris que tu l'aimais toujours.

Elle fouille la poche intérieure de son bombers et en sort la balle, qu'elle observe longuement.

— Tu peux la récupérer, j'ai les deux autres chez moi. Je n'aurais jamais dû te la prendre.

Elle fouille à nouveau dans sa poche à la recherche cette fois d'un mouchoir pour s'essuyer le nez. Elle semble avoir abandonné toute idée de retenir ses larmes. Bordel, et voilà qu'elle me fait de la peine. Ce n'est pas comme si j'avais le droit de la juger, de toute façon. Compte tenu de toutes les horreurs que j'ai moi-même commises.

— Garde-la, je réponds enfin. Ça aura bien plus de sens que tu aies les trois.

Elle range la balle dans sa poche.

— Si seulement je ne l'avais pas laissé partir.

— Qu'est-ce que tu veux dire ?

Ses épaules s'affaissent soudain.

— Quand il m'a donné cette lettre pour toi, il m'a dit qu'il lui restait encore une chose à faire. Une chose qui réglerait tous nos problèmes.

Elle me lance un regard plein de désespoir.

— J'aurais dû le suivre au lieu de le laisser partir seul, comme ça. C'est arrivé si vite. Je n'avais pas la moindre idée de ce qu'il avait l'intention de faire… Sinon, j'aurais averti son psy. Je l'aurais forcé à retourner à l'hôpital.

Elle garde les yeux rivés sur ses chaussures.

— Il avait pourtant l'air si calme et déterminé. Si convaincant. Je ne m'y attendais pas du tout.

— Tu n'aurais rien pu faire, je dis doucement. Lorsqu'une personne a pris la décision de mettre fin à ses jours, elle garde généralement l'information pour elle.

Laura lève les yeux vers moi.

— Il me manque tellement.

— Il me manque aussi.

Les mots sont à peine intelligibles car c'est à mon tour de pleurer désormais.

— C'est ma faute s'il a recommencé à boire. C'est ma faute s'il est mort.

— J'ai eu envie de te tuer quand j'ai appris ce qui s'était passé, dit-elle, les yeux dans le vague.

Puis elle tourne la tête pour me faire face.

— Mais ce n'est plus le cas, maintenant. Plus maintenant que je t'ai rencontrée.

— Dis-moi, Laura. Pourquoi portes-tu son after-shave en guise de parfum ?

La réponse est pourtant évidente.

— C'est ma façon de me convaincre qu'il est toujours avec moi. J'aurais pris soin de lui, Astrid. Je serais restée à ses côtés pour toujours.

— Tu n'aurais pas pu l'arrêter, tu sais. Même si tu avais essayé.

Elle hoche la tête.

— Je le sais très bien, mais je ne peux pas m'empêcher de m'en vouloir quand même.

Nous rejoignons la route principale en silence. Laura regarde sa montre.

— Le dernier train part bientôt, je vais devoir courir.

Elle part à toute allure, les cheveux au vent, son sac rebondissant contre son dos.

— Attends ! je crie. Je viens avec toi.

Mais elle ne s'arrête pas et je suis contrainte d'abandonner, pantelante et ruisselante de sueur après plusieurs minutes de course effrénée pour tenter de la rattraper. Ce n'est pas comme si elle et moi allions devenir meilleures amies. Pas après toute cette histoire. Alors quel intérêt de me lancer à sa poursuite ? Elle est venue ici pour accomplir sa mission et, maintenant que c'est chose faite, elle n'a plus aucune raison de s'attarder.

Elle est partie. Et pour la première fois depuis des semaines passées à attendre que le ciel me tombe sur la tête, je me sens plus légère. Comme si j'avais enfin pu retrouver mon souffle. Sur le chemin du retour chez ma mère, mon pouls retrouve peu à peu un rythme normal. Je n'ai plus rien à craindre. Enfin.

Mes doigts caressent l'enveloppe au fond de ma poche. Une lettre de Simon. Je vais avoir besoin de tout mon courage et de toute ma force pour lire ses derniers mots. J'ignore comment je vais réagir lorsque j'entendrai en moi sa voix après tout ce temps, comme s'il était revenu d'entre les morts.

La voilà enfin de retour chez sa mère, triste et pâle comme la mort. Perdue dans l'obscurité avec pour seule compagnie la culpabilité et la honte, et cet espoir si fragile que peut-être, je dis bien peut-être, elle aura une nouvelle chance d'être aimée.

J'éclaterais de rire si le simple fait de penser à elle ne me donnait pas envie de vomir.

Je pense qu'il est grand temps pour moi d'arrêter de tourner autour du pot en lui envoyant des lettres anonymes et en glissant des bouteilles de vodka dans la poche de son manteau. Si j'ai pris beaucoup de plaisir à le faire, il me faut désormais passer aux choses sérieuses. Finies, les plaisanteries. Finie, la perte de temps. Le petit oiseau est tombé de son nid. L'heure est venue pour le chat de le chasser.

Comme je te l'ai déjà dit, salope, tout finit par se payer. Certaines fautes ne peuvent pas être réparées. Certaines fautes doivent être punies.

40

Je verrouille la porte d'entrée derrière moi et cours me rouler en boule sur le canapé du salon. Avant même d'avoir eu le temps de sortir l'enveloppe de ma poche, je suis à nouveau prise d'une envie irrépressible de boire. Depuis que ma mère est partie pour sa retraite spirituelle, cette envie ne m'a presque pas quitté une seule seconde et se fait encore plus insistante chaque fois que je suis contrariée. Ce qui est presque tout le temps le cas ces derniers jours. Le fait de ne pas avoir été conviée à cette fête d'anniversaire, la confrontation avec Laura, la lettre que je m'apprête à lire…

Je remonte les genoux contre ma poitrine et les serre contre moi en me balançant d'avant en arrière. J'ai tellement envie d'un verre que j'arrive à peine à respirer. Je repense à toutes ces fois où j'ai été sur le point de craquer mais où la peur m'a finalement empêchée de commettre l'irréparable. À présent que je suis enfin hors de danger, ce filet de sécurité semble avoir disparu.

J'arrive à ouvrir l'enveloppe et à en sortir la lettre pliée en deux avant que la boule qui s'est formée au fond de ma gorge ne me force à m'arrêter pour chercher mon souffle. Je me concentre tant bien que mal sur ma respiration. Ce n'est qu'une crise de panique. Rien que je ne connaisse déjà. De la panique liée à l'appréhension de ce que je vais découvrir dans cette lettre. Si je n'ai plus à m'inquiéter de Laura et de son petit jeu vicieux, mon passé n'en a pas pour autant fini de me hanter. La tristesse. La culpabilité. Sans parler du fait que la seule personne capable de me protéger du pire qui se tapit en moi refuse catégoriquement de me voir.

Je regarde l'heure à l'horloge. Vingt-deux heures passées. La supérette est déjà fermée. En revanche, il y a toujours cette petite épicerie qui vend de la nourriture et du vin. Je mettrais ma main à couper qu'elle est encore ouverte.

Non. Je ne peux pas céder maintenant.

Tout à coup, me voilà à nouveau debout dans l'entrée. Encore quelques minutes et j'aurai de quoi étancher ma soif. Encore quelques minutes et je pourrai enfin faire taire le chaos de mes pensées. Ma mère ne sera pas de retour avant dimanche soir, ce qui signifie que j'aurai largement le temps de m'en remettre. Juste une fois. Pour m'aider à passer la nuit. Elle n'en saura jamais rien. Autrement, je n'aurai jamais la force de lire cette foutue lettre.

J'ouvre la porte d'entrée et je sors pour la seconde fois de la soirée. J'avance d'abord lentement, puis de plus en plus vite. Mes pieds foulent le sol mécaniquement, refusant d'écouter la voix de la raison qui leur intime de faire demi-tour, comme s'ils étaient détachés du reste de mon corps. Cette même petite voix qui se fait de plus en plus lointaine à mesure que j'avance, consciente que la bataille est déjà perdue.

J'arrive devant l'épicerie. Oh non ! Trop tard, elle est fermée aussi. Des larmes de frustration coulent le long de mes joues tandis que je fixe le rideau de fer baissé devant moi. C'est le destin, comment cela pourrait-il en être autrement ? Je devrais me sentir soulagée. En fait, je suis soulagée. Parce que la possibilité de boire m'a été retirée. Il ne me reste plus qu'à rentrer et combattre l'envie jusqu'à ce qu'elle devienne supportable. Boire des litres de café, fumer cigarette sur cigarette et manger le paquet de gâteaux entier. Me cogner la tête contre le mur et hurler s'il le faut. Bon sang, qu'est-ce qui m'a pris de sortir de la maison ?

Sur le chemin du retour, un souvenir refait surface. Helen en train de remplir son panier de bouteilles de vin chez Marks & Spencer. Mon estomac se tord douloureusement. Je jette un regard par-dessus mon épaule en direction de son immeuble au bout de la rue. Et si je sonnais chez elle ? C'est alors qu'un autre souvenir chasse le premier : l'inquiétude sur le visage de ma mère au moment de partir. Elle savait qu'elle prenait un énorme risque en me laissant seule pour le week-end. Et c'est pour cette raison que je ne peux pas la décevoir. Pas une fois de plus. Elle ne me le pardonnerait jamais.

Le pire dans tout cela, et le simple fait de le reconnaître me rend malade, c'est qu'il n'y a actuellement qu'une seule personne capable de me venir en aide. Quelqu'un qui m'a déjà tendu la main plusieurs fois et que j'ai repoussé, encore et encore. Ce n'est pas faute de m'avoir avertie à propos d'Helen. Un avertissement que je n'ai pas jugé bon de prendre au sérieux à l'époque.

La boutique Oxfam est évidemment fermée, et je colle mon visage contre la vitrine dans l'espoir de l'apercevoir à l'intérieur. En vain. À quoi d'autre pouvais-je m'attendre ? Un miracle ? Si seulement je n'avais pas jeté le morceau de papier avec son numéro de téléphone. Encore une idée stupide de ma part. Stupide et orgueilleuse.

J'ai pourtant bien vu un sac de couchage et une torche la fois où je suis allée acheter la robe. Se pourrait-il qu'elle squatte la boutique la nuit ? Dans ce cas, elle devrait être là en ce moment, seule et recroquevillée sur le sol dans cette pièce du fond qui sent le renfermé. Je devrais tenter ma chance. Elle a beau être insupportable, elle a réussi à rester abstinente pendant huit longues années. Si elle n'est pas en mesure de m'aider, qui le pourrait ? Ce n'est pas comme si j'avais quelqu'un d'autre vers qui me tourner. Helen n'étant pas une option. Plus depuis que je l'ai surprise en train d'acheter toutes ces bouteilles. Un seul regard posé sur un verre de vin suffirait à me faire vriller pour de bon.

Je contourne la boutique et rejoins la rue de derrière, habituellement réservée aux camions de livraison. Il me faut quelques minutes pour trouver la bonne porte. De toute façon, il y a peu de chances qu'elle soit là. Depuis le temps, elle a certainement trouvé un autre endroit où loger.

Je me dépêche de passer à côté des bennes à ordures, de peur d'y voir un rat ou un quelconque charognard. Même si les rats ont été mes compagnons de chambrée pendant de nombreuses années, je ne me suis jamais habituée à leur présence. Ils me dégoûtent toujours autant.

Arrivée devant la porte, je lève le poing et l'abats d'un geste vif. Je recommence, plus fort cette fois.

S'il y a bien une seule personne capable de me faire renoncer à l'alcool ce soir, c'est Rosie.

41

Enfin, j'entends du bruit à l'intérieur. D'abord un verrou qu'on fait tourner, puis le cliquetis d'une clé dans la serrure. La porte s'entrouvre de quelques centimètres et une paire d'yeux méfiants scrute l'obscurité ambiante. Ils s'adoucissent dès qu'ils se posent sur moi, et j'entrevois le visage rassuré et souriant de Rosie. On dirait bien que ma visite impromptue lui fait plaisir. Son petit cobaye a enfin cédé et, pour une fois, ça m'est bien égal. J'ai besoin d'être sauvée. Sauvée de moi-même.

La porte s'ouvre un peu plus, suffisamment pour que j'arrive à distinguer une minuscule pièce sombre remplie de cartons empilés les uns sur les autres. Rosie sort sa tête et s'assure que nous ne sommes vues de personne avant de me laisser entrer et de refermer la porte derrière nous.

— Comment es-tu parvenue à me trouver ?

Je la suis dans la pièce du fond.

— J'ai vu ton sac de couchage et j'en ai déduit que tu dormais ici.

La porte menant à l'intérieur de la boutique est fermée et une lampe à pétrole est posée sur la table. Voilà donc d'où provenait cette odeur étrange que je n'arrivais pas à identifier la dernière fois. Le sac de couchage rouge est déplié sur un matelas de fortune constitué d'une pile de rideaux et de vieilles couvertures. Cela me fait penser à ce conte de fées que j'adorais enfant : *La Princesse au petit pois*.

Rosie se penche au-dessus de la table pour ajuster la luminosité de la lampe et, bientôt, la pièce baigne dans un faible halo orangé. Des ombres se mettent à danser sur son visage, lui donnant un air grotesque. On est bien loin de la princesse de conte de fées.

— J'essaye de ne pas consommer trop d'électricité, dit-elle. Je ne voudrais pas prendre le risque qu'ils se rendent compte que la facture est plus élevée que d'habitude.

Elle me fait signe de m'asseoir sur une chaise.

— Tu peux poser ce qui s'y trouve par terre.

Elle saisit une bouilloire et disparaît dans une petite pièce adjacente. Je l'entends faire couler de l'eau.

— Je croyais que tu préférais te tourner vers Helen dans les moments les plus durs.

Elle est sur la défensive. Pas étonnant, vu le nombre de fois où je l'ai repoussée alors qu'elle essayait simplement de m'aider.

— Elle n'est pas en état de recevoir de la visite en ce moment.

— Hum.

Rosie réapparaît et se dirige vers une petite étagère en Formica faisant office de coin cuisine. À l'intérieur s'entassent des mugs crasseux et ébréchés ainsi qu'une boîte en étain remplie de sachets de thé et un énorme pot de café instantané bon marché. À côté, une soucoupe contenant un petit tas de sachets de thé utilisés forme une drôle de sculpture solidifiée.

— Thé ou café ? demande Rosie.

— Café, merci. Noir.

— Oh, il le sera, ne te fais pas de souci pour ça. Je suis à court de lait.

Je me mets à frissonner. La météo a beau être clémente, il fait beaucoup plus froid ici qu'à l'extérieur. Rosie attrape un pull à torsades sur le haut d'une pile de dons et me le balance. Je l'attrape in extremis par la manche et le renifle discrètement. Il fut un temps où porter les vêtements d'un inconnu ne m'aurait pas dérangé le moins du monde, mais la sobriété a rendu mon odorat plus sensible. J'arrive mieux à discerner les odeurs maintenant que je ne suis plus ivre à longueur de temps.

Rosie me dévisage avec intérêt.

— Tu as pleuré, remarque-t-elle.

— Sans blague.

Elle laisse échapper un petit rire sarcastique puis redirige son attention vers la bouilloire dont elle verse bientôt le contenu bouillant dans deux mugs.

— Sucre ?

— Non, merci.

Elle me tend un des mugs et verse trois cuillerées à soupe de sucre dans l'autre. Puis elle croise les jambes et se laisse glisser sans mal sur son sac de couchage.

Je renifle.

— Tu ne vas pas me demander pourquoi je suis venue te trouver ?

Rosie sourit. Il y a chez elle une forme d'arrogance qui me met hors de moi. Je me lèverais bien et partirais en claquant la porte si je ne savais pas qu'une fois dehors je me jetterais sur la première bouteille d'alcool venue.

Elle tient son mug si près de son menton que la vapeur remonte le long de son visage.

— Je savais que tu finirais par me demander de l'aide. Ce n'était qu'une question de temps.

Une larme se forme au coin de mon œil droit. J'essaye de me retenir de pleurer devant elle, car je sais pertinemment que si je craque, je finirai par tout lui raconter. Et s'il y a bien une chose qu'elle escompte depuis le jour où nous nous sommes rencontrées, c'est que je lui raconte tout. Pourtant, à la voir assise là, l'air patiente et résignée comme si elle était prête à attendre toute sa vie que je me décide enfin à lui parler, j'ai presque envie de céder. Et il ne s'écoule pas beaucoup de temps avant que je le fasse et que les mots sortent en un flot ininterrompu.

— Mon petit ami est mort. Il s'est suicidé à cause de moi et il m'a laissé une lettre d'adieu que je suis incapable de lire. C'est au-dessus de mes forces. Je n'y arriverai pas si je ne bois pas pour me donner du courage.

Rosie pose son mug sur le sol. Plongée dans ses pensées, elle semble totalement rentrée en elle-même. Pendant un court instant, j'ai une terrible vision de moi-même dans plusieurs dizaines d'années. Je m'imagine à la place de Rosie, essayant de donner du sens à mon interminable abstinence en écoutant les autres déverser leur lot de remords, assise au milieu d'une pièce empestant le moisi et la mort.

Rosie revient enfin de sa rêverie.

— Une lettre ? De Simon ?

Je suis étonnée qu'elle connaisse son nom. À aucun moment je ne me souviens l'avoir prononcé devant elle. Ou peut-être l'ai-je fait pendant une des réunions des Alcooliques anonymes.

— Oui. Elle n'est en ma possession que depuis quelques heures.

Elle plisse les yeux.

— Comment cela se fait-il ?

— C'est son ex-petite amie qui me l'a donnée.

Elle lève un sourcil.

— Je croyais que c'était toi, son ex-petite amie.

— Je le suis. Enfin, je l'étais. C'est une longue histoire.

— Tu fréquentes de nouveau quelqu'un, n'est-ce pas ?

Je secoue la tête.

— Plus maintenant. J'ai décidé de lui dire toute la vérité sur moi et il ne veut plus me voir.

Je baisse les yeux sur mes pieds.

— Je n'aurais jamais dû me lancer dans une relation avec lui. C'était bien trop tôt après la mort de Simon. Mais je l'ai quand même fait, et je suis tombée amoureuse.

Après avoir retourné les manches de son pull, Rosie les remonte soigneusement au-dessus de ses coudes.

— Parle-moi de lui.

— Il est venu passer l'été ici pour aider son père à rénover une vieille demeure.

— Non, pas lui. Simon.

Je la dévisage. Elle affiche une drôle d'expression, comme si elle essayait de s'incruster dans mon esprit dans l'espoir d'en extirper les pensées les plus profondément enfouies. Elle a raison, pourtant. J'ai besoin de parler de lui. D'exorciser son fantôme une bonne fois pour toutes.

— J'ai longtemps été convaincue que c'était le seul homme que je serais jamais capable d'aimer. Le seul qui me comprenait et qui m'acceptait pour ce que j'étais.

Les larmes roulent sur mes joues. Je n'aurais jamais imaginé me retrouver un jour assise dans la salle du fond de la boutique Oxfam, un mug de café douteux à la main, en train d'ouvrir mon âme et mon cœur à cette bigote de Rosie. Était-ce vraiment là mon dernier recours ? Parce que je sais pertinemment ce qui se passera si je reste. Rosie commencera à me parler de Dieu et du fait que je devrais accepter de me soumettre à sa volonté. Qu'il me faudra pour cela revenir à l'Étape 1 et tout reprendre depuis le début. Elle me proposera certainement aussi de terminer par une petite séance de prière.

— Et contre toute attente tu es tombée amoureuse d'un autre homme.

— Oui, mais les choses ont considérablement changé. J'ai arrêté de boire entre-temps. Quand je suis avec Josh, je me sens en sécurité. Ce n'est pas quelqu'un de difficile, bien au contraire. Il est gentil, responsable…

— Alors que Simon n'était rien de tout cela.

Rosie me regarde avec une telle intensité que je manque d'en perdre mes moyens. Et toutes ces questions au sujet de Simon ! Je ne serais pas étonnée d'apprendre qu'elle a suivi des cours de psychothérapie. Elle a l'air si sûre d'elle, et surtout, elle semble orienter la conversation exactement là où elle veut.

— Eh bien, il pouvait se montrer gentil quand il n'était pas complètement saoul. Mais pas difficile ? Responsable ? Ce ne sont généralement pas des mots qu'on associe à un alcoolique. Tu devrais le savoir mieux que quiconque.

Je ferme les yeux.

— Je ne pourrais pas dire pourquoi je l'aimais. C'était comme ça et pas autrement, voilà tout. C'était un amour très intense. Presque… viscéral.

Rosie bouge légèrement pour soulager ses articulations. Puis elle fixe un point au-dessus de mon épaule droite et fronce les sourcils.

— Lorsqu'on perd quelqu'un qu'on aime trop tôt, il est pratiquement impossible de s'en remettre, n'est-ce pas ? demande-t-elle.

J'acquiesce. Même si je ne peux pas en être certaine à cause de la faible luminosité, j'ai l'impression de voir des larmes perler au coin de ses yeux. Elle est peut-être en train de penser à sa mère. Je me dépêche de boire la dernière gorgée de café. Aussi mauvais soit-il, en plus de me procurer une agréable sensation de chaleur, il me donne de quoi m'occuper dans les silences les plus embarrassants.

— J'imagine qu'il est interdit de fumer ici ?

Rosie secoue la tête.

— Je peux désactiver le détecteur de fumée si tu veux. Tu n'auras qu'à aller dans les toilettes et ouvrir la fenêtre.

Elle rit. Un rire guttural et rauque que je ne lui connaissais pas jusqu'alors.

— J'ai décidé de réduire ma consommation quand j'ai commencé à crécher ici.

Elle n'est pas si terrible, après tout. Si nous nous étions rencontrées du temps où nous étions encore toutes deux des poivrotes, nous aurions même pu partager un fou rire. Mon Dieu, cette seule pensée me donne envie de boire un verre. Je sors mon paquet de cigarettes de ma poche et me précipite dans les toilettes avant de me remettre à pleurer comme une Madeleine. Faites que je ne termine pas comme Rosie, proche de la soixantaine et toujours contrainte de m'enfermer dans les sanitaires d'une boutique de vieux vêtements que je squatte temporairement pour pouvoir fumer ma cigarette. Que dirait Josh s'il me voyait dans cet état ? Et Richard ?

Après avoir terminé ma cigarette, je jette le mégot par la fenêtre et j'en profite pour uriner. Quand je déverrouille la porte des toilettes, et alors que je m'apprête à aller me laver les mains dans le lavabo, quelque chose retient mon attention. Le visage familier de Dolores O'Riordan qui me fixe depuis le sac de Rosie d'où il dépasse négligemment.

Un long frisson remonte le long de ma colonne vertébrale. Je lance un bref regard derrière moi pour m'assurer que Rosie ne peut pas me voir, puis je fais couler l'eau du robinet pour couvrir le bruit. Enfin, je me penche pour extirper le T-shirt du sac aussi délicatement que possible. Je le tends devant moi, l'estomac noué par la terreur. Il s'agit bien du même T-shirt que j'avais aperçu sur le mannequin dans la vitrine. Celui que mon esprit pensait avoir créé de toutes pièces et, surtout, celui que Rosie a affirmé ne jamais avoir vu. Le voilà désormais entre mes mains, bien réel. Lentement, osant à peine respirer, je l'examine jusqu'à ce que je la trouve. La petite tache d'eau de Javel sur l'ourlet de la manche gauche. Cela ne fait aucun doute à présent. Ce T-shirt appartenait à Simon.

42

Les mains secouées de tremblements incontrôlables, je replie le T-shirt avant de le reposer sur le sac. Ce faisant, j'aperçois un petit bout de papier plié en deux rangé sur le côté.

— Astrid, est-ce que tout va bien ?

La voix de Rosie me fait sursauter. D'un geste vif, je m'empare du bout de papier et le fourre dans la poche arrière de mon jean.

— Tout va bien, oui. Je me sèche les mains et j'arrive.

Les mots sont sortis d'un bloc et s'apparentent davantage à un croassement étrange qu'à une phrase intelligible.

— Tu n'as pas oublié d'éteindre la lumière des toilettes ?

Sa voix est juste derrière moi, désormais. Je fais volte-face et l'aperçois dans l'encadrement de la porte. L'espace d'un court instant, ses yeux se posent sur le sac à mes pieds. Cela n'a duré que quelques millisecondes, mais j'ai surpris son regard. Aussi furtif fût-il, je l'ai surpris.

J'acquiesce, incapable de prononcer un mot. Elle sait que je l'ai vu. L'air entre nous se charge d'une tension presque palpable.

— Tu m'as menti.

Ma voix est haut perchée et grinçante. Je me racle la gorge dans l'espoir de retrouver une intonation normale qui me donne un minimum de prestance. Mais la panique et la soudaine montée d'adrénaline rendent vains tous mes efforts.

— Tu m'as dit qu'il avait été vendu.

Elle hausse les épaules, comme si rien de tout cela n'avait d'importance.

— J'ai menti, et alors ? Je me suis dit qu'il pouvait avoir de la valeur. C'est souvent le cas des éditions limitées. Alors je suis allée jeter un coup d'œil sur Internet et j'ai trouvé le même à vendre sur eBay pour quatre-vingts livres.

Elle avance d'un pas, attrape le T-shirt et le secoue devant elle pour le déplier, comme si elle ne croyait pas à ses propres mots. Bien sûr qu'elle n'y croit pas. Ce vil serpent vient de les inventer.

— Nous ne sommes pas censés nous servir dans les dons. Tout ce qui est susceptible de rapporter plus est vendu aux enchères en ligne. Seulement, comme tu peux t'en douter, je ne roule pas sur l'or en ce moment…

Elle lève le menton en me regardant d'un air de défi.

— Mais j'ai changé d'avis. Je ne vais pas le vendre.

J'acquiesce comme si je m'étais résignée à avaler ses mensonges. En réalité, je gagne du temps pour savoir à qui j'ai réellement affaire. Je dois rester prudente, et la laisser croire qu'elle a réussi à me berner.

— Simon a failli le vendre une fois, je lui dis.

Ses doigts se resserrent sur le tissu.

— Les Cranberries passaient en concert le soir où nous nous sommes rencontrés. Il avait beau ne pas être particulièrement sentimental…

Elle tient toujours le T-shirt contre elle, comme si elle avait peur qu'il ne lui échappe.

D'une main tremblante, je saisis le bout de papier plié dans la poche arrière de mon jean. J'ai les paumes luisantes de sueur. Rosie se tend imperceptiblement lorsque je commence à le déplier. C'est une photocopie d'un journal dont un des paragraphes a été cerclé de rouge. Ce dernier s'intitule : « Un jeune homme se suicide en se jetant du haut de Seaford Head dans le West Sussex ».

Comment ai-je pu être aussi bête ? Depuis que Laura m'a donné la lettre d'adieu de Simon, je me suis persuadée que je ne devais mes tourments qu'à moi-même. Moi, l'alcoolique à peine repentie, et personne d'autre. Et si Laura n'avait en réalité jamais été à l'origine de tous ces messages anonymes ? Elle s'est excusée d'avoir voulu m'effrayer, oui, mais elle ne pensait peut-être qu'au fait de m'avoir suivie et d'avoir abusé de la confiance de ma mère en pénétrant chez elle. À aucun moment elle n'a dit avoir envoyé les enveloppes marron. C'est une déduction personnelle pour laquelle je n'ai pas eu de confirmation.

Soudain, le souvenir de Rosie attrapant la balle de jonglage dorée la fois où j'ai vidé mes affaires sur le comptoir de la boutique me revient en pleine face. La façon qu'elle avait de la serrer dans sa main, comme si elle était entrée dans une sorte de transe. Un geste qu'il m'arrivait aussi souvent de faire la nuit, dans l'espoir d'y trouver une quelconque forme de réconfort. Un réconfort que seule une amante éplorée pouvait rechercher ainsi.

Une amante… ou bien une mère.

Mes jambes vacillent. Je manque de perdre l'équilibre, prise de nausées, un voile noir devant les yeux.

Rosie s'avance comme pour me toucher mais je m'écarte à temps et cours me réfugier dans la pièce où sont entassés les cartons de dons. Mon cerveau n'arrive pas à enregistrer l'information. Je me rappelle que Simon m'a un jour confié que sa mère avait des « problèmes » et qu'elle le détestait pour avoir fait sa vie loin d'elle. Mais il n'a jamais dit que c'était une alcoolique elle aussi. Par quel coup du sort peut-elle se trouver ici, à Flinstead ? Cela n'a aucun sens. À moins qu'il ne lui ait parlé de moi. Mais ne m'a-t-il pourtant pas assuré qu'ils avaient coupé les ponts, tous les deux ? Depuis des années. Non, cela n'est pas possible. Autrement, comment aurait-elle réussi à se procurer son T-shirt ?

Si par miracle je parvenais à ne pas m'effondrer, je pourrais me précipiter vers la porte de derrière et m'échapper de cet endroit. Mais comment faire ? La panique se répand en moi comme un poison glacé. Rosie a verrouillé la porte derrière nous. J'en suis certaine. Cela ne m'a évidemment pas semblé suspect à ce moment-là.

Je parcours la pièce du regard à la recherche d'un trousseau de clés. En vain. Mes yeux s'arrêtent sur l'ordinateur, et un autre souvenir afflue. Celui d'un document Word ouvert sur l'écran de ce même ordinateur, le jour où je suis venue acheter la robe pour mon rendez-vous avec Josh. Je pense immédiatement à la fausse brochure servant d'emballage à la mignonnette de vodka. À coup sûr, c'est elle qui l'a créée et imprimée depuis la boutique Oxfam.

C'est alors que j'aperçois le trousseau de clés posé sur le sac de couchage. Rosie me surprend en train de le regarder et sa mâchoire se contracte.

— Je suis désolée, Astrid, mais je ne peux pas te laisser partir.

Les plans d'attaque s'enchaînent dans mon esprit. Si elle veut parler, alors nous parlerons. N'est-ce pas ce qu'elle voulait depuis le début, à saisir la moindre occasion pour se matérialiser à côté de moi et essayer d'engager la conversation ? À glisser son numéro de téléphone dans la poche de ma veste ? Et dire que je pensais qu'Helen et quelques bouteilles de vin constituaient la plus grande menace pour moi ce soir…

— Assieds-toi, ordonne-t-elle en désignant la chaise du menton.

La peur me cloue littéralement au sol.

— Je t'ai dit de t'asseoir.

Et me voilà qui m'exécute. Que pourrais-je bien faire d'autre ?

Réfléchis, Astrid. Réfléchis !

Je me laisse lentement glisser sur la chaise.

Rosie ramasse mon mug vidé de son café.

— Je vais t'en préparer un autre, dit-elle.

Sans jamais lâcher le T-shirt, Rosie s'en retourne dans la petite pièce sombre dont nous venons de sortir. L'espace d'un instant, j'envisage de me ruer dans la pièce principale et de tambouriner sur la vitrine dans l'espoir d'attirer l'attention d'un passant. Mais j'écarte aussitôt l'idée, découragée par mes maigres chances d'être sauvée par quiconque à cette heure avancée de la nuit. Non, la seule solution est de m'emparer de ce trousseau de clés et de sortir par la porte de derrière.

J'attends jusqu'à ce que j'entende le bruit de l'eau qui coule dans l'évier, puis je me lève le plus discrètement possible. Arrivée devant le sac de couchage, je me penche pour prendre le trousseau en essayant de ne pas faire tinter les clés les unes contre les autres. Une fois la tâche accomplie, je me précipite vers la porte de derrière. Le verrou du haut tourne sans aucune difficulté. Jusqu'ici tout va bien. Mais celui du dessous me donne du fil à retordre. Le saisissant fermement, je le tourne d'un coup vif. Enfin, le loquet grince et pivote finalement, non sans émettre d'abord un bruit sec et métallique.

— Astrid ? Qu'est-ce que tu fais ?

Maladroitement, j'enfonce la première clé dans la serrure, mais elle ne rentre pas. Je secoue le trousseau à la recherche d'une seconde clé. Mais mes mains tremblent si fort que le trousseau m'échappe. Bien joué, maintenant je ne sais plus quelle clé je viens tout juste d'essayer. Le temps que je trouve enfin la bonne, elle se tient juste derrière moi. Ses doigts agrippent mes épaules et me tirent en arrière.

— Je suis désolée, Astrid, mais je ne peux vraiment pas te laisser partir.

Je tourne la clé dans la serrure, mais elle se bloque. Quelque chose semble faire obstruction. Rosie essaye de me pousser loin de la porte.

— Tu vas la casser ! crie-t-elle. Donne-moi les clés.

J'attrape la poignée d'une main et tire la porte de toutes mes forces en tournant la clé de l'autre. Elle résiste encore un peu avant de céder. Enfin, la porte est ouverte. J'envoie mon coude valser dans les côtes de Rosie et je me dégage de son emprise pour plonger dans la nuit. Je peux l'entendre hurler mon nom, mais je ne m'arrête pas pour autant de courir. Je cours depuis la rue qui passe derrière la boutique jusqu'à Flinstead Road, la panique enserrant ma poitrine, l'adrénaline se déversant dans mes veines.

43

Je cours sans m'arrêter. Sans même regarder une seule fois par-dessus mon épaule. J'ai bien trop peur de ce que je pourrais voir. Peu importe si Helen est ivre. Peu importe si elle m'en veut de débarquer chez elle au beau milieu de la nuit. Elle devra me laisser entrer. Elle n'aura pas d'autre choix.

Arrivée au pied de son immeuble, j'appuie sur le bouton de l'Interphone sans interruption. Et si elle ne se réveillait pas ? Si elle refusait de se lever pour aller ouvrir la porte ? Mais alors que je m'apprête à abandonner, une voix grésille dans l'Interphone.

— Helen, c'est moi.

— Astrid ? Qu'est-ce que tu fais là ?

— Bordel, Helen ! Je t'en prie, laisse-moi entrer ! Je t'expliquerai plus tard.

Après une attente qui me semble interminable, le système d'ouverture de la porte se déclenche.

Je grimpe les marches deux par deux. Heureusement que la période estivale est derrière nous, sinon cet immeuble serait plein à craquer et des résidents agacés auraient à coup sûr menacé d'appeler la police pour se plaindre du bruit. Helen m'attend à l'entrée de son appartement, vêtue d'un pyjama.

— Que t'arrive-t-il, bon sang ?

— Rosie.

C'est le seul mot que je parviens à articuler avant d'être contrainte de me pencher en avant, mains sur les genoux, pour reprendre mon souffle.

— C'est Rosie !

La douleur qui s'est logée dans ma poitrine est insoutenable. Je n'avais jamais couru aussi vite et aussi longtemps de toute ma vie. Les années passées à boire et à négliger ma santé physique n'ont certainement pas aidé. Le régime idéal pour un infarctus.

Je plonge la main dans la poche arrière de mon jean pour en extirper la photocopie pliée en deux.

— Regarde ce que j'ai trouvé dans son sac. Elle a son T-shirt aussi.

Helen prend le papier et va dans son salon. Je la suis.

— Comment diable es-tu tombée là-dessus ?

— Je viens de te le dire. Je l'ai trouvé dans le sac de Rosie. C'est sa mère, tu comprends ? Rosie est la mère de Simon !

Mes genoux cèdent sous le coup de l'émotion. Helen me rattrape juste à temps et m'aide à m'asseoir sur le canapé.

— Et où se trouve-t-elle en ce moment ?

— À la boutique. J'en viens tout juste.

— Astrid, il est une heure et demie du matin. La boutique ne pouvait pas être ouverte.

— Elle dort là-bas. Elle n'a nulle part ailleurs où aller.

Helen garde les yeux rivés sur la photocopie.

— Est-ce que Rosie t'a dit quoi que ce soit sur Simon et… tout ça ?

— Elle a seulement dit qu'elle avait besoin de me parler, mais j'étais tellement paniquée que je ne l'ai pas vraiment écoutée. J'essayais plutôt de réfléchir à un moyen de lui échapper.

— Ne me dis pas qu'elle t'a poursuivie ? Qu'elle sait où tu es allée ?

— Non, je ne pense pas. Je n'ai entendu personne courir après moi. Je n'ai pas pris le temps de regarder, j'ai simplement couru du plus vite que j'ai pu.

— Donc tu me confirmes qu'elle ne sait pas où j'habite ?

Je repense à l'ombre grise aperçue la première fois que je suis allée chez Helen. Je m'étais alors demandé s'il ne s'agissait pas de Rosie…

— Je n'en suis pas sûre. En tout cas, je ne lui ai jamais dit où tu vivais. Et toi ?

— Jamais.

Helen prend une profonde inspiration et souffle longuement par le nez.

— Ça veut dire que tu seras en sécurité tant que tu resteras ici. Mais que faire pour ta mère ? Ne risque-t-elle pas de se demander où tu es passée ?

— Elle n'est pas là du week-end. Elle est partie faire une retraite spirituelle chez les quakers.

Helen hoche la tête.

— Voilà qui est réglé, dans ce cas. Ce soir, tu restes dormir ici et nous aviserons demain pour la suite.

Elle pose la main sur mon avant-bras.

— Ma pauvre, tu dois être terrifiée. Épuisée aussi. Je vais te préparer un bon lit.

— Je ne pense pas être capable de fermer l'œil de la nuit.

— Est-ce que tu as eu des nouvelles de Josh ?

Josh. Richard. La fête d'anniversaire. Autant de choses sorties de mon esprit depuis que j'ai trouvé le T-shirt de Simon dans le sac de Rosie. Et voilà que la douleur et le sentiment d'humiliation refont surface. Les larmes me montent aussitôt aux yeux.

— Le voir à cette soirée m'a fait comprendre à quel point j'ai pu le blesser en lui cachant la vérité. Et tout ce que j'avais à perdre s'il décidait de ne pas m'accorder de seconde chance. Je ne m'en remettrais pas, Helen. Surtout après toute cette histoire avec Rosie. Que fabrique-t-elle ici, à Flinstead ? Qu'a-t-elle l'intention de faire ? Elle pourrait ruiner tous mes espoirs de me remettre avec Josh un jour.

Je ravale mes larmes.

— Si ce n'est pas déjà trop tard.

Et c'est là que je la vois. Une bouteille de vin encore remplie aux trois quarts, ainsi qu'un verre vide. Mon cœur s'effondre.

Helen remarque où mon regard s'est posé et se raidit d'un coup.

— Ce n'est pas ce que tu crois. J'ai reçu la visite d'un ami, plus tôt dans la soirée.

— Oh, Helen, tu ne t'attends quand même pas à ce que j'avale ça ?

L'espace d'un instant, j'ai l'impression qu'elle va continuer à nier en bloc, mais elle baisse finalement la tête en soupirant.

— D'accord, d'accord. J'avais l'intention de t'en parler, dit-elle d'une voix à peine audible. Tu as raison. J'ai recommencé à boire.

Elle garde les yeux rivés au sol.

— Je sais. Je t'ai vue chez Marks & Spencer l'autre jour.

Elle relève brusquement la tête et me dévisage.

— Ce n'est qu'un petit verre de temps à autre, tu sais.

— Ça suffit, Helen. Arrête de te faire des illusions.

Elle secoue la tête.

— Je t'assure que ce n'est pas le cas. Je n'ai jamais ressenti le besoin de boire plus d'un verre, je te le promets. Je sais ce qu'on dit aux réunions des Alcooliques anonymes. Que les gens comme nous ne pourront jamais se limiter à un seul verre. Mais c'est possible. Après tout ce que j'ai enduré et les innombrables heures d'introspection par lesquelles je suis passée, j'ai enfin trouvé une solution. Et ça fonctionne, Astrid. On appelle ça la gestion par la modération.

Je n'arrive pas à croire qu'elle ose déblatérer de telles idioties. C'en est trop. Je ne pourrai pas en supporter davantage. Et pour cause. J'avais l'habitude de penser exactement comme elle, il n'y a encore pas si longtemps. Cette stupide règle que je m'étais fixée : pas plus de deux verres par soir, et rien du tout avant vingt et une heures. Rien qu'un prétexte pour ne pas avoir à arrêter pour de bon. Car l'idée de ne plus jamais toucher à une goutte d'alcool m'était tout simplement insoutenable. Elle l'est toujours, dans une certaine mesure.

— Dans ce cas, pourquoi avoir acheté autant de bouteilles ? Je t'ai vue en mettre au moins quatre dans ton panier.

Helen me fuit du regard.

— Parce qu'elles étaient en promotion, répond-elle en se levant pour aller prendre la bouteille. Je m'autorise un petit verre le soir et c'est tout. Je suis capable de me contrôler, tu sais.

Elle baisse à nouveau les yeux.

— À part cette fois où j'ai dérapé.

Je dois l'arrêter avant qu'il ne soit trop tard. J'ai besoin d'elle sobre. Ce soir plus que n'importe quel autre. Je secoue la tête de désespoir.

— Bientôt, ce sera deux verres au lieu d'un seul. Puis trois, et enfin la bouteille entière. Tu le sais au fond de toi. Je t'en prie, Helen. Ne fais pas ça. Écoute-moi. Tu essayes de banaliser le fait de boire, mais pour des gens comme nous, cela n'a absolument rien de banal.

De sa main, elle enserre le goulot de la bouteille. De là où je me trouve, je jurerais qu'elle la caresse du bout des doigts. Soudain, elle dévisse le bouchon et remplit son verre. Mon estomac se noue à la seconde où le liquide pourpre s'écoule. Un liquide aussi hypnotisant que dangereux.

— Pitié, Helen. Ne bois pas. Pas maintenant. J'ai besoin de ton aide, et pour cela il faut que tu restes sobre.

Trop tard. Elle a déjà porté le verre à ses lèvres.

44

Les tendons de son cou saillent tandis qu'elle avale sa première longue gorgée. Quelque chose en moi se tend, puis se brise aussi sec. Josh ne veut plus me voir. M'annoncer qu'il avait besoin de temps pour réfléchir n'était qu'une façon polie de me signifier que tout était fini entre nous. Il me déteste. Et même s'il finit un jour par accepter de me revoir, Rosie et sa vendetta tordue ne manqueront pas de tout foutre en l'air à la première occasion. Il n'y a aucune chance qu'elle me laisse reconstruire ma vie sans rien faire. À ses yeux, je ne suis rien d'autre que la personne responsable de la mort de son fils.

Helen passe la langue sur ses lèvres et repose le verre sur le plan de travail de la cuisine.

— Ne te laisse pas embrigader par la doctrine des Alcooliques anonymes, Astrid.

Elle parle d'une voix beaucoup plus apaisée, désormais.

— Tu n'es pas démunie face à l'alcool. Tu ne l'as jamais été. Tu t'es juste égarée en chemin. Mais tu n'es plus la même personne qu'avant. Et moi non plus.

Elle soulève à nouveau le verre et le porte devant son visage. Je peux voir la lumière se refléter dans le liquide couleur rubis et il n'en faut pas plus pour que mon esprit reconstitue l'odeur si riche et caractéristique du raisin fermenté. L'explosion de saveurs qu'il provoquerait au contact de mes papilles. La délicieuse sensation de douceur lorsqu'il s'écoulerait dans ma gorge.

— Si Josh t'aimait vraiment, il ne te ferait jamais subir un tel calvaire, ajoute-t-elle avant de s'autoriser une nouvelle gorgée, plus mesurée cette fois.

Je ne constate aucun changement majeur dans son comportement. Pas d'emportement ni de frénésie quelconque. Rien qui trahisse l'emprise que l'alcool exerce sur elle. C'est même tout le contraire. Elle semble parfaitement contrôler la situation.

— Combien de temps s'est-il écoulé depuis que tu lui as dit la vérité ? demande-t-elle. Deux semaines ?

Je baisse la tête. Helen a raison. Josh ne m'aime pas. Elle a raison au sujet des Alcooliques anonymes aussi. Ce n'est qu'une secte avide de recruter de nouveaux disciples. Si l'alcoolisme est, selon leurs propres mots, une maladie bien réelle, pourquoi Dieu en serait-il le seul remède ? Et comment les croire alors que leur porte-parole la plus fervente et la plus dévouée m'a caché sa véritable identité pendant tout ce temps ?

Je lève les yeux. Helen n'a pas bougé d'un pouce, tout comme le verre posé à côté d'elle. Comment parvient-elle à se maîtriser, bon sang ?

Le peu de résolution qui me restait s'envole. Si elle peut le faire, pourquoi pas moi ?

J'en ai déjà l'eau à la bouche.

— Bon… Tu comptes me servir un verre ou me sermonner jusqu'au petit matin ?

Le vin glisse en un rien de temps. La sensation qu'il provoque est familière. Délicieuse. Comme si je passais soudain du grand froid à la chaleur d'une pièce réchauffée par un feu de cheminée crépitant et réconfortant. Avant même de prendre conscience de ce que je suis en train de faire, j'ai déjà avalé plusieurs gorgées d'affilée. Je n'arrive pas à croire ce que je suis en train de faire. Ai-je perdu la raison ? C'est de la folie pure. Il faut que je m'arrête avant de terminer la bouteille.

Je me penche pour poser le verre sur la table basse, à côté de celui d'Helen. Le geste est mécanique et forcé. J'ai l'impression d'avoir allumé une cigarette pour finalement la laisser se consumer sur le bord du cendrier. À quoi bon me servir un verre de vin si je ne peux pas le garder en main et le porter à mes lèvres chaque fois que l'envie m'en prend ? Mais les choses ont changé, à présent. Il est hors de question d'agir comme avant. Je boirai de façon modérée. Je me limiterai à un seul verre. Voilà tout. Si Helen en est capable, alors j'en suis capable aussi.

— Qu'allons-nous faire de cette Rosie ? demande-t-elle.

À cet instant, je n'éprouve rien d'autre que de la reconnaissance envers Helen. Parce qu'elle a dit « nous » et non « tu ». Avec elle, je me sens plus forte, et toute cette situation me paraît tout à coup moins effrayante.

— Aucune idée.

Je tends le bras vers le verre et me ravise au dernier moment. Il est encore trop tôt pour prendre une nouvelle gorgée. Je viens seulement de le reposer. Il va falloir que je m'habitue au plus vite à cette nouvelle façon de boire. En d'autres termes, une façon normale de boire.

— Je n'arrive pas à comprendre comment elle a réussi à me retrouver. Cela ne peut pas venir de Simon puisqu'il ne lui parlait plus depuis des années. Il la haïssait. Quoi qu'il en soit, je n'ai emménagé ici qu'après sa mort et ma sortie de cure de désintoxication.

Je soulève mon verre, rassemblant mes forces pour ne pas le vider d'un trait. Si je veux que ça marche, je vais devoir apprendre à savourer chacune de mes gorgées.

— Il ne parlait pas souvent d'elle. Et du peu qu'il m'a raconté, il semblerait qu'elle se soit servie de lui pour combler le vide émotionnel laissé par le décès de son père.

Helen hoche la tête.

— J'ai lu un article à ce sujet. Apparemment, c'est quelque chose qui arrive fréquemment. Les gens traitent leurs enfants comme des conjoints de substitution.

— Mais pourquoi ne m'a-t-il jamais dit qu'elle était alcoolique ?

Helen se fige soudain.

— Que se passe-t-il ? À quoi penses-tu ?

— Peut-être parce qu'elle ne l'est pas, répond-elle en buvant une petite gorgée de vin.

— Qu'est-ce que tu veux dire ?

— Elle fait sûrement semblant.

— Faire semblant d'être alcoolique pour pouvoir assister aux réunions des Alcooliques anonymes et se rapprocher de moi ? Bon Dieu, Helen, c'est complètement tordu. Après, ça expliquerait pourquoi elle tenait tant à m'aider dans mon processus de rémission.

Rémission. Ma rémission. Les mots résonnent dans ma tête tandis que je garde les yeux rivés sur le verre de vin rouge posé devant moi. Mes mains se mettent à trembler. Qu'ai-je fait ?

Il n'est pas trop tard, Astrid. Il n'est pas trop tard pour arrêter. Tu peux encore le faire.

Mais mon esprit s'embrume déjà et un goût amer se répand dans ma bouche.

Helen me regarde par-dessus son verre et son visage m'apparaît de plus en plus trouble.

— Est-ce qu'il te l'a dit ?

— Dit quoi ?

— Qu'il la haïssait ?

Helen étire les jambes et pose ses pieds nus sur la table basse. De ma vie, je n'ai jamais vu une femme avec d'aussi longs pieds. Comme ses mains, ceux-ci sont parcourus de veines minuscules, et l'espace qui sépare son gros orteil des autres est ridiculement grand. Simon avait cette particularité, lui aussi. Et je dois dire qu'elle lui allait bien mieux.

Je me mets à glousser frénétiquement.

— Qu'est-ce qu'il y a de si drôle ? me demande-t-elle.

— Tes pieds.

— Pourquoi te moques-tu ? Ils sont…

— Affreux, je la coupe. Ils sont affreux.

Elle lève un pied après l'autre en faisant tourner ses chevilles.

— Mince, et moi qui pensais me lancer dans une carrière de mannequin pour les pieds…

Nous partons toutes les deux d'un éclat de rire.

— Je suis tellement heureuse de t'avoir rencontrée, dis-je une fois que nos rires se sont réduits à quelques hoquets nerveux.

Helen me tend mon verre de vin et je bois cette fois une longue gorgée. J'ai l'impression que l'alcool me monte déjà à la tête. Cela n'a rien d'étonnant, après des mois d'abstinence la plus totale. Peu à peu, la terreur des deux dernières heures commence à s'estomper et je me sens plus détendue. Sans disparaître complètement, elle me semble désormais lointaine et inoffensive. Dieu que ça m'a manqué ! Ce sentiment d'être détachée de tout.

— Je n'aurais jamais cru être capable de faire durer un verre de vin aussi longtemps, j'ajoute en trinquant avec elle. Non pas que ça me déplaise. Loin de là.

— En effet, répond-elle en m'adressant un sourire énigmatique. Mais revenons à nos moutons. Qu'allons-nous faire de Rosie ?

Rosie ? Merde ! Comment ai-je pu l'oublier aussi facilement ? Je me frotte les yeux. J'ai de plus en plus de mal à rester concentrée. Déjà que cette histoire n'avait aucun sens, elle me paraît désormais totalement incompréhensible. J'ai les nerfs en coton. Quelque chose de terrible est arrivé un peu plus tôt, mais je ne suis plus très sûre des conséquences qui en ont découlé.

— J'emmerde Rosie et j'emmerde Josh ! Qu'ils aillent se faire foutre tous les deux !

Helen fait à nouveau tinter son verre contre le mien en signe d'approbation.

— Surveille ton langage, petite garce, répond-elle.

Je ris. Elle a l'art de la repartie, cette Helen. Seulement, sa voix semble différente, mais je ne pourrais pas expliquer pourquoi. Une petite alarme se déclenche dans un coin de mon cerveau. Pourquoi me dévisage-t-elle comme ça ?

Ma tête retombe lourdement sur ma poitrine, me tirant de ma torpeur. J'ai dû piquer du nez quelques instants. Merde, j'ai la tête qui tourne. Je la pose sur l'épaule d'Helen et ferme les yeux, mais cela ne fait qu'aggraver la sensation de vertige.

— J'ai envie de vomir, dis-je d'une voix rauque et pâteuse.

Helen pose la poubelle sur mes genoux et je la serre dans mes bras. Je lutte pour garder les yeux ouverts. Quelque chose ne tourne pas rond. Je suis en train de perdre le contrôle. Je ne me sens pas bien du tout. Il faut que j'aille aux toilettes.

Je me lève mais perds aussitôt l'équilibre, n'ayant d'autre choix que de m'asseoir de nouveau sur le canapé. Comment diable ai-je pu finir aussi saoule avec la moitié d'un verre de vin ? Ce n'est pas comme si je m'étais enfilé toute la bouteille. Minute, je rêve ou il y a bien trois bouteilles vides posées sur la table basse ? Qu'est-ce que c'est que ce bordel ? D'où sortent-elles ? Les choses n'étaient pas censées se passer comme ça. Je m'étais juré de m'arrêter après un verre. Pauvre idiote ! J'ai lamentablement échoué. La tête qui tourne. Les bouteilles vides. Cela ne fait plus aucun doute.

Je ramène mes genoux contre moi, prise d'un haut-le-cœur. J'ai perdu le contrôle. Après de longs mois d'abstinence, j'ai tout foutu en l'air.

Je suis recroquevillée dans une position inconfortable et j'ai froid. Tellement froid. La pièce dans laquelle je me trouve est plongée dans le noir et un étau enserre douloureusement mon crâne. J'ai l'impression que ma tête va littéralement exploser. Je me redresse avec difficulté, mais une vague de nausée me pousse à renoncer.

Je n'arrive pas à me souvenir où je suis. Ah oui, le salon d'Helen. Où sont passés mes vêtements ? Oh non, je n'ai tout de même pas… Eh oui. J'ai vomi. Je sens l'odeur fétide.

— Regarde dans quel état tu t'es mise.

Je sursaute sous le coup de la surprise. La voix me parvient de l'autre côté de la pièce.

— Helen, est-ce que c'est toi ?

— Bien sûr que c'est moi. À qui t'attendais-tu ?

Elle a parlé sèchement et son visage n'a pas cillé. Elle allume la lumière, m'aveuglant temporairement.

— C'était plus fort que toi, hein. Il a fallu que tu franchisses la limite.

Plusieurs minutes s'écoulent avant que je ne sois capable de garder les yeux ouverts plus de quelques secondes. Quand je regarde autour de moi, je regrette instantanément de l'avoir fait. Je suis allongée en sous-vêtements sur le canapé, mes habits couverts de vomi roulés en boule à mes pieds. Il y a non pas trois, mais quatre bouteilles vides sur la table basse et… une paire de collants marron appartenant à Helen pend négligemment sur l'une d'entre elles, telle la mue d'un serpent. Que diable s'est-il passé ?

Je glisse du canapé sur le sol, secouée de tremblements, un voile de sueur sur tout le corps. Puis c'est le trou noir.

45

Lorsque je reviens à moi, les collants ont disparu. Les bouteilles sont toujours là, elles, bien qu'il ne reste plus qu'un seul verre sur les deux. Le salon est désormais inondé de lumière. Le jour semble s'être levé depuis un certain temps déjà. Comment ai-je pu me fourvoyer ainsi ? Après toutes les promesses que je me suis faites. Combien de fois vais-je devoir répéter la même erreur avant de retenir enfin la leçon ?

Je me creuse la tête pour essayer de me rappeler quel jour nous sommes. Certainement samedi matin. Puis j'entends sonner les cloches de l'église. Dimanche. C'est impossible, comment le temps a-t-il pu s'écouler si vite ? Je prends une profonde inspiration, j'essaye de calmer mes nerfs à vif. Si j'arrive à rentrer chez moi en un seul morceau, j'aurai le reste de la journée pour cuver avant le retour de ma mère.

Mon Dieu. Ma mère. Elle ne me le pardonnera jamais. Pas cette fois.

Je me redresse en position assise. Aussitôt, de la bile remonte dans ma gorge et des frissons me parcourent le corps. Je suis dans un sacré pétrin. Je tends le bras vers mon T-shirt taché de sueur et de vomi, roulé en boule avec le reste de mes vêtements. C'est à ce moment-là que je comprends que je ne suis pas seule. Helen est confortablement installée dans son fauteuil près de la fenêtre, les yeux rivés sur moi. Tirée à quatre épingles, elle n'a plus rien de la femme rencontrée pour la première fois à une réunion des Alcooliques anonymes. Elle est élégante, chic ; sa chevelure fraîchement coiffée en arrière semble avoir été domptée à l'aide de laque lissante. Elle tient sur ses genoux un objet d'apparence molle, qu'elle caresse du bout des doigts.

— Je… je ne comprends pas.

J'ai la voix si enrouée que j'ai l'impression que quelqu'un d'autre que moi a parlé. Je déglutis avec peine, la gorge douloureuse. J'ai l'impression d'avoir été étranglée.

— Pourquoi… pourquoi n'es-tu pas dans le même état que moi ?

Helen souffle par le nez. Une façon de me témoigner son dédain.

— Parce que je suis capable de me contrôler, moi. Et parce que je ne suis pas un être misérable et pathétique comme toi.

— Helen, tu me fais peur. Que s'est-il passé cette nuit ? Pourquoi m'as-tu laissée boire autant ?

— Ce n'est pas comme si j'avais eu le choix, répond-elle. Tu es déchaînée quand tu es ivre, tu le sais, ça ?

Elle décroise les jambes et s'extirpe de son fauteuil.

— Ces bouteilles m'auraient fait plusieurs semaines si tu ne t'étais pas pointée et que tu ne m'avais pas forcée à toutes les ouvrir.

Elle éclate de rire. Un rire horrible suintant le sarcasme.

— On ne peut pas dire que la gestion par la modération soit ton truc, pas vrai, Astrid ?

Elle se dirige vers son secrétaire et soulève un cadre qui était posé dessus. Curieux, je n'avais jamais remarqué sa présence. Et voilà qu'elle me le fourre sous le nez. Un enfant affichant un large sourire, dévoilant au passage ses dents du bonheur. Un petit garçon. Mais avant que j'aie le temps de lui demander de qui il s'agit, elle le retire et retourne s'asseoir. Elle pose le cadre sur ses genoux et caresse le verre enfermant la photo.

— Mon petit chéri, murmure-t-elle, si bas qu'il me faut tendre l'oreille pour l'entendre.

Et pour la première fois depuis que j'ai repris connaissance, j'aperçois l'objet qu'elle tenait plus tôt. Mon cœur cesse de battre. Une chapka en laine. Exactement la même que celle que Simon avait l'habitude de porter. La peur se matérialise en boule dans mon estomac à mesure que l'implacable vérité se révèle à moi. L'enfant sur la photo est Simon. Oh ! mon Dieu, comment ai-je pu être aussi aveugle ?

Helen lève enfin les yeux vers moi, le visage déformé par la haine.

— Il est revenu vers moi, tu savais ? siffle-t-elle. Il commençait enfin à aller mieux. Jusqu'à ce qu'il retombe sur toi.

Tout était calculé. Helen a fait exprès de me pousser à boire de nouveau. Elle savait que j'étais au plus mal depuis ma rupture avec Josh et elle a sauté sur l'occasion. De me faire subir ce que j'ai fait subir à Simon. Après tout ce que je lui ai confié. Elle sait tout. Absolument tout !

D'une main tremblante, je saisis le reste de mes vêtements empestant l'alcool et le vomi. Un geste qui trahit instantanément l'état de terreur dans lequel je me trouve tant j'ai du mal à me retenir de frissonner. En un rien de temps, Helen est de nouveau sur pied et lâche le cadre qui tombe avec fracas sur le sol pour m'arracher les vêtements des mains. Elle les balance de l'autre côté de la pièce. Puis elle me gifle. Le coup est d'une telle violence que je m'écroule sur le canapé et me recroqueville, prise de vertiges, la joue en feu. Je transpire abondamment.

Elle ramasse le cadre et s'en retourne près de la fenêtre, comme si rien ne s'était passé.

— Chaque fois que je pense à lui, il a toujours l'âge qu'il avait lorsque cette photo a été prise. Sept ans. Un petit gars dégingandé avec un sourire taquin.

Le ton de sa voix s'est apaisé, devenant presque doux.

— Il était toujours occupé à lire un livre scientifique et à poser des questions impossibles. À raconter des blagues nulles et à se mettre à glousser avant même d'arriver à la chute.

Elle secoue la tête.

— Il aurait pu aller très loin.

Sa voix se durcit à nouveau.

— C'est ça qui fait le plus mal. Le gâchis. Le gâchis de toute une vie.

Je change de position sur le canapé et une nouvelle vague de nausée me cloue sur place. Si j'arrive à rassembler suffisamment de force, je pourrai peut-être courir vers mes vêtements et les attraper avant de m'enfuir.

Mais alors que je m'apprête à tenter ma chance, elle pivote pour me faire face.

— Je ne l'avais pas vu depuis des années. J'avais été contrainte de prendre mes distances avec lui, tu vois. Je ne supportais plus de devoir le soutenir financièrement parce qu'il n'avait pas de travail, de redouter chacun de ses coups de téléphone et chacune de ses visites. Je lui ai dit que j'accepterais de le revoir à la seule condition qu'il arrête de boire. Et pour de bon. Ça a été la décision la plus difficile de ma vie, mais je n'avais pas d'autre choix.

L'espace d'un instant, je ressens presque de l'empathie envers elle. Sachant que ma mère a certainement traversé les mêmes épreuves, j'imagine assez facilement son calvaire. Ma pauvre mère. Je donnerais n'importe quoi pour être à la maison avec elle. Installée dans son petit canapé douillet à regarder la télévision, une tasse de thé fumante entre les mains. Le genre de moment insignifiant et prétendument ennuyeux que je n'ai jamais réussi à apprécier à sa juste valeur. Si seulement je pouvais remonter le temps.

— Mais après six mois de silence, je n'en pouvais plus et j'ai fini par craquer. J'avais besoin de savoir comment il allait. Où il était. J'étais désespérée. J'ai contacté tous les hôpitaux, postes de police et refuges sociaux dans l'espoir de le retrouver. Il avait disparu dans la nature et j'étais responsable. J'avais été trop dure avec lui. Comment avais-je pu penser que j'avais la capacité à moi seule de le convaincre d'arrêter l'alcool ?

Elle serre le cadre contre sa poitrine et soupire, l'air infiniment triste. J'en profite pour me déplacer au bout du canapé. Son attention s'est relâchée. C'est le moment ou jamais de tenter quelque chose.

— C'est la raison pour laquelle je l'ai accueilli à bras ouverts le jour où il s'est présenté sur le pas de ma porte. Il faisait peine à voir, mais il était enfin revenu vers moi. Et il avait besoin de moi. Cette fois-ci, j'étais déterminée à l'aider à aller mieux une bonne fois pour toutes. Quitte à ne plus jamais le laisser s'éloigner de moi.

Elle fait volte-face et je comprends que c'est moi qu'elle ne laissera jamais s'éloigner à présent. Elle a surpris mon regard posé sur le tas de vêtements et se dirige aussitôt vers eux. Je n'aurai jamais la force de me battre contre elle. Pas dans cet état. D'autant qu'elle doit mesurer pas loin d'un mètre quatre-vingts. Bien sûr ! C'est elle que j'ai aperçue près des cabines de plage ce soir-là ! Ce n'était pas une hallucination. Elle avait simplement dû revêtir les vieilles affaires de Simon, et notamment sa chapka. Je commence à croire que je ferais mieux d'abandonner toute idée de récupérer mes vêtements et de tenter directement de m'enfuir. Avec un peu de chance, mon manteau est encore suspendu à côté de la porte d'entrée. Je pourrais l'attraper, ou n'importe quoi d'autre qui se trouve à cet endroit. Juste de quoi me couvrir le temps de courir jusqu'à la maison et de m'enfermer à double tour. Puis d'appeler Rosie au secours.

Sauf que je n'ai pas son numéro. Je l'ai jeté alors qu'elle désirait seulement me venir en aide. Depuis le début, c'était son seul et unique souhait, et j'ai été trop stupide pour l'écouter. Elle m'avait pourtant avertie de me méfier d'Helen. Elle avait flairé que quelque chose ne tournait pas rond chez elle.

Helen avance dans ma direction, comme si elle avait deviné ce qui se tramait dans mon esprit.

— Il m'a parlé de toi. De la vie que vous meniez tous les deux.

Elle se penche en avant et balaye les objets qui se trouvent sur la table basse d'un revers de main. Les bouteilles roulent sur le sol avec un bruit assourdissant, et le verre vide s'est fendu dans sa chute, laissant échapper les dernières gouttes de vin. On pourrait presque croire du sang. Je sais sans l'ombre d'un doute qu'elle n'hésitera pas à me frapper moi aussi à la moindre tentative de mouvement. Et qu'il ne s'agira pas cette fois-ci d'une malheureuse gifle.

Une lueur de haine brille dans ses yeux.

— Tu as débarqué dans sa vie comme une calamité. Tu étais bien la dernière personne dont il avait besoin. C'était de sa mère qu'il avait réellement besoin. De moi. Je l'ai mis au monde et j'avais la ferme intention de l'y maintenir jusqu'à mon dernier souffle.

Elle avance encore d'un pas, se rapprochant dangereusement de moi. Je frissonne, terrorisée à l'idée de ce qu'elle pourrait me faire subir. Elle s'assied sur la table basse, de sorte que ses genoux viennent presque toucher les miens. Je n'arrête pas de penser à ce verre fêlé tout près de nous. Je n'ose pas le regarder, de peur qu'elle me surprenne et saisisse mon intention. Mais je sais qu'il est là et je n'hésiterai pas une seule seconde à m'en servir s'il le faut.

— J'ai appelé les Alcooliques anonymes, dit-elle. Ils m'ont mise en contact avec un groupe local. Je me suis rendue à une de leurs réunions et deux des membres sont venus avec moi à la rencontre de Simon. À ce moment-là, cela faisait déjà plusieurs semaines qu'il était alité, malade comme un chien à cause du sevrage. J'ai quitté mon emploi et j'ai commencé à prendre des contrats en free-lance à la place. Il était hors de question que je le laisse seul trop longtemps. Je passais le plus clair de mon temps à lui cuisiner de bons petits plats et à lui acheter des livres. J'ai aussi coupé ses cheveux, comme j'avais l'habitude de le faire lorsqu'il était enfant. Je lui ai acheté de nouveaux vêtements. Les affaires qu'il avait ramenées avec lui étaient dans un état déplorable. Alors je les ai jetées pour la plupart.

» J'ai gardé certaines choses, cependant. Sa veste et sa chapka. C'est tout ce qu'il me reste de lui. J'avais aussi gardé quelques-uns de ses T-shirts, mais j'ai dû les donner par erreur à la boutique solidaire.

Son visage se rembrunit.

— Je lui ai confisqué son téléphone portable. Je ne voulais pas que tous mes efforts soient réduits à néant par un être malintentionné. Et je ne voulais certainement pas qu'il reprenne contact avec toi et que tu le fasses replonger dans ses vieilles habitudes. De toute façon, j'étais la seule qu'il aimait vraiment. C'est la raison pour laquelle il t'a quittée et est revenu vers moi. Tu avais tort, l'autre fois, quand tu m'as dit qu'il me haïssait. Bien au contraire, il est revenu vers moi parce qu'il m'aimait et qu'il savait que je prendrais soin de lui.

— Je suis désolée de t'avoir dit tout ça, Helen. Je suis persuadée qu'il n'en croyait pas un mot…

— La ferme, espèce de garce. Je ne veux plus t'entendre déverser ton poison, compris ? Tu n'imagines pas à quel point j'ai dû prendre sur moi pour supporter tes mensonges durant toutes ces semaines.

Après ce qui me semble être une éternité, elle prend à nouveau la parole.

— Ils lui ont parlé pendant des heures, les types des Alcooliques anonymes. Ils parlaient, et lui écoutait. Dès que son état de santé le lui a permis, il a commencé à assister à des réunions. Je l'y conduisais et j'attendais dans la voiture pour le ramener à la maison ensuite. Il était déterminé à aller au bout des Douze Étapes. Pas comme toi et tes minables tentatives. Il savait que c'était le seul moyen pour lui de s'en sortir. Il le comprenait.

» Son tuteur venait souvent lui rendre visite et j'entendais tout ce qu'ils se disaient. J'ai lu le Gros Livre de bout en bout afin de pouvoir le soutenir dans sa démarche. De cette façon, j'étais persuadée de le sortir de cet enfer dans lequel tu l'avais enfermé.

— Mais Simon buvait déjà quand nous nous sommes rencontrés. Il était…

— C'est sa relation avec toi qui l'a précipité sur la mauvaise pente. Mon petit garçon n'aurait jamais agressé une jeune mère innocente et il ne l'aurait surtout jamais abandonnée mourante. Pas mon garçon. Pas Simon.

Un filet de sueur froide coule dans mon dos. Mourante ? Qu'est-ce que cela signifie ? Que veut-elle dire par là ?

— Il a essayé de t'arracher à elle, mais tu refusais catégoriquement de lâcher son sac à main. Les médecins ont cru qu'elle souffrait d'une simple commotion cérébrale… Elle est morte quelques jours plus tard d'une rupture d'anévrisme. Son pauvre enfant ! Pauvre, pauvre petit ! Quand je pense à toutes ces vies que tu as détruites.

Je la dévisage, horrifiée.

— Tu mens. Elle n'est pas morte. Nous l'aurions su si ça avait été le cas. La nouvelle aurait tourné dans les journaux.

— Et comment aurais-tu été capable de voir la nouvelle ?

Ses postillons volent dans ma direction.

— Tu n'avais pas toute ta tête. Souviens-toi que tu n'es qu'une pauvre alcoolique.

Cela ne peut pas être vrai. C'est impossible ! Je suis persuadée qu'elle ment. Pourtant, une part de vérité se cache dans ce qu'elle dit. Comment puis-je être sûre et certaine d'avoir bien regardé dans les journaux ? J'étais ivre à longueur de journée, je n'avais pas les idées claires.

— Simon savait, lui. Il savait ce que tu avais fait. C'est pour cette raison qu'il t'a quittée. Au bout de huit mois sans te voir, il avait complètement changé. Et je ne fais pas seulement allusion à son état de santé. Il était enfin devenu l'homme qu'il était censé être. Mais plus il reprenait de forces, plus nous nous disputions. Pourquoi est-ce que je ne lui faisais pas davantage confiance ? Pourquoi est-ce que je confisquais tout son argent ? Il me reprochait de ne pas le traiter en adulte responsable. Un jour, il a fini par me menacer en me disant que si je n'arrêtais pas de me comporter en geôlière, il partirait et trouverait un autre endroit où vivre.

Elle approche son visage à quelques centimètres du mien et je recule dans le canapé, un sentiment de terreur logé au creux de l'estomac.

— Je ne pouvais pas le laisser faire. Parce que je savais au fond de moi que s'il se retrouvait à nouveau seul, il reprendrait aussitôt ses vieilles habitudes. Peut-être pas immédiatement, mais petit à petit. Alors j'ai accepté de faire des concessions. Si je voulais le garder près de moi, j'allais devoir changer certaines de mes habitudes. J'ai arrêté de lui confisquer son argent et je lui ai accordé plus de liberté. Je lui ai même rendu son téléphone portable.

Elle secoue la tête en ricanant avec mépris.

— J'avais supprimé ton numéro de sa liste de contacts, mais j'aurais dû supprimer le sien aussi. Cette petite idiote qui prétendait être amoureuse de lui depuis le lycée.

Laura. Je parie que c'est à elle qu'elle fait référence.

— Il a toujours été populaire auprès de la gent féminine. Il est sorti avec un paquet de filles.

Elle me toise d'un air dédaigneux.

— Des filles bien plus belles que toi. Pendant toutes ses années de lycée, il s'est gardé Laura sous le coude. Parfois, il était pris de pitié et l'invitait à sortir. Je n'aurais jamais imaginé une seule seconde que ce soit elle qu'il appelle après tout ce temps. Mais peut-être savait-il qu'elle était sa meilleure chance de garder un mode de vie stable.

Elle serre les poings contre ses cuisses.

— Elle a sonné à la maison. J'étais furieuse, bien qu'impuissante. Si je la renvoyais d'où elle venait, il partirait. Alors j'ai pris sur moi. J'ai fini par me convaincre qu'il valait toujours mieux que Simon la fréquente, elle, plutôt que toi.

Mon estomac se noue à la vue de ses poings qui se serrent et se desserrent sans arrêt. Si seulement je pouvais atteindre le verre fêlé…

Helen semble s'être mise en pilote automatique.

— Bien sûr, j'ignorais ce que ces deux-là étaient en train de tramer sous mon toit. Elle était venue pour l'aider à faire sa valise. L'instant d'après, un taxi se garait devant la maison et ils m'annonçaient leur départ.

Elle se penche vers moi avant de poursuivre à voix basse.

— La suite, tu la connais bien. Quelques semaines se sont écoulées avant qu'ils ne se disputent et qu'il ne se remette à te fréquenter. Quinze jours plus tard, il était mort.

Elle ferme les yeux et se mord la lèvre inférieure. Son corps tangue dangereusement, comme si elle était sur le point de tomber dans les vapes. Puis elle rouvre les yeux et les darde sur moi, brillants de rage.

— On peut dire que tu y as mis du tien, sur ce coup-là.

Un bip retentit sur le rebord de la fenêtre. C'est le bruit que fait mon portable lorsque je reçois un SMS. Helen se lève calmement et va le chercher.

— Je l'ai mis à charger pour toi, dit-elle avec un petit sourire en coin. Probablement un message de Josh te remerciant des magnifiques selfies que tu lui as envoyés.

Elle sourit désormais de toutes ses dents.

— Tu es une sacrée coquine, tu sais ça ?

46

— De quoi parles-tu ?

Je parviens à me lever bien que mes genoux soient secoués de tremblements incontrôlables. Bon Dieu, que se passe-t-il ? Je ne comprends plus rien.

— Habille-toi, espèce de minable.

— Donne-moi mon téléphone !

— Commence par t'habiller.

D'une démarche incertaine, je me dirige vers les vêtements de l'autre côté du salon et les ramasse lentement. Je lutte pour réussir à enfiler mon jean sans perdre l'équilibre. J'ai les jambes couvertes de sueur et mon jean est anormalement humide. Je passe ensuite mon T-shirt, retenant un haut-le-cœur à cause de l'odeur de vomi qui s'en dégage.

Helen m'observe d'un air méprisant tandis que je tire dessus pour essayer de dissimuler l'affreuse tache sombre au niveau de mon entrejambe. Ses yeux me scannent des pieds à la tête.

— Au moins il a eu l'occasion de voir qui tu étais vraiment, lance-t-elle avant de me balancer le portable au visage.

Je tourne la tête de côté, évitant de peu de me le prendre en pleine face. Il atterrit sur le canapé et je me précipite pour aller le récupérer, le cœur battant la chamade.

J'ai attendu quinze jours dans l'espoir de voir le nom de Josh s'afficher sur l'écran de mon téléphone, et le rêve est enfin devenu réalité. Il y a quatre SMS. Tous de lui.

« Arrête de m'envoyer ces photos », dit le premier.

Je ferme les yeux. À présent que je sais ce qu'il est advenu de cette pauvre femme, je sais quelle personne cela fait de moi. Aussi, ce ne sont pas quelques selfies scabreux qui devraient me déranger, et pourtant… J'ai besoin de les voir de mes propres yeux. Alors j'ouvre les autres messages. Je n'ai aucun souvenir d'avoir pris ces photos. Absolument aucun. Je devais vraiment être saoule.

Tu plaisantes, j'espère ? Bien sûr que tu étais saoule. Tu as bu à en perdre connaissance. Bon retour à la réalité.

Elles sont cent fois pires que ce que je m'étais imaginé. On m'y voit affalée sur le canapé, sourire béat et bouteille à la main, le T-shirt maculé de taches de vin. Il y a aussi un plan beaucoup, beaucoup trop rapproché, dévoilant mes dents teintées de violet et l'intérieur de mes narines. J'ai l'air horrible. Laide. Dégoûtante. Et puis il y a… Oh non, pas ça. Un cliché sur lequel j'ai remonté mon T-shirt et baissé mon soutien-gorge afin de dévoiler ma poitrine. J'ai du vomi plein le menton.

Je me force à regarder les photos une nouvelle fois. Voilà à quoi je ressemble lorsque je bois. Je me fais honte. Bien plus que honte. Je suis un monstre. J'ai tué une femme. J'ai privé un petit garçon de sa maman.

Les larmes roulent sur mes joues tandis que je lis les autres SMS de Josh.

« Je n'arrive pas à croire que tu te sois remise à boire après tout ce que tu m'as dit dans ta lettre. »

Une lettre ? Quelle lettre ?

Je lis le suivant : « Je croyais que c'était du sérieux entre nous. J'espérais que les choses s'arrangeraient et que nous finirions par nous remettre ensemble. Mais quand je vois tous ces mensonges et ces simagrées. Ces photos écœurantes. Je me rends compte que je ne veux rien de tout ça dans ma vie. Je n'en veux pas. »

Ses mots me font l'effet d'un coup de poignard porté directement au cœur, mais c'est compter sans son ultime message. Le pire de tous. Pourtant, il ne consiste qu'en quatre mots : « Laisse-moi tranquille, Astrid. »

Helen s'approche de moi.

— Je t'ai peut-être aidée à prendre ces photos, mais sache que tu t'es mise dans cet état toute seule.

Comment ça, « aidée » ? Oh, mon Dieu ! Elle a dû faire en sorte qu'on pense que je tenais le portable alors que c'est elle qui était derrière tout ça !

Sans réfléchir, je me penche vers le verre fêlé et le ramasse d'un geste vif. Après l'avoir abattu sur la table basse, je me précipite sur Helen, le tesson bien en main. Mais Helen est plus rapide, et elle parvient à m'attraper par les poignets et me force à garder les bras en l'air.

Elle éclate d'un rire mauvais.

— Il ne voudra plus jamais te voir, ce garçon tout propre sur lui qu'est Josh Carter. Non pas qu'il ait eu l'intention de le faire. Deux semaines et pas un seul petit SMS ? Ce n'est pas ce que je qualifierais d'attachement.

Je lui donne un violent coup de genou à l'entrejambe, tout pile contre son pubis. Sous le coup de la douleur, elle lâche enfin mes bras et se replie sur elle-même. Le tesson de verre m'échappe des mains et je décide de la pousser de côté pour rejoindre l'entrée. Là-bas, aucune trace de mes chaussures. Je vais devoir m'échapper pieds nus.

Avant même que j'ouvre la porte d'entrée, Helen me fait tomber sur le sol, posant un genou sur mon ventre pour m'immobiliser. Elle tient une bouteille de vin dans les mains. Une bouteille encore scellée. Elle la lève au-dessus de sa tête, le regard brûlant de haine, et je comprends qu'elle va l'abattre de toutes ses forces sur mon crâne.

— Toutes ces vies perdues à cause de toi… Tu ne mérites pas de vivre alors que mon petit garçon est mort par ta faute. Cette pauvre mère aussi. J'aurais dû t'étrangler dès que j'en ai eu l'opportunité. Je l'ai presque fait, tu sais. Je suis presque allée au bout. Encore quelques secondes de plus et c'en était fini de toi.

Je repense à la paire de collants aperçue sur la table basse. Mon Dieu. Je ferme les yeux, me préparant à l'impact. Il est inutile d'essayer de rouler sur le côté, car Helen m'écrase de tout son poids.

— Simon ne t'a jamais aimée. Il te l'a peut-être fait croire quand il passait son temps à boire. Mais s'il t'avait vraiment aimée, il ne t'aurait jamais quittée. Non pas une, mais deux fois, qui plus est. Et puis il a décidé de te quitter pour de bon.

Son visage se transforme.

— Il a choisi la mort plutôt que toi.

J'ai le souffle coupé, et je dois lutter pour que les mots sortent :

— Il a choisi la mort plutôt que toi aussi.

Elle se met à trembler. De haine, pas de peur. Et tout à coup, elle fond en larmes, incapable de retenir le flot d'émotions qui la submerge.

— Tu mens ! C'est faux ! Tu penses tout savoir de lui, mais tu te trompes. Tu te trompes !

Elle se relève maladroitement sur ses talons et fracasse la bouteille de vin contre le mur le plus proche. Les morceaux de verre pleuvent au-dessus de moi.

C'est le moment d'agir. Je saute sur mes pieds et cours vers la porte d'entrée. Par miracle, elle n'est pas verrouillée. Sans un regard en arrière, je dévale l'escalier pour rejoindre ma liberté. Arrivée en bas, j'aperçois mon reflet dans la porte en verre. Je fais peine à voir. Chacun de mes mouvements est accompagné d'un relent d'alcool et de vomi. Il n'y a plus de temps à perdre. Il faut que je rentre chez moi, que je me douche et me change avant le retour de ma mère. Si elle me surprend dans cet état, je la perdrai comme j'ai perdu Josh. Je me retrouverai seule. Et je n'aurai nulle part où aller.

Dans la rue, je cours à en perdre haleine. Mes pieds nus souffrent au contact du béton, et chaque foulée m'arrache une grimace de douleur. Mais je ne m'arrête pas. Je cours jusqu'à ce que je n'en puisse plus et que je sois contrainte de m'accroupir au-dessus du caniveau pour vomir sous le regard médusé des passants.

— Quelle honte ! commente une vieille dame.

Je me redresse et reprends ma course effrénée, ma motivation décuplée par le désir de me débarrasser de mes vêtements et de me faire couler un bain chaud. Ensuite, je boirai autant d'eau que mon corps pourra en absorber, me préparerai un café avant de me glisser entre les draps propres de mon lit. S'il y a peu de chances que je trouve le sommeil, je pourrai toujours me reposer et reprendre des forces d'ici le retour de ma mère. J'ai bon espoir qu'elle ne se rende compte de rien ; dans le pire des cas, je n'aurai qu'à lui faire croire à un mauvais rhume.

Le cottage. Je suis enfin de retour à la maison. Mécaniquement, je lève la main pour attraper ma chaîne porte-clés. Mon sang ne fait qu'un tour. Où est-elle ? Où est ma chaîne ? Je regarde sous mon T-shirt, priant pour que par miracle elle se soit prise dans les bretelles de mon soutien-gorge ou dans la ceinture de mon jean, mais je sais déjà au fond de moi que je ne la trouverai pas. La chaîne est perdue. Helen a dû me l'arracher lorsqu'elle a essayé de m'étrangler avec ses collants.

Accablée, je me laisse glisser contre la porte d'entrée. Je vais devoir attendre ici jusqu'au retour de ma mère et elle verra l'état de mes vêtements. Elle verra mon état et elle devinera que j'ai bu. Et ce sera la fin de tout.

Dans une ultime tentative désespérée, je retourne les poches de mon jean, mais je peux déjà sentir qu'elles sont vides rien qu'en les touchant. Les larmes roulent sur mes joues. Pourquoi moi ? À quel moment ma vie a-t-elle dérapé au point que je me retrouve sur le porche de la maison de ma mère, dans des vêtements sales et nauséabonds, sans clés, sans portable ni argent ? Sans même de foutues chaussures ou chaussettes, mais avec les pieds noirs de crasse et tuméfiés ?

Réfléchis, Astrid. Réfléchis. Je n'ai pas le choix : il faut que j'aille retrouver Rosie. La boutique solidaire sera ouverte, comme tous les dimanches pendant la saison estivale. Bon sang, mais qu'est-ce que j'attends pour me remuer ?

Nauséeuse et tremblotante, je me relève et prends le chemin de Flinstead Road. On me dévisage de toutes parts. Pas étonnant, vu ma dégaine. Certains passants s'arrêtent même pour me lancer des regards soupçonneux comme si j'étais une prisonnière en fuite. De temps à autre, je suis contrainte de faire une pause pour vomir dans le caniveau. Pas une seule âme ne prend la peine de me demander si j'ai besoin d'aide. Je ne vois pas pourquoi ils le feraient, alors que j'empeste l'alcool et le vomi à plusieurs mètres à la ronde. À leurs yeux, je ne suis certainement qu'une clocharde.

J'arrive à la boutique à bout de souffle et étourdie. Je suis à deux doigts de tomber dans les pommes. Je pousse la porte d'entrée, m'attendant à trouver Rosie derrière la caisse. Dès qu'elle m'apercevra, il ne fait aucun doute qu'elle m'entraînera directement dans la pièce du fond. Là-bas, je pourrai enfin me débarrasser de mes vêtements et me débarbouiller au-dessus du lavabo. Rosie me prêtera de quoi me couvrir et des chaussures aussi. Mais elle n'est pas là. À la place, il y a une femme que je n'ai jamais vue auparavant et qui me regarde comme si j'étais une souris morte rapportée par le chat. Il en va de même pour les quelques clients présents dans la boutique. Ces derniers se dépêchent de s'éloigner de moi, de peur que je leur transmette une quelconque maladie tout droit sortie de leur imagination.

— S'il vous plaît, pouvez-vous me dire où est Rosie ? Je dois lui parler.

— Je ne peux pas vous aider, c'est son jour de congé.

Les narines de la femme tressaillent de dégoût. Elle regarde les clients du coin de l'œil.

— Pourriez-vous l'appeler pour moi, dans ce cas ? J'ai besoin de la voir de toute urgence.

— Je suis désolée, je n'ai pas son numéro de téléphone.

— Je suis sûre que vous l'avez quelque part. Je vous en prie.

— Y a-t-il un problème ? demande quelqu'un derrière moi.

Cette voix m'est familière. Je me retourne et – à mon grand désarroi – je constate qu'il s'agit d'une des deux commères rencontrées près des cabines de plage le jour où elles ont été cambriolées. Celles-là mêmes qui m'ont vue sortir par la porte dégondée de la cabine de Richard, une bouteille de cognac à la main.

— Encore vous, persifle la vieille. Je vais appeler la…

— Mais je n'ai rien fait. Je demande juste à voir Rosie. J'ai… j'ai…

— Vous avez trop bu, mademoiselle. Voilà ce que vous avez fait. Maintenant, vous allez arrêter d'embêter cette pauvre femme et vous…

— Pitié, vous ne comprenez pas. J'ai été victime d'un…

Je m'arrête net. De quoi ai-je été victime au juste ? Que pourrais-je bien dire qui ait du sens à leurs yeux ? Qui ne leur semble pas complètement absurde ? De toute façon, il y a peu de chances qu'elles me croient, moi, l'immonde poivrote. Je fais volte-face et me fraye un chemin parmi les bacs à vêtements et les clients pour rejoindre la sortie. Les touristes venus passer le week-end au bord de la mer sont en nombre. Je n'arrive pas à supporter leurs regards braqués sur moi. Encore moins la façon dont ils avertissent leurs compagnons de ma présence en murmurant leur désapprobation. J'imagine sans mal l'image qu'ils se font de moi. Une pauvre souillon à moitié débraillée, empestant l'alcool. Je pourrais aussi bien être complètement nue.

La vieille commère m'a suivie dehors et me hurle dessus. Il faut que je parte d'ici. Que je m'éloigne au plus vite de tous ces gens. Mais pour aller où ? Je n'ai ni argent ni portable. Aucun moyen de contacter Rosie ou qui que ce soit d'autre. Et je suis la seule à blâmer pour ça. La punition me pendait au nez. Certes, Helen s'est jouée de moi en se faisant passer pour mon amie et ma confidente. En attendant que l'opportunité se présente de me faire du mal. Voilà qui est fait. Mais ce n'est pas pour autant elle qui a enfoncé le goulot de ces bouteilles de vin tout au fond de ma gorge. J'ai bu de mon plein gré. Peu importe si elle m'y a encouragée, j'avais le pouvoir de refuser et je ne l'ai pas fait. J'avais le pouvoir de m'enfuir et je suis restée. Je suis restée.

J'en subis à présent les lourdes conséquences. J'ai fait une énième rechute. Perdu le contrôle. Je me dégoûte.

Je me déteste. Une femme est morte par ma faute. Simon aussi.

Je me dirige vers la plage, davantage par réflexe que par volonté. Par mémoire musculaire. Ce n'est pas comme si j'avais un autre endroit où me rendre.

47

Épuisée et fébrile, je me laisse tomber sur le sable, le dos appuyé contre le mur de la digue, les genoux remontés contre ma poitrine. Par miracle, j'ai réussi à atteindre l'extrémité de la plage, déserte à l'exception du promeneur occasionnel en route vers le centre-ville. Les pensées se bousculent dans ma tête. Il y en a une en particulier. J'ai beau essayer de l'écarter, elle revient inlassablement à la charge, se faisant chaque fois plus pesante et insistante, au point que, devenue aussi assourdissante que le bruit des vagues, elle accapare toute mon attention.

La noyade. Elle peut être sans douleur si on fait ça bien. Il suffit de prendre une profonde inspiration dès lors que le rouleau nous entraîne vers le fond. Bien sûr, personne n'agit de cette façon. Non. Pris de panique, les gens se débattent et retiennent leur respiration jusqu'à ce que leurs poumons brûlent. C'est ainsi qu'est fait l'être humain. Son instinct de survie le poussera toujours à s'accrocher au dernier souffle de vie qui lui reste. À lutter jusqu'au dernier instant.

Eh bien, je n'ai aucune envie de lutter pour survivre. Je n'en peux plus. Je suis à cran. Survivre est la seule chose que je me suis employée à faire ces dernières années. Et après toutes les promesses faites à ma mère, à moi-même, je reste la poivrote pathétique que j'ai toujours été. Je ne changerai jamais. Alors pourquoi m'obstiner à survivre, sachant toutes les horreurs que j'ai commises ?

Je ne vaux rien. Je suis abjecte. Incapable de ne pas foutre en l'air le peu de positif qui se présente à moi. Je remplis mes poumons de l'air marin. Le vent s'est levé. La marée entame sa retraite. Bientôt, ce sera aussi le cas de ma gueule de bois. Encore quelques heures et j'aurai peut-être récupéré suffisamment de forces pour retourner m'asseoir sur le porche de la maison de ma mère et attendre son retour. Elle aura la bonté de me laisser prendre une douche et faire mes valises. Avec un peu de chance, elle me cuisinera même un bon repas et me laissera passer la nuit pour me remettre d'aplomb. Mais au petit matin, elle me demandera de partir, et je m'exécuterai. Oui, je m'exécuterai.

Je vois son visage aussi distinctement que si elle se trouvait juste devant moi. L'absence de sourire. Le regard trahissant la déception, mais aussi la ténacité. Le temps des menaces proférées sur le ton de l'hystérie a laissé place à une détermination froide. Elle m'a aimée du mieux qu'elle pouvait. Du mieux qu'une mère peut aimer un enfant désaxé. Détraqué. Mais tout le monde a ses limites, et il ne fait pas de doute que cet ultime affront sera sa limite à elle.

Je repense à toutes ces fois où elle m'a aidée à me relever. Elle ne le fera pas cette fois. Cette fois sera différente. Elle a changé. Elle est bien plus forte qu'avant.

Pas moi, en revanche. Je mérite tout ce qui m'est arrivé. Comme la bille à l'intérieur d'un flipper, j'ai ricoché d'une crise à l'autre et, pour la énième fois, j'ai fini par retourner à la case départ. Sauf que je n'ai plus la force de tout recommencer.

Le promeneur a disparu de mon champ de vision depuis longtemps déjà. Il n'y a plus âme qui vive à part moi et quelques mouettes posées à la surface de l'eau, ballottées par les vagues. La mer est comme recouverte d'un filtre soyeux et lumineux, invitant à la baignade. De temps à autre, une bourrasque soulève des morceaux d'écume qui viennent s'accrocher aux brisants en bois. Je m'imagine entrer dans l'eau et avancer sans m'arrêter, la douleur de mes pieds s'atténuant au contact du sable doux et confortable. J'avancerais jusqu'à disparaître sous la surface, ou bien jusqu'à ce que le contre-courant m'entraîne par le fond. En réalité, le scénario m'importe peu. Pourvu que mes poumons s'emplissent d'eau, que mes oreilles se mettent à bourdonner et que mon esprit tourmenté finisse par s'éteindre pour enfin laisser place au silence. Au vide. Pour toujours. Alors il n'y aura plus de réveil sous le signe de la culpabilité. Plus de nausées ni de vomissements. Plus de dégoût de soi.

Je me lève, poussée par une force invisible. Je marche en direction de la mer, trop fatiguée pour faire quoi que ce soit d'autre. Trop fatiguée pour rentrer et attendre ma mère sur le porche. Trop fatiguée pour voir son visage. Trop fatiguée pour fourrer mes vieux vêtements dans une valise et repartir de zéro, loin d'ici et loin de tout.

Car je sais que, quoi que je fasse et où que j'aille, je finirai inlassablement par rechuter.

L'eau est froide, mais mon corps s'y habitue vite. J'aime la façon dont elle raidit mes muscles et provoque de longs frissons sur ma peau. Je progresse tout habillée, sans m'autoriser une seule fois à ralentir. Quand le niveau de l'eau atteint mes hanches, il devient de plus en plus difficile de ne pas perdre l'équilibre. Encore quelques pas et je serai enfoncée jusqu'au ventre, la chair mordue par l'eau glaciale. Entraînée par le courant, j'ai l'impression d'aller vers de meilleurs horizons. Des horizons paisibles.

À présent, de petites vagues clapotent autour de moi, faisant se balancer le haut de mon corps au rythme de la marée. Plus j'avance et plus mes pieds glissent. Le sable est désormais parsemé d'embûches. Des cailloux et des rochers plus imposants, des algues gluantes qui s'entremêlent dans mes orteils et emprisonnent mes chevilles.

Les embruns me fouettent le visage. Je passe la langue sur mes lèvres pour goûter le sel. Il est facile de mourir. Bien plus facile que de vivre. Simon a dû ressentir exactement la même chose que moi à cet instant précis. Une image de lui se tenant au bord de la falaise se matérialise devant moi. Malmené par les violentes rafales de vent, il baisse une dernière fois les yeux sur le récif où les vagues s'écrasent dans un fracas assourdissant. Il me manque tellement.

Le renflement de ce qui promet de devenir une vague énorme apparaît tout à coup. Je ne l'ai pas vue venir. Je me retourne et arque le dos, me préparant à l'impact, tout comme Simon a dû le faire, lui, juste avant de se donner l'impulsion qui le précipiterait dans le vide.

Je ne me suis jamais sentie aussi proche de lui que maintenant. La vague me percute de plein fouet et me submerge aussitôt. Mes pieds ne touchent plus le fond. L'eau s'engouffre dans mes narines et parvient jusqu'à ma gorge, me faisant tousser et hoqueter. Le sang se met à pulser dans mes oreilles. Le moment est venu de lâcher prise et de laisser la mer m'engloutir pour de bon, mais l'exercice est loin d'être aussi facile que je l'imaginais. Quelque chose en moi refuse de céder et prend peu à peu possession de mon corps. La mémoire musculaire se déclenche. L'instinct de survie prend le dessus.

Une seconde vague me percute et m'attire à nouveau par le fond. J'essaye de reprendre mon souffle, mais l'eau emplit ma bouche. Je nage quelques instants sur place le temps de renverser la tête en arrière et d'aspirer une longue goulée d'air. Tu parles d'une mort sans heurts et sans douleur… J'ai l'impression d'être piégée dans une prison générée par les courants marins. Les vagues sont hautes comme des murs et bien trop puissantes pour un simple être humain. Je suis à la fois poussée en avant et tirée en arrière, comme entraînée dans une sarabande démoniaque. Je suis terrifiée. À la merci du chaos des éléments. Mon jean colle à mes cuisses et semble peser aussi lourd que du ciment. Je n'arrive plus à me maintenir à la surface.

C'est la fin, ça y est. C'est donc comme ça que je meurs. Les mots de Josh tournent en boucle dans ma tête : « Il faudrait être inconscient pour ne pas avoir peur de la mer, Astrid. Elle peut se retourner contre toi à tout instant. »

C'est chose faite. Elle m'avale tout entière, me charriant inlassablement vers ma tombe sous-marine. Autour de moi et à l'intérieur de moi, rien que cette eau glaciale et trouble. La puanteur des algues et du soufre est la dernière chose que je sentirai. La brûlure de l'eau salée, la dernière chose que je goûterai.

Non ! Je ne peux pas mourir ainsi. Si je me noie, Helen aura gagné. Simon ne m'a jamais accusée de quoi que ce soit. Il m'aimait. J'en suis certaine. Il ne m'aurait pas écrit de lettre d'adieu si cela n'avait pas été le cas. Qu'a dit Laura, déjà ? Qu'elle n'avait pas eu la force de lire ses petits mots d'amour à mon intention ? Qu'elle ne supportait pas que je sois la seule à qui il ait voulu faire part de ses états d'âme avant de partir ? S'il m'en voulait et me reprochait d'avoir assassiné une mère innocente pour une sombre histoire de sac à main, il n'aurait jamais pris la peine de m'écrire. Pourquoi devrais-je croire Helen alors qu'elle n'a fait que me mentir depuis le début ?

Oh, Simon ! j'aurais voulu avoir le courage de te lire. Tu le voulais pourtant, mais je ne l'ai pas fait. C'est la raison pour laquelle je dois sortir la tête de l'eau. Je dois rester en vie.

L'adrénaline se répand dans mes veines comme par miracle. Rassemblant toutes mes forces, je prends appui au fond de l'eau et me propulse à la surface où je me mets aussitôt à nager de manière frénétique. Il m'est impossible de savoir dans quelle direction je vais, car je suis aveuglée par la houle. Les vagues arrivent de toutes parts, mais ce n'est plus le moment de paniquer. Non, le moment est venu d'essayer de me souvenir des conseils de Josh pour échapper à la noyade.

Un courant d'une rare puissance me pousse de côté, vers ce qui semble être le large. Épuisée, je fais la planche quelques secondes pour reprendre mon souffle. Mais les vagues ne cessent de me recouvrir. Je fais des tours sur moi-même comme si j'étais piégée dans le tambour d'une machine à laver. Où est la surface ? Je ne la vois plus. Je n'arrive plus à reprendre mon équilibre. Je n'arrive plus à respirer. Je n'arrive plus à… respirer.

J'ai l'impression que mes poumons vont exploser. Il faut à tout prix que je respire mais je suis toujours sous l'eau. *Ne panique pas. Tu finiras bien par remonter à la surface. Ne perds pas espoir, Astrid. Ne perds pas espoir.* La voilà enfin. La surface. J'ai à peine le temps d'inspirer que je suis de nouveau submergée. La mer n'en a pas fini avec moi et m'attire toujours plus vers le fond. Ça ne sent pas bon. Je suis à bout. La pression dans ma poitrine est écrasante. Si je ne reprends pas mon souffle tout de suite, je…

L'eau s'engouffre toujours plus dans ma bouche et dans ma gorge. Je la respire comme s'il s'agissait d'air pur. Je sombre. Je me noie. Mes yeux fixent le vide trouble qui s'étend à n'en plus finir. De temps à autre, il me semble distinguer un rayon de lumière, sans jamais pouvoir identifier sa provenance exacte. Le bourdonnement dans mes oreilles est étourdissant. Mes bras et mes jambes ont cessé de se mouvoir. Je glisse lentement dans un rêve sans conclusion ni dénouement. Juste de l'eau. Partout. Au-dessus de moi et en dessous de moi. Dans mes yeux, mon nez et ma bouche. Salée à m'en brûler la peau. Et je tourbillonne encore et toujours. C'est fini, il n'y a plus d'espoir. J'ai commis une terrible erreur et je la paye de ma vie. Il est trop tard pour en revenir. Je vois le visage de ma mère. Son beau visage empreint de douceur. Je vois aussi ceux de mon père et de Simon. Tous baignés de larmes. Ils pleurent pour moi. Pour toutes ces choses que je n'aurai pas faites. Toutes ces choses que l'alcool m'aura volées.

Le bourdonnement s'intensifie. La lumière décline.

Puis deux mains fortes me saisissent sous les épaules et me hissent à la surface. Lorsque ma tête sort enfin de l'eau, je me mets à cracher et hoqueter compulsivement. Je vomis. Je m'étouffe aussi. À présent, un bras s'est glissé sous mes aisselles et me tire vers le rivage. Mais je n'arrive pas pour autant à reprendre mon souffle. L'air ne semble pas vouloir remplir mes poumons. Je suis toujours en train de me noyer.

J'ouvre les yeux. Je suis allongée sur le sable, le visage de Josh juste au-dessus du mien. Je peux lire l'inquiétude dans son regard. Des éclats de voix retentissent au loin, mêlés au bruit d'une sirène. Je n'arrive pas à comprendre ce qu'il m'arrive. Je referme les yeux. J'ai le tournis.

Quand je les rouvre, d'autres visages sont venus se coller à côté de celui de Josh et me scrutent avec attention. Je crois reconnaître la vieille commère qui m'a crié dessus. Si ce n'est qu'il n'y a plus une once de méchanceté dans son regard. Oh, Rosie est là, elle aussi.

— Tiens bon, Astrid, dit-elle.

Josh s'essuie la bouche d'un revers de main.

— Reste avec moi, souffle-t-il.

Je voudrais pouvoir rester avec lui, vraiment, mais je me sens partir à la dérive. Tout se met à tourner autour de moi. L'obscurité s'installe.

48

Derrière mes paupières closes, une multitude de formes et de couleurs se forment et se succèdent à la manière d'un kaléidoscope. Elles apparaissent et disparaissent sans que je puisse contrôler leur danse folle. J'ai l'impression d'être un enfant hypnotisé par sa lanterne magique. Entre deux phases de sommeil proche du coma, il m'arrive de reprendre brièvement conscience. Je distingue les minuscules vaisseaux sanguins à travers la fine peau de mes paupières. Ils sont si beaux, entrelacés ainsi, tels des motifs aztèques.

Je reviens à moi. Lentement. Difficilement. Il me faut encore lutter pour ne pas sombrer à nouveau. Les motifs m'effraient. Je n'aime pas la façon dont ces petites manifestations artistiques vont et viennent dans mon esprit sans rencontrer aucune forme de résistance.

J'ouvre les yeux et je les referme aussitôt, aveuglée par la lumière du jour. La soif me tiraille. Je tends le bras vers le verre d'eau posé sur ma table de chevet. Celui que je prépare chaque soir avant d'aller me coucher. Mais mes mains sont prises dans les fils de mes écouteurs et une pression sur ma poitrine me maintient fermement en position allongée. Des draps. Des draps bordés avec soin. Une minute. Ce n'est pas mon lit. Et ce ne sont pas mes écouteurs non plus. Il s'agit du fil d'une perfusion. Ma main gauche est perfusée.

Oh merde, pas à nouveau ça. Je suis à l'hôpital. Que s'est-il passé cette fois ? Qu'ai-je bien pu encore faire ? Ma mère va me tuer.

Un fourmillement de sensations et d'images se matérialise alors dans mon esprit. Les fragments d'un rêve. Ou plutôt d'un cauchemar. Je ferme les yeux, priant pour que le sommeil m'emporte à nouveau. Mais à présent que la mémoire me revient, les sensations et les images se transforment peu à peu en une vague de souvenirs d'une implacable clarté. Une vague qui balaye tout sur son passage et me laisse pantelante. Et pour cause, ces souvenirs sont bien réels.

Quelqu'un pose sa main sur mon front.

— Astrid, est-ce que tu m'entends ?

La lumière me vrille le crâne et c'est une véritable torture de rouvrir les yeux. Quand j'arrive enfin à le faire, la première chose que je vois est le visage de Josh penché au-dessus de moi. Sa tignasse blonde et bouclée. Ses yeux verts mouchetés de paillettes dorées.

— Astrid, répète-t-il, sa voix se brisant aussitôt.

— Oh, Astrid !

Un autre visage apparaît à côté de celui de Josh. Rongé par l'inquiétude et la fatigue, mais aussi empreint d'un amour infini. Ce visage, je le connais mieux que n'importe quoi d'autre.

Ma mère est là également.

Ces deux derniers jours, nous avons passé le plus clair de notre temps à recoller les morceaux de cette aventure aussi terrible qu'éprouvante. Helen a glissé de la drogue dans mon verre. Du flunitrazépam. Plus communément connu sous le nom de Rohypnol. L'hôpital en a retrouvé des traces dans mon sang et mon urine. À ma grande surprise, très peu d'alcool en revanche. Elle a dû conserver ces bouteilles vides pour me tromper. Pour me faire croire que j'avais perdu le contrôle et cédé à la tentation de boire plus d'un verre.

— Il est impossible de prouver qu'il s'agit d'un crime, m'explique Josh. Elle a dit à la police que tu avais trouvé les cachets dans le placard de sa salle de bains et que tu les avais avalés de ton propre chef pour le fun.

Ma mère secoue la tête avec dégoût. Ce genre de chose lui passe complètement au-dessus de la tête. La notion même de drogue récréative est inconcevable pour elle.

— D'autant qu'elle ne s'est pas procuré ces cachets de façon illégale. Apparemment, ils lui avaient été prescrits par un médecin il y a plusieurs années de cela. Elle a dit à la police qu'elle avait oublié de les jeter.

— Et pour tout le reste, alors ? Les lettres de menaces, les mensonges, la manipulation ?

Ma mère ferme un instant les yeux.

— Tu aurais pu mourir noyée, Astrid.

Elle détourne le regard.

— Ce sera mon témoignage contre le sien. Et dire que je me suis débarrassée de la moitié des preuves. Il n'y a aucune chance qu'elle avoue les avoir envoyées. J'imagine qu'elle n'est pas sous le coup d'un mandat d'arrêt ? La police ne va pas aller perdre son temps à enquêter sur une affaire aussi bancale. À leurs yeux, je ne suis probablement qu'un de ces innombrables « alcoolo-dépendants » qui vient de rechuter.

Josh serre ma main dans la sienne.

— Si seulement j'avais ignoré cette lettre et t'avais rappelée. Je pensais pourtant agir selon ton souhait.

Je n'arrive toujours pas à le croire, même après avoir lu et relu une dizaine de fois les mots qu'Helen s'est permis d'écrire en mon nom. Elle a même réussi à imiter mon écriture, probablement grâce aux confessions que j'avais couchées sur le papier chez elle quelques semaines plus tôt.

Si tu as encore du respect pour moi, Josh, NE M'APPELLE PAS. *Te dire la vérité a été un véritable progrès pour moi. Désormais, je dois tout faire pour guérir. Or notre relation pourrait venir entraver cette guérison. Pire encore, elle va même à l'encontre de tous les préceptes enseignés par les Alcooliques anonymes.* JE SAIS *que tu me comprendras.*

Tous ces jours passés à pleurer sous ma couette, à attendre que son nom s'affiche enfin sur l'écran de mon téléphone. À espérer qu'il me pardonne et qu'il mette fin à mon tourment. Et dire que pendant tout ce temps, il pensait honorer ma volonté et m'aider à aller mieux.

Ma mère émet un petit soupir agacé, comme elle a l'habitude de faire lorsqu'elle est contrariée.

— Je me suis toujours efforcée de croire qu'il y avait de la bonté et de l'honnêteté chez tous les êtres humains, même les pires d'entre eux. Bien entendu, je compatis pour la mort de son fils, mais ce qu'elle a fait…

— Pourtant, ce n'est pas elle qui m'a forcée à prendre le premier verre de vin, maman. Il n'y a qu'une seule personne à blâmer pour ça, et c'est moi.

Ma gorge se noue. En acceptant ma part de responsabilité dans cette histoire, je me rends compte que je n'ai en revanche rien à me reprocher dans la mort de Simon. Rien du tout. Je ferme les yeux et prends une profonde inspiration. Il me reste tout de même une mort sur la conscience. Et bien qu'il n'y ait rien que je puisse faire pour corriger cette effroyable erreur, j'ai la ferme intention de retrouver les proches de cette pauvre femme pour leur présenter mes plus plates excuses et mes sincères condoléances. Et s'ils décident de me poursuivre en justice, eh bien, qu'il en soit ainsi. J'accepterai la punition sans broncher. Autrement, je ne serai plus jamais capable de me regarder dans un miroir.

Ma mère ramasse les gobelets à café et les jette dans la poubelle à côté du lit.

— Ce que je n'arrive toujours pas à comprendre, c'est pourquoi Rosie a gardé ses doutes pour elle-même pendant si longtemps. Si elle savait qu'Helen mentait, pourquoi ne t'avoir rien dit ? Pourquoi t'avoir laissée quitter la boutique et errer je ne sais où ?

— Ce n'est pas comme si je m'étais montrée particulièrement amicale envers elle. Je l'ai poussée et je me suis enfuie.

Rosie m'a rendu visite un peu plus tôt dans la matinée. Nous avons parlé très longuement, et j'essaye à présent de faire comprendre à ma mère ce qu'elle m'a expliqué.

— Elle ne m'a rien dit parce qu'elle n'avait aucune preuve à m'apporter. C'était plutôt une intuition. Un pressentiment… Ça lui arrive souvent d'en avoir lorsqu'elle voit quelqu'un pour la première fois.

Ma mère lève un sourcil inquisiteur.

— Elle a ce don quand elle touche les objets aussi. Ça a un rapport avec l'énergie qu'ils dégagent. Je sais à quel point c'est étrange, mais certaines personnes sont apparemment douées d'une sensibilité accrue. On appelle ça de la clairvoyance. Rosie n'a pas l'habitude d'en parler parce que la plupart des gens ne la prennent pas au sérieux.

— Je ne suis pas surprise, répond ma mère.

J'esquisse un sourire. Ma mère et moi, nous nous ressemblons bien plus que je ne l'aurais cru.

C'est la raison pour laquelle Rosie a tant tardé à me rendre la balle de jonglage de Simon. La raison pour laquelle elle a gardé son T-shirt. L'extrait de journal photocopié sur lequel était entouré l'article relatant le suicide de Simon avait été oublié par Helen au fond du sac où elle avait rangé les vêtements destinés à la boutique. Elle ne s'est certainement rendu compte de rien.

Dès le début, Rosie s'est méfiée d'Helen. Chaque fois qu'elle la frôlait, elle sentait cette haine ancrée profondément en elle. Il faut dire qu'elle a de l'expérience. Elle a accompagné de très nombreux alcooliques repentis par le passé et elle a tout de suite remarqué qu'Helen ne collait pas au profil. Elle n'avait aucune preuve de son lien avec Simon, mais elle aurait mis sa main à couper que quelque chose ne tournait pas rond chez elle.

Je fais tourner mes chevilles pour essayer de détendre les draps qui m'emprisonnent les jambes. Comme j'ai hâte de retrouver le confort de ma couette !

— Je détestais Rosie, au départ. Je la prenais pour un de ces individus qui pensent que Dieu est la solution à tout.

Ma mère se tortille sur sa chaise.

— Mais je me trompais. Il s'avère que, pour elle, croire en Dieu est effectivement ce qui lui donne la force de rester abstinente. Elle a tout essayé, et rien n'avait fonctionné auparavant. Elle voulait juste me faire part de son expérience, rien d'autre.

Durant sa visite, Rosie m'a offert le T-shirt de Simon en souvenir. Mais il est temps pour moi de passer à autre chose. Les T-shirts, les balles de jonglage. Ce ne sont que des objets. Je n'oublierai pas Simon pour autant si je m'en sépare.

— Je me demande bien où elle a pu s'enfuir, dit ma mère. Helen, je veux dire.

— Je suppose qu'elle est rentrée à Londres. Ça ne me surprendrait pas qu'elle n'ait jamais vendu sa maison. Tout ce qui sort de sa bouche n'est qu'un tissu de mensonges. Elle a dû signer un bail de courte durée quand elle a emménagé ici après avoir appris que je m'y trouvais.

Le temps de visite approche de sa fin, et si une partie de moi ne souhaite pas qu'ils me quittent, l'autre partie n'aspire qu'à être seule. Il me reste une chose à régler. Une chose dont j'aurais dû m'occuper il y a bien longtemps. Et personne d'autre ne doit être au courant.

Josh se penche et dépose un baiser sur mes lèvres. Un baiser certes timide à cause de la présence de ma mère, mais suffisamment appuyé pour que je puisse sentir la douceur de ses lèvres. À cet instant précis, je sais que quoi qu'il advienne de notre couple, Josh connaît la vérité sur moi.

— La nouvelle compagne de mon père vient à la maison ce soir. Nous allons commander indien pour le dîner.

Je souris. Josh semble encore un peu contrarié, mais je suis sûre qu'il finira par accepter le fait que son père fréquente une autre femme que sa mère. Et si ce n'est pas le cas, c'est un problème qu'ils régleront entre père et fils. Tout le monde mérite une seconde chance en amour. Même moi.

Je salue ma mère et je les regarde tous les deux partir. Hier, Josh m'a demandé ce que je comptais faire à la fin de l'été. Il m'a proposé de rentrer à Londres avec lui.

J'ai été incapable de lui répondre tout de suite. Bien sûr, être avec lui est mon rêve le plus cher. Mais ma mère insiste pour que je reste à Flinstead avec elle. En outre, Richard dit que son ami Charlie a proposé de m'embaucher à mi-temps dans son magasin de fournitures d'art. Tout le monde s'est montré adorable avec moi. Même la vieille commère. Elle s'est souvenue que je lui avais dit être proche de la famille Carter, le jour où les cabines de plage ont été cambriolées. C'est grâce à cela qu'elle s'est précipitée chez Charlie pour lui demander d'appeler Richard. Autrement dit, si elle ne l'avait pas fait, Josh n'aurait jamais su que j'étais en danger. Il n'aurait pas conduit comme un fou jusqu'à la plage. Lui seul pouvait savoir où j'étais. Lui, et personne d'autre.

Il en va ainsi dans les petites villes comme Flinstead où tout le monde se connaît. Même si je trouve souvent à y redire, je dois bien avouer qu'il est agréable d'avoir le sentiment de ne jamais être seul et livré à soi-même. Les gens s'entraident et se soutiennent. Ils s'apprécient. Enfin, peut-être pas tous, mais la plupart. Oui, la plupart.

Comme Rosie. Elle a promis de m'aider pendant ma convalescence. Elle a enfin pu quitter la pièce du fond de la boutique Oxfam et occupe désormais la chambre d'amis d'une des nombreuses connaissances de Richard. Un vieil homme adorable atteint de la maladie de Parkinson qui a besoin d'un peu d'aide pour la cuisine et l'entretien de sa maison.

Et puis il y a Jeremy. Ou plutôt *Jez*, comme Richard aime à le surnommer. Bien qu'il m'ait avertie de la difficulté que j'aurai à prouver la culpabilité d'Helen et de la tonne de paperasse que j'allais devoir remplir, il a accepté de prendre mon dossier et a promis de faire tout son possible pour obtenir une injonction d'éloignement à l'encontre d'Helen. Au cas où il lui prendrait l'envie de m'attaquer à nouveau. J'ai de la chance de bénéficier de ses services d'avocat. Il a figuré parmi les meilleurs à Londres avant de sombrer dans l'alcoolisme. Tant pis pour Londres, et tant mieux pour moi.

Quoi qu'il en soit, voici ce que j'ai fini par répondre à Josh :

— Commençons par nous voir tous les week-ends et nous verrons comment la situation évolue.

— Chaque chose en son temps, hein ?

— Oui, ai-je répondu en appuyant ma joue contre son torse puissant. Chaque chose en son temps.

49

Le moment est enfin arrivé. J'ouvre le tiroir de ma table de chevet et observe longuement l'enveloppe marron que ma mère m'a apportée un peu plus tôt.

Avant de changer d'avis, je déchire le haut de l'enveloppe et en sort le contenu. Mes mains se mettent à trembler tandis que la voix de Simon résonne dans ma tête à la lecture de ses mots. C'est à peine si je parviens à me retenir de fondre en larmes.

Chère Astrid,

Je t'écris cette lettre depuis l'hôpital. J'ai perdu ton numéro de portable. Ma mère l'a probablement effacé de mes contacts. Je ne crois pas t'avoir dit que j'étais retourné vivre chez elle. Elle m'a ouvert sa porte alors que je n'avais plus nulle part où aller.

Encore maintenant, j'ai du mal à croire qu'Helen soit bel et bien la mère de Simon.

Les infirmières m'ont raconté qu'elle avait insisté pour rester près de moi pendant tout le temps où j'étais dans le coma et sous perfusion.

Je l'imagine à ses côtés, attendant qu'il se réveille. Tout comme ma mère a attendu que je me réveille. Aussi fou que cela puisse paraître, je ne peux m'empêcher d'éprouver une certaine forme d'empathie pour elle.

C'était une erreur de revenir, j'en suis conscient à présent. Sa seule volonté a toujours été de me contrôler. C'est tout ce qu'elle sait faire. Je regrette tellement de m'être confié à elle. D'avoir partagé des secrets sur ma vie et la tienne. Ça lui a donné des armes pour renforcer son emprise sur moi. Nous avons eu une terrible dispute hier, la pire dont je me souvienne. J'ai complètement vrillé. Je lui ai dit d'aller se faire voir et de me laisser tranquille. Je lui ai aussi dit que c'était sa faute si tout ça m'était arrivé. Si elle ne s'était pas donné autant de mal pour faire de moi son prisonnier, je n'aurais peut-être jamais ressenti le besoin de m'échapper par tous les moyens. Et je ne t'aurais peut-être jamais retrouvée par hasard, ce jour-là au parc.

Je prends une profonde inspiration. La lecture de cette lettre ne va pas vraiment être une partie de plaisir.

Je t'aime, Astrid. Tu le sais. Je suis tombé amoureux de toi dès notre première rencontre, au pub, où tu t'étais moquée de la forme de mon crâne. De ma vie, je n'avais jamais connu de fille comme toi.

Je ferme les yeux. C'est à ce moment-là que Laura a dû arrêter sa lecture.

J'aime à penser que si les choses avaient été différentes, nous serions restés ensemble pour toujours. Nous serions devenus un de ces vieux couples entourés de leurs petits-enfants. Mais toi et moi, nous avons toujours été marginaux, pas vrai ? Quand je me suis réveillé dans ce lit et que j'ai écouté ma mère radoter encore et encore sur le fait que tu étais responsable de ce qui m'était arrivé, j'ai commencé à t'en vouloir moi aussi. Mais j'ai eu tort. J'aurais très bien pu décider de poursuivre ma route lorsque je t'ai aperçue sur ce banc. Au lieu de ça, je me suis assis à côté de toi. J'en ai fait le choix. Tout comme j'ai choisi de prendre la canette de bière que tu m'as offerte.

La décision que j'ai prise aujourd'hui, je l'ai choisie aussi. Et elle n'est aucunement en rapport avec toi, ou quelque chose que tu aurais pu dire ou faire. Elle n'a aucun rapport avec la nature de notre relation non plus. Elle ne concerne que moi, et moi seul.

C'est la fin, Astrid. Bien que je sois triste à l'idée de ne plus jamais voir ton visage et de ne plus jamais entendre ta voix. Pourtant, c'est ma décision et je ne reviendrai pas dessus. Ni toi ni personne ne pourra me faire changer d'avis.

Mes lèvres tressaillent sous le coup de l'émotion. Je ne suis pas certaine d'avoir la force de poursuivre ma lecture, mais je n'ai pas le choix. Je le dois bien à Simon.

Comme je l'ai dit à ma mère, je dois couper les ponts avec mon passé. Avec elle. Avec toi aussi. Je dois prendre un nouveau départ.

Comment ça, un nouveau départ ? Les muscles de mon corps se contractent douloureusement. Je m'attendais à lire une lettre d'adieu, pas une lettre de rupture.

J'ignore où tu te trouves en ce moment, mais il y a de fortes chances pour que tu sois avec ta mère à Flinstead. Je ne suis pas sûr de me souvenir de son adresse. Est-ce Warwick Road ? Quoi qu'il en soit, j'ai chargé une vieille amie de lycée de te donner cette lettre. Je pense qu'elle n'aura aucune difficulté à te retrouver. À ce qu'il paraît, tout le monde connaît tout le monde à Flinstead !

Je déglutis avec peine. Il trouve encore le moyen de plaisanter. J'ai de plus en plus de mal à croire qu'il s'agit là réellement d'une lettre d'adieu.

Elle s'appelle Laura et je suis avec elle, maintenant.

Mes doigts s'agrippent à la feuille de papier si fort qu'ils manquent de la déchirer.

Elle me fait du bien, Astrid. Je ne l'aime pas comme je t'aime. Et je crois que je n'aimerai plus jamais personne autant que toi. Mais elle est gentille et douce avec moi. Et elle ne boit pas. J'ai bon espoir que ça marche entre nous. Vraiment.

J'ai l'impression que tous les muscles de mon corps sont au bord de la rupture.

Si elle a accepté de te donner cette lettre, elle m'a fait promettre de lui rendre un service en retour. Plusieurs services, à vrai dire. Sur Facebook, une de ses amies a partagé le témoignage d'une jeune femme qui racontait qu'elle avait peur de sortir seule dans la rue depuis qu'on avait essayé de lui voler son sac à l'arraché. J'ai lu son témoignage un million de fois, et je suis persuadé que c'est elle, Astrid. La femme que j'ai agressée. Tout concorde. La date à laquelle c'est arrivé, l'endroit aussi. Absolument tout jusqu'au détail de la fille aux cheveux tressés qui a essayé de lui venir en aide. Tu vois, je t'ai menti, Astrid. Je t'ai fait croire que nous avions fait ça ensemble. J'ai été lâche de profiter de ta perte de connaissance, mais je ne pouvais pas assumer le poids de la culpabilité tout seul. La vérité, c'est que tu as essayé de me dissuader, de m'arrêter alors que je tirais sur le sac de cette pauvre femme. Tu as même essayé de revenir sur tes pas pour t'assurer qu'elle n'était pas blessée, mais je t'en ai empêchée. Pour ça, je m'en voudrai toujours, Astrid. Heureusement, elle n'a rien subi de grave, à l'exception de quelques griffures et contusions causées par sa chute. J'espère pouvoir entrer en contact avec elle pour lui présenter mes excuses et lui demander pardon de l'avoir agressée sous les yeux de son enfant.

Je lis le passage une deuxième fois, sans pour autant parvenir à le comprendre. Je le relis encore pour me donner le temps de percuter enfin. Le sentiment de soulagement que j'éprouve est indescriptible. J'éclate de rire à travers mes larmes. Elle n'est pas morte. Au contraire, elle se porte à merveille et écrit des messages sur Facebook. Helen m'a menti à ce sujet également. Elle m'a fait croire que j'avais assassiné une jeune mère innocente. Les rires s'étouffent au fond de ma gorge. Comment a-t-elle osé ? Quelle femme monstrueuse !

Laura veut aussi que je fasse une dernière chose pour ma mère. Elle n'a pas arrêté de m'envoyer des SMS depuis notre dernière dispute. Encore une façon de me faire du chantage émotionnel, bien sûr. Mais cette fois-ci, je ne peux pas vraiment lui dire non. Demain, cela fera 25 ans que mon père est mort et ma mère veut que nous retournions dans le Sussex, où nous avons dispersé ses cendres, au-dessus de la mer. À Seaford Head, pour être précis. Une sorte de pèlerinage en sa mémoire, je suppose. Mon père adorait cet endroit.

Un frisson monte le long de ma colonne vertébrale.

Je sais que ce n'est qu'une ruse de sa part pour me revoir. Mais je me suis promis – et j'ai promis à Laura – que c'est la dernière fois que je cède à l'un de ses chantages. De toute façon, c'est pour mon père que je le fais. Pas pour elle.

Des tremblements s'emparent d'abord de mes mains, puis du reste de mon corps. Quels mots Helen m'a-t-elle criés, juste avant que je me libère de son emprise et m'échappe en lui lançant que Simon avait choisi la mort plutôt qu'elle ?

Ça y est, ils me reviennent : « Ce n'est pas vrai. Ce n'est pas vrai ! Tu penses tout savoir mais c'est faux. Tu te trompes sur toute la ligne ! »

Je passe les bras autour de mes genoux et les serre contre ma poitrine.

Helen se trouvait à Seaford Head avec Simon. Elle était présente le jour où il est mort.

Lundi 15 juillet 2019

Il n'existe pas de mot pour désigner un parent qui a perdu son enfant. Cela devrait être le cas, mais le fait est qu'il n'en existe aucun. Les enfants qui perdent leurs parents sont appelés des orphelins. Quant à moi, je ne suis rien. Pourtant, c'est loin d'être la vérité. Si je n'étais rien, alors je n'aurais jamais été mère pour commencer. Et mère, je l'ai été. J'ai donné naissance au plus adorable petit garçon que cette terre ait porté. Il s'appelait Simon, et je l'ai aimé dès l'instant où je l'ai tenu dans mes bras pour la toute première fois.

Personne ne vous prépare à ce que devenir parent implique, n'est-ce pas ? Personne ne vous prépare à ce que vous allez ressentir quand votre enfant sera tourmenté ou triste, et à quel point vous serez prêt à tout sacrifier pour qu'il aille mieux. Contrairement à ce qu'on pourrait croire, les choses ne s'améliorent pas à mesure qu'il grandit. S'il prend la mauvaise voie, ce sera pire. Bien pire. Parce que s'il refuse votre aide, vous ne pourrez rien *faire pour apaiser sa souffrance. Et sa souffrance, croyez-moi, vous pèsera toujours cent fois plus que la vôtre.*

Si vous étiez conscient de tout cela avant de devenir parent, vous réfléchiriez peut-être à deux fois avant de vous lancer. Mais c'est là le plus grand tour de force de la nature : faire peser sur l'être humain ce qu'on qualifie communément d'impératif biologique. Ce besoin que nous éprouvons de produire une descendance tant qu'il est encore temps.

J'aurais vécu une vie bien plus heureuse si je n'avais pas eu Simon. Je n'avais pas vraiment la fibre maternelle, je m'en rends compte maintenant. Mais le fait est que je l'ai eu. Et c'est encore une chose à laquelle on ne vous prépare pas. À savoir que quoi que fera ou dira votre enfant, quel que soit le niveau de haine ou de violence qu'il vous balancera à la figure, vous ne cesserez jamais de l'aimer. Vous déplorerez peut-être ce qu'il sera devenu, mais au fond il restera à jamais ce petit garçon aux dents du bonheur que vous adoriez couvrir de baisers.

Il y a bien longtemps, je savais comment réconforter mon petit chéri. Comment le faire rire à travers ses larmes. Oh, je me doutais bien qu'il n'en serait pas toujours ainsi. Je savais qu'il grandirait et s'en irait. J'en étais parfaitement consciente. Ce que j'ignorais, en revanche, c'est à quel point il changerait. Et à quel point je changerais moi aussi.

C'est la raison pour laquelle je suis ici. Parce que je suis perdue. Ils m'ont conseillé de tenir un journal, alors me voici, assise à la table de la bibliothèque sous le regard scrutateur de l'infirmière en charge de me surveiller. Oui, c'est une sorte de journal intime. Moi qui pensais que seules les adolescentes énamourées y trouvaient un quelconque intérêt… Apparemment, ce que j'écris a peu d'importance, du moment que j'écris. Ils ont juré que personne ne me lirait à part moi-même, mais je ne les crois pas un seul instant. Nous ne jouissons d'aucune intimité ici. Je mettrais ma main à couper que les infirmières et les médecins lisent mon journal pendant que je prends ma douche ou que j'assiste aux thérapies de groupe qui – d'ailleurs – ne diffèrent pas tellement des réunions des Alcooliques anonymes. Si ce n'est qu'elles ne se déroulent pas dans une vieille église pleine de courants d'air et que je n'ai pas besoin de m'inventer des souvenirs.

Quand je l'ai vu arriver à Seaford Head, j'ai tout de suite su. J'ai compris que ce serait la dernière fois que je le verrais. Je représentais soi-disant un obstacle à sa rémission. Un obstacle à sa rémission ! « C'est la meilleure, je lui ai répondu. Sans moi, tu serais déjà mort. » Tu parles d'une prédiction !

Mais c'est ce qu'il m'a dit ensuite qui a tout précipité. Des mots qu'aucun parent ne voudrait jamais avoir à entendre : « Je ne veux plus te voir. »

Comment a-t-il pu me dire ça ? Comment a-t-il pu décider de me priver de son amour après tout ce que j'avais fait pour lui ? Tous les sacrifices. Toutes les peines qu'il m'a infligées. Quand votre enfant vous renie, c'est la pire forme de rejet que vous puissiez subir. Un millier de fois pire que d'être rejeté par un époux ou un amant.

Voilà pourquoi j'ai couru jusqu'au bord de la falaise. J'ai couru parce que je n'avais plus rien à perdre. Et ce jour-là plus que n'importe quel autre, je voulais en finir. En finir avec la souffrance. La culpabilité.

L'inquiétude. Cette douleur perpétuellement ancrée dans mon âme. J'en avais assez.

Même s'il n'arrêtait pas de répéter que je devais *le libérer, quand le moment s'est présenté, il n'a pas pu se résoudre à me laisser partir. Il s'est lancé à ma poursuite pour essayer de me retenir. Pourquoi diable a-t-il fait ça ? Pourquoi, Simon ? Tu as voulu me sauver, alors que c'était la dernière chose que je désirais.*

Je l'entends encore crier. Je sens encore ses mains agripper mon pull. Je me vois le repousser de toutes mes forces, perdre l'équilibre et tomber sur le dos. Et puis je sens le sol vibrer juste avant qu'il ne s'affaisse sous ses pieds. Je revois Simon qui lutte pour garder l'équilibre, battant l'air de ses bras. L'instant d'après, il avait disparu. Mon fils. Mon petit garçon chéri. Mon Simon.

Pourquoi n'ai-je pas sauté pour le rejoindre ? À ce jour, je n'arrive toujours pas à le comprendre. Tout ce que je sais, c'est que lorsque j'ai rampé jusqu'au bord et regardé en bas, j'ai vu son corps brisé étendu sur les rochers, le cou tordu en un angle anormal. Et alors j'ai été incapable de le faire. L'horreur et le chagrin me clouaient sur place. C'est moi qui aurais dû me trouver en bas. Moi, et pas lui.

Quand un enfant meurt, il laisse un trou béant derrière lui. Et rien ne pourra jamais venir combler sa perte. Rien.

Tenir Astrid pour responsable a donné un but à ce qu'il restait de ma vie. Cela m'a rendue plus forte, parce que la haine agit comme un véritable carburant. Elle allume une flamme en vous et vous propulse en avant. Grâce à elle, vous ne vous apitoyez plus sur votre sort. Vous ne sombrez plus.

Mais vous savez quoi ? Elle aurait pu mourir un millier de fois, chaque fois d'une façon plus horrible que la précédente, cela n'aurait fait aucune différence. Parce qu'au fond, je serais toujours en vie et Simon serait toujours mort.

Un jour peut-être, j'aurai recouvré suffisamment de forces pour lui envoyer une copie de mon journal afin qu'elle comprenne que ce n'est pas parce que vous vous imaginez en train de faire quelque chose et que ça vous procure un sentiment de satisfaction que vous avez réellement envie de le faire.

Le meurtre. Le suicide. Tout cela est bien plus difficile à faire qu'on ne le pense.

J'aimerais pouvoir dire que je suis passée à autre chose. J'aimerais pouvoir dire que je lui souhaite une belle vie. En toute sincérité.

Mais le fait est que… je ne souhaite pas qu'elle ait une belle vie. Il l'aimait bien plus qu'elle ne l'aimait, et je ne pourrai jamais le lui pardonner. Alors, si je continue à imaginer que je la tue pour la punir de la mort de Simon, cela ne veut pas dire que je vais passer à l'acte. Le fait d'y songer ne fait pas non plus de moi une mauvaise personne. Ce genre de pensée est tout à fait normale lorsque vous détestez quelqu'un si fort que les muscles de votre corps se raidissent à sa simple évocation. Enfin, il n'y a certainement pas que moi qui en fasse l'expérience… n'est-ce pas ?

N'est-ce pas ?

Remerciements

Bien que *Qui le sait ?* soit mon deuxième roman publié, je l'ai écrit avant *La Rumeur*. J'avais écrit les premiers chapitres dans le cadre d'un concours et j'ai eu la chance de faire partie des candidats finalistes. C'est pourquoi je tiens tout d'abord à remercier Alison Bonomi de m'avoir « trouvée » parmi toutes ces enveloppes, ainsi que l'ensemble des membres du jury : Luigi Bonomi, Selina Walker, Sandra Parsons et Simon Kernick.

Merci à Amanda Preston de me représenter et d'être le meilleur agent que j'aurais pu rêver d'avoir. Merci aussi à Sarah Adams de Transworld et à Anne Speyer de Ballantine à New York. Vos remarques et suggestions éditoriales d'une grande pertinence ont été d'une aide précieuse. Grâce à l'expertise de ces trois femmes, mon roman est incontestablement meilleur. J'ajoute toute l'équipe de Transworld à mes remerciements. Votre passion, votre professionnalisme et votre infinie gentillesse ne cesseront jamais de m'épater.

Je remercie également mes camarades de prose et amis chers, alias le Groupe d'écriture de Frinton, ainsi que mes premières lectrices, Dawn Brown, Fiona Parkin et Jane Hellebrand, pour leurs retours encourageants sur mon ébauche de manuscrit.

Elisabetta Massimi : merci de m'avoir confié que tu adorais ton travail de scénographe. Tu constateras que les sentiments d'Astrid à cet égard sont étrangement similaires aux tiens !

Je voudrais également saluer l'engagement des Alcooliques anonymes et des différents organismes qui se consacrent au soutien des malades et de leurs familles à travers le monde.

Enfin et surtout, merci à Rashid d'avoir pris soin de moi et de m'avoir nourrie à intervalles réguliers.

Composition et mise en pages
Nord Compo à Villeneuve-d'Ascq

Imprimé en Espagne par:
CPI Black Print
en décembre 2021

Pocket - 92 avenue de France, 75013 Paris

S32216/01